明清世情小说雅俗文化

申明秀　著

辽海出版社

图书出版编目（CIP）数据

明清世情小说雅俗文化 / 申明秀著 . -- 沈阳 : 辽海出版社 , 2018.12

ISBN 978-7-5451-5053-7

Ⅰ . ①明… Ⅱ . ①申… Ⅲ . ①古典小说—小说研究—中国—明清时代 Ⅳ . ① I207.419

中国版本图书馆 CIP 数据核字 (2018) 第 266559 号

责任编辑：丁　凡　高东妮

责任校对：丁　雁

北方联合出版传媒（集团）股份有限公司

辽海出版社出版发行

（辽宁省沈阳市和平区十一纬路 25 号 辽海出版社　　邮政编码：110003）

北京市天河印刷厂印刷　　　　全国新华书店经销

开本：710mm × 1000mm 1/16 印张：15.25 字数：220 千字

2020 年 1月第 1 版　　　2020 年 1月第 1 次印刷

定价：64.00 元

自 序

党的十九大以来，在习近平总书记的大力倡导之下，继承与弘扬中华优秀传统文化已渐渐成为一种社会共识。树立与弘扬社会主义核心价值观，倡导与落实文化自信，实现中华民族伟大复兴梦，这一切都离不开继承与发展中华优秀传统文化。由于中国社会疏离自己的传统文化时日过久，对传统文化的面孔已经相当陌生，所以传承与发展博大精深的中华优秀传统文化，显然就成为一件艰巨的历史任务，不可能一蹴而就，不是开几场讲座，读几篇文言文，背几句弟子规，恢复一些民风民俗甚至开几季诗词大会等，做一些小修小补的表面文章就能把问题解决。2014 年教育部制定并发布了《完善中华优秀传统文化教育指导纲要》，就是意在从教育这一根本问题上着手，寄希望于中国的未来，而部署传承与发展中华优秀传统文化这一系统性宏伟人文工程，当然最为关键的还是如何落实到行动上。

中国传统文化不仅存在于四书五经、二十四史等文化历史典籍之中，而且更加广泛而具体地蕴藏于文学艺术、宗教民俗等社会载体当中而流传至今。文学尤其是小说是社会历史最真实的表现与记录，可以说是生动保存了中国传统文化的不可多得的活化石，因而研究中国小说特别是世情小说，就成为了解中国传统文化的一把关键的钥匙。

世情小说关注、描写世情，不仅仅是愤世嫉俗，其最伟大之处在于以优秀传统文化来重铸世情，这使得世情小说不仅有着丰富的社会内容，更具备深广的思想内涵，而代表了中国小说创作的最高成就。中国博大精深的传统文化为小说的主题提供了强大的思想保证，从而诞生了《红楼梦》那样雅俗完美结合的巅峰之作。

世情小说最成功之处在于其主旨之雅与内容之俗的有机整合。“文以载道”是中国正统文学的核心价值标准，诗文等雅文学样式虽然“载道”了，但难以通俗，而小说之所以一直难登文学的大雅之堂，就是因为其主旨的不甚高雅。世情小说的成功就在于一方面“奏雅”以“载道”，一方面从内容、语言等方面大力挖掘小说的通俗潜能，而形成了小说雅俗兼备的艺术特色，提高了小说的文学地位，虽然一时难以打破诗文一统天下的文学格局，但事实上已经取得了辉煌的文学成就，而能与诗文相提并论，特别重要的是，小说对社会的持久而普遍的影响是诗文所望尘莫及的。

20 世纪 80 年代，中国曾掀起了一股“寻根文学”的热潮，作家们开始致力于对传统意识、民族文化心理的挖掘，他们创作的本质其实是“文化寻根”。1985 年韩少功率先在一篇纲领性的论文《文学的“根”》中声明：“文学有根，文学之根应深植于民族传统的文化土壤中，根不深，则叶难茂。”他提出，应该“在立足现实的同时又对现实世界进行超越，去揭示一些决定民族发展和人类生存的迷”。阿城也认为：“‘五四运动’在社会变革中有着不容否定的进步意义，但它较全面地否定民族文化的虚无主义态度，加上中国社会一直动荡不安，使民族文化的断裂延续至今。”

寻根文学是一次文学寻找自我的思潮，一是寻找民族文化、民族文学的自我，二是寻找作家的个性自我，其超越了政治批判层面而突入历史文化反思层面，是一种民族文化心理的认同与回归。寻根作家的特别之处，集中体现在他们对中国传统文化根脉的追寻，比如贾平凹商州系列高扬的秦汉雄风，王安忆《小鲍庄》对的仁学阐释，阿城《棋王》放射出的道家文化神韵，李杭育“葛川江系列”的吴越文化，韩少功的楚文化等。只可惜这一次自发而可贵的文化与文学寻根之旅很快就淹没在汹涌的商品大潮之中，路在何方，至今已很少有人问及。

翻开明清世情小说，包括一些现当代世情小说，我们能够感受到文化的阵阵馨香与无穷魅力。世情小说就像一幅幅无尽展开的清明上河图，让我们目不暇接的不仅仅是多彩多姿的风俗人情，更有一道道亮丽的文化风景线，又像是一颗颗美轮美奂的文化活化石，让我们痴迷沉醉。阅读世情小说，无疑是一场文化的大餐，精神的盛宴，乃至心灵的洗礼，使人通向人生的高雅境界。

目 录

绪 论……………………………………………………………… 1

上篇 明清世情小说与道文化

第一章 冯梦龙“三言”：“曲终奏雅，归于厚俗”………… 7

第一节 冯梦龙的“小说界革命”：“奏雅”与“适俗”并重……………… 7
第二节 “三言”的雅俗整合……………………………………………… 11

第二章 陆人龙兄弟“一型”：“树型于当世”………………… 17

陆云龙兄弟的精神结构与创作理念………………………………… 17

第三章 吴敬梓《儒林外史》：“写入残篇总断肠”…………… 21

第一节 “讽刺小说”、“社会小说”还是“世情小说”？………………… 21
第二节 《儒林外史》的雅俗内涵………………………………………… 23

第四章 李绿园《歧路灯》：“用心读书，亲近正人”………… 28

第一节 一盏“理学名区”的“歧路灯”………………………………… 29
第二节 《歧路灯》的雅俗叙事…………………………………………… 33

第五章 韩邦庆《海上花》的世情绝唱………………………… 40

第一节 “失落”的吴语文学的“第一部杰作”…………………………… 40

第二节　写实的风格：“平淡而近自然” …………………………… 42
第三节　参差的雅俗：“通常的人生的回响” ………………………… 45

第六章　刘鹗《老残游记》的醒世宏图……………………… 52

第一节　太谷学派与自恋情结………………………………………… 52
第二节　“实业救国”的醒世寓言……………………………………… 65
第三节　逼真写实的叙事新变………………………………………… 71

第七章　李伯元《文明小史》的济世情怀…………………… 77

第一节 文明话语的转换与文明进程的实录 ……………………… 78
第二节 中西结合的维新理念 ………………………………………… 82
第三节 维新渊薮的上海抒写 ………………………………………… 83

第八章 曾朴《孽海花》的现代追求 ……………………… 88

第一节 曾朴的浪漫气质与现代思想 ……………………………… 88
第二节 《孽海花》：中国现代小说的先声 ………………………… 95

下篇　明清世情小说的现代余脉

第九章 中国现代小说的雅俗新变 ……………………… 107

第一节 众声喧哗：反面揭露型 …………………………………… 107
第二节 “少数人的星光”：正面讴歌型 …………………………… 111

第十章 鲁迅的“破”“立”思想 ……………………… 117

第一节 鲁迅与传统文化 ……………………………………………… 117
第二节 鲁迅的“立人” ……………………………………………… 121
第三节 鲁迅的“破” ………………………………………………… 128

第十一章 老舍小说的雅俗探索 ……………………………… 133

第一节 老舍的“拿来主义” …… 133
第二节 老舍的文学理想：“《神曲》情结”与“灵的文学” …… 135
第三节 中国式《神曲》的精心之作：《四世同堂》 …… 137

第十二章 张爱玲小说的雅俗传奇 …… 140

第一节 “红楼梦魇”与才女传奇 …… 140
第二节 “爬满了蚤子”——张爱玲小说的俗 …… 144
第三节 “一个美丽而苍凉的手势”——张爱玲小说的雅 …… 147

第十三章 苏童小说的诗性写作 …… 151

第一节 诗性与雅俗 …… 151
第二节 苏童的诗性小说观 …… 153
第三节 苏童小说的诗性内涵 …… 156
第四节 苏童小说的诗性叙事 …… 160

第十四章 余华小说的雅俗观照 …… 164

第一节 余华小说创作的精神资源及其“看法” …… 164
第二节 余华小说主题的“雅”：“被荒诞”与“被深刻” …… 169
第三节 余华小说内容的俗：“虚伪的形式” …… 172

第十五章 莫言小说的雅俗异化 …… 176

第一节 “小说的气味”与“写作时要调动全部的感受” …… 176
第二节 “中国作家不是缺乏思想，而是思想太多” …… 180
第三节 “作为老百姓的写作” …… 184

第十六章 贾平凹小说的雅俗困境 …… 190

第一节 思想维度的单薄 …… 190
第二节 “青天一鹤见精神”——贾平凹小说的虚实观 …… 195

第三节《极花》的“青天”：细节写实 …… 199
第四节《极花》的“一鹤”：写意务虚 …… 204

结语 …… 209

参考文献 …… 211

附录 …… 219

绪 论

世情小说的起源可以追溯到宋元话本、唐代传奇，甚至更早的志怪与轶事类文献，但明清世情小说的真正发端还是《金瓶梅》。清初张竹坡之所以将《金瓶梅》列为明代“四大奇书”之首，除了因为《金瓶梅》是我国第一部由文人独立创作的长篇小说，更主要的原因是《金瓶梅》空前的现实性与虚构性开拓了中国小说创作的崭新境界，且直接开启了明清世情小说的繁荣局面。

一、世情小说的特征与界定

鲁迅的《中国小说史略》作为中国小说史现代研究的开山之作，在诸多方面厘定了其后中国小说研究的基本框架与走向，直至今天我们依然没有走出鲁迅的学术视野，尤其是在小说的类型划分方面。小说的分类可以有不同的标准，如按照语言、题材、内容、思想倾向、表现手法等，多重的标准必然会出现概念的交叉甚至重叠现象，如果处理不当就难免有失逻辑的严谨而导致混乱。鲁迅在《中国小说史略》中基本上是按内容来划分小说类型的，当然也有以表现手法或思想倾向来命名的小说类型，比如讽刺小说、谴责小说等。鲁迅善于抓住各种小说的特征来灵活地命名小说类型，这种“因地制宜式”小说类型命名虽准确传神，可由于没有将每一种标准都贯彻到底，就给小说的进一步研究带来了一些麻烦，比如，如果以内容为标准，讽刺小说与谴责小说该如何归类，同样的道理，神魔小说、人情小说等如果以表现手法或思想倾向为标准又该怎样定位，就是说鲁迅划分小说类型时，在不同的标准切换之间留下了许多空白，而之后的学者也习惯性地跟着鲁迅的足迹走，很少有人去关注乃至去填补那些小说类型的“空白”，没有将鲁迅使用过的那些小说类型标准继续贯彻到底，而不同程度上影响了中国小说研究的深入与突破。另外，在一些概念的措辞使用上，鲁迅有时略显随意，也导致了一些负面的影响，比如，在分析《金瓶梅》《红楼梦》等作品时曾经用到了“人情小说”“世情小说”“世情书”等内涵大致相同的小说类型术语，为此类小说的研究奠定了基础，只可惜他并没有对这些概念进行严格的界定与论证，这既给后来的研究留下了巨大的阐释空间，同时也不可避免地造成了今天此类小说研究的某种混乱。命名上的多样性倒是其次，主要是这类小说特征与范围的认定上差异悬殊，或过于狭隘，或失之宽泛，或混为一谈，至今尚没有形成公认的评判标准。

在鲁迅的心目中，“人情小说”“世情书”“世情小说”实在是没有多大差别的，三者所指对象几乎是统一的：

> 只是在当神魔小说盛行时，记人事者亦突起，其取材犹宋市人小说之“银字儿”，大率为离合悲欢及发迹变态之事，间杂因果报应，而不甚言灵怪，又缘描摹世态，见其炎凉，故或亦谓之“世情书”也。①

在其《小说史大略》《中国小说史大略》《中国小说的历史的变迁》这三部小说论著中，使用频率最高的是“人情小说”，其次是“世情小说”，最后是“世情书”，可见鲁迅倾向于用“人情小说”这一名词进行表述。鲁迅在定义明代的“人情小说”时，是相对于当时的神魔小说而言的，着重于此类小说的“记人事”，尤其是其“描摹世态，见其炎凉”的特色，囊括了同样“记人事”的“讲史”“公案”“侠义”等小说之外的所有小说。他大力评介“世情书”式的《金瓶梅》《红楼梦》，奉二者为“人情小说”的正宗与代表，而把“才子佳人小说”视为“人情小说”的“异流”。显然鲁迅所定义的是广义的“人情小说”，总领“世情书”“才子佳人小说”，乃至可以包括后世所定名的“艳情小说”，虽然在其论述中有明显的褒贬，但毕竟没能明确地区别开来，而失之笼统，导致某些问题不够明晰，而影响了研究的深入与整体效果。当然作为中国小说现代研究的伟大奠基者，鲁迅对中国小说的许多真知灼见至今仍无人比肩。

当代学者对此类小说的研究大致上延续了鲁迅的观点与风格，有多部相关专著相继问世。方正耀的《明清人情小说研究》（1986）基本接受了鲁迅对人情小说的定义：

> 简而言之，人情派就是明清时代以家庭生活、爱情婚姻为题材，反映现实社会的中长篇小说。这一流派始于明末《金瓶梅》，迄于清末《青楼梦》，现存作品约有一百种。②

---

① 鲁迅：《鲁迅全集》(第九卷)，北京：人民文学出版社，2005:186.

② 方正耀：《明清人情小说研究》，上海：华东师范大学出版社，1986:18.

该书包括才子佳人小说，但没有将人情性短篇拟话本小说纳入研究范围，也不包括清末的谴责小说与狭邪小说。萧相恺的《世情小说史话》（1992）所说的世情小说则范围比较宽泛，也相当于鲁迅所讲的人情小说，不仅包括白话小说，还涉及人情性文言小说，但把清末的通俗小说排除在外：

世情小说是中国古代小说，尤其是古代通俗小说的一个极其重要的流派。也有人称它为人情小说——主要是写爱情婚姻和家庭生活，也包括人心善恶和世态炎凉。①

向楷的《世情小说史》（1998）所论"世情小说"的范围则更大，白话、文言，长篇、短篇，人情、艳情，唐宋、明清等无所不包：

世情小说应该是指那些以描写普通男女的生活琐事、饮食大欲、恋爱婚姻、家庭人伦关系、家庭或家族兴衰历史、社会各阶层众生相等为主，以反映社会现实（所谓"世相"）的小说。具体地说，世情小说应该是记人事者一类中"讲史""公案""英雄传奇（侠义）""公案侠义"之外的所有其他小说的总称，它包括鲁迅《中国小说史略》中列入"人情""讽刺""谴责""狭邪"等篇目中的诸种小说在内。"雅小说"可以写世情，"俗小说"则更适合于写世情；短篇的市人小说和拟市人小说能反映人情世态，长篇的章回体小说更能细致地描摹世相人生。②

王增斌《明清世态人情小说史稿》（1998）的研究范围有所缩小，不包括人情性文言小说，也不包括才子佳人小说和艳情小说，还不涉及清末的通俗小说，但长篇与短制兼论：

世情小说，即描写现实生活中世态人情之小说，亦称之为人情小说。……如作是观，世情小说显然与描写军政要事、歌颂往古先贤的军国政事、历史演义小说有所区别，亦与抒写豪杰壮举，描摹天神地仙奇才异术的英雄传奇、神魔志怪小说完全不同，它主要写的是现实社会中活生生的耳闻目见的真实人生。③

陈节《中国人情小说通史》（1998）所论的"人情小说"内涵与向楷《世情

① 萧相恺：《世情小说史话》，沈阳：辽宁教育出版社，1992：1.
② 向楷：《世情小说史》，杭州：浙江古籍出版社，1998：2-3.
③ 王增斌：《明清世态人情小说史稿》，北京：中国文联出版公司，1998：1.

小说史》所论的“世情小说”非常接近，而外延更广，一直延续到当代乃至海外：

> 具体地说，人情小说即立足于人间社会，以基本写实的方式来描写家庭生活、婚姻、男女感情，并反映社会现实的小说作品。①

游友基《中国社会小说通史》（1999）所论的“社会小说”其实也就是鲁迅所讲的“人情小说”，只是换了个名称而已，而且从广义来说，一切小说均是社会小说，所以“社会小说”的命名与使用还不及鲁迅的“人情小说”来得准确、妥当：

> 狭义地说，社会小说则是指某种题材的小说，某种类型的小说，它一般以社会生活为主要表现对象，披露人生百态，提出大众关注的社会问题，与平民百姓的现实较贴近……而本书中所论述的社会小说，又根据整套丛书体例的规定，是排除了志怪科幻、英雄传奇、历史演义、婚恋人情之外的小说，但社会小说又怎能割断与这些小说的关系？尤其是人情小说，鲁迅称之为“世情书”，理所当然属于社会小说。②

齐浚的《持守与嬗变——明清社会思潮与人情小说研究》（2008）所论的“人情小说”则跟本文所界定的“人情小说”比较接近，也包括明清时期的拟话本小说、才子佳人小说及艳情小说，只是没有涉及晚清的人情小说。

从书名看，这7部专著中，有3部冠以“人情小说”，两部冠以“世情小说”，剩余两部，一部是兼而有之的“世态人情小说”，一部是大而无当的“社会小说”，其实它们的内涵基本上是接近的，只是外延大小有别，都是鲁迅式广义的“人情小说”，主要论及《金瓶梅》《红楼梦》等“世情书”代表作和才子佳人小说，很少涉及艳情小说，大量的短篇世情小说也基本排除在讨论的范围之外，有的还包括了文言世情小说。

鲁迅在宏观论述中国小说时对此类小说冠以不同的名称，虽以“人情小说”为主，但还是引起了表达与理解上的混乱，那么后人在专门论述此类小说时就应该尽快形成共识，统一说法，澄清混乱，而不应该像以上这些专著那样，明明所论对象大致相同，却偏偏在冠名上各执一词，徒添新的混乱。

本书认为，此类小说应统一冠以“人情小说”为妥，而与神魔小说、历史小说、

---

① 陈节：《中国人情小说通史》，南京：江苏教育出版社，1998：2.

② 游友基：《中国社会小说通史》，南京：江苏教育出版社，1999：1.

英雄小说、侠义小说、公案小说等并列，其特征有二，第一，“记人事”，即现实性，而与神魔小说区别开来；第二，反映普通人的现实生活，而与历史小说、英雄小说、侠义小说、公案小说等区别开来。在此基础之上，再把《金瓶梅》《红楼梦》等“世情书”冠以“世情小说”就很自然了，这样“人情小说”就可又细分为三种类型，即“世情小说”“才子佳人小说”和“狭邪小说”。接着鲁迅的讲法，我们可以说，“世情小说”是“人情小说”的“主流”，“才子佳人小说”是“人情小说”的“异流”，而“艳情小说”则是“人情小说”的“末流”。之所以把这类小说冠以“人情小说”而不是“世情小说”，固然有一些根据，比如把《金瓶梅》《红楼梦》等“世情书”称为“世情小说”更适合一些，更主要的还是约定俗成的需要，以避免表达与理解的混乱与无力。总之，主要应明确“世情小说”与“人情小说”这两个字面语义相近的小说类型概念是从属关系，而不是并列关系，各有所指，就不至于混淆了。

至于世情小说、才子佳人小说、艳情小说三者的差别还是比较明显的，虽同属“人情小说”，但侧重点不同，其思想与艺术呈现递减趋势。世情小说立足于儒道释的道德层面，通过对现实社会生活的描摹，或正面弘扬，或反面针砭，常借助于因果报应等思想工具，来劝善惩恶，实现其“正人心，厚风俗”的济世目的，因而劝世性是其最重要的特征。才子佳人小说以渲染才子与佳人的离奇曲折的爱情故事为能事，而有“千部一腔”之嫌，其虽也以现实生活为基础，但其中明显揉进了封建社会落魄才子们所共有的关于功名与爱情的美好想象与心理补偿，其创作的出发点与宗旨都指向狭隘的才子们的个人生活，而与世情小说匡时济世的教化主旨不可同日而语。被鲁迅视为人情小说“末流”的狭邪小说，其作者虽然主观上也有劝诫之旨，但大多因遵循“以淫止淫”的写作模式而往往事与愿违，作品中过多的性描写客观上根本起不到劝世的效果，反而倒成了“诲淫”的教科书。就是说，艳情小说中也承袭着一定的世情性，但微弱的世情性已被作品浓烈的艳情性所冲淡甚至淹没，而有些世情小说中也有艳情的成分，比如《金瓶梅》《姑妄言》等，但因为其作品的世情性远大于其艳情性，所以我们还是把它们归入世情小说的范畴，但就因为此类小说这一严重瑕疵，它们往往又被人们视作艳情小说，而一样遭受了历代被禁的命运。

鲁迅论及人情小说时，只涉及长篇章回体作品，其实大量的中短篇小说也应纳入人情小说的范畴，尤其是世情小说，如果只论长篇，却忽略明清大量的世情性短篇拟话本小说，显然是相当片面的，而难以展现明清世情小说的全貌与真相。另外有一点也应该约定俗成的，就是谈到人情小说，一般指的是通俗小说，即白话小说，而不应包括文言小说，因为文言小说毕竟不是中国古典小说的主流。文言与小说的通俗性本来就是相矛盾的，以其受众较窄，而不具备通俗小说的主要特征，文言小说当专题另论，不应与白话小说混同研究。

综上所述，同属人情小说的世情小说、才子佳人小说、艳情小说虽有相同的一面，但差别还是显而易见的，其中世情小说代表了人情小说的最高成就，这一点是毋庸置疑的，所以如果还延续鲁迅笼统研究的路子，继续将它们混为一谈，显然难以将人情小说的研究推向深入。学者们已注意到了这一问题，并取得了一定的进展，且不说众多的相关论文，专著就有王增斌的《明清世态人情小说史稿》（1998 年）、苗壮的《才子佳人小说简史》（1992 年）、周建渝的《才子佳人小说研究》（1998 年）、张廷兴的《中国古代艳情小说史》（2008 年）、李明军的《禁忌与放纵：明清艳情小说文化研究》（2005 年）等，显然，作为人情小说翘楚的世情小说，其研究尚有待取得突破。

另外，由于作品本身内涵的复杂性与划分标准的多样性，就使得具体作品的类型属性就必然带有交叉性与重叠性，这一点也是必须首先要明确的。比如李百川的《绿野仙踪》，世情性、神魔性、历史性兼具，但其世情性最强，所以本文当然将之归入世情小说，但这并不代表否认其神魔性与历史性的叙事。再比如《金瓶梅》与《姑妄言》，二者虽都有很浓重的艳情小说成分，但这并不能掩盖其世情小说的基调，而理所当然地屹立于世情小说之林，当然在研究艳情小说时，也必定会论及二者，这其实并不矛盾，完全是作品内涵的丰富性与类型划分的单一性使然。还有像韩邦庆的《海上花列传》，按鲁迅的分类方法是将它归于狭邪小说的，但因其强烈的世情色彩与《红楼梦》韵味，本文也将之纳入世情小说研究的视野，同样清末的谴责小说因其普遍的世情叙事，自然就成为本文的重点研究对象。可见，小说的类型只是相对、粗略的划分，在具体研究时应根据不同对象而灵活把握，没有必要囿于僵硬的类型标准，当然灵活取舍也要有度，不能无原则的勉强凑合。

附：明清小说分类示意图

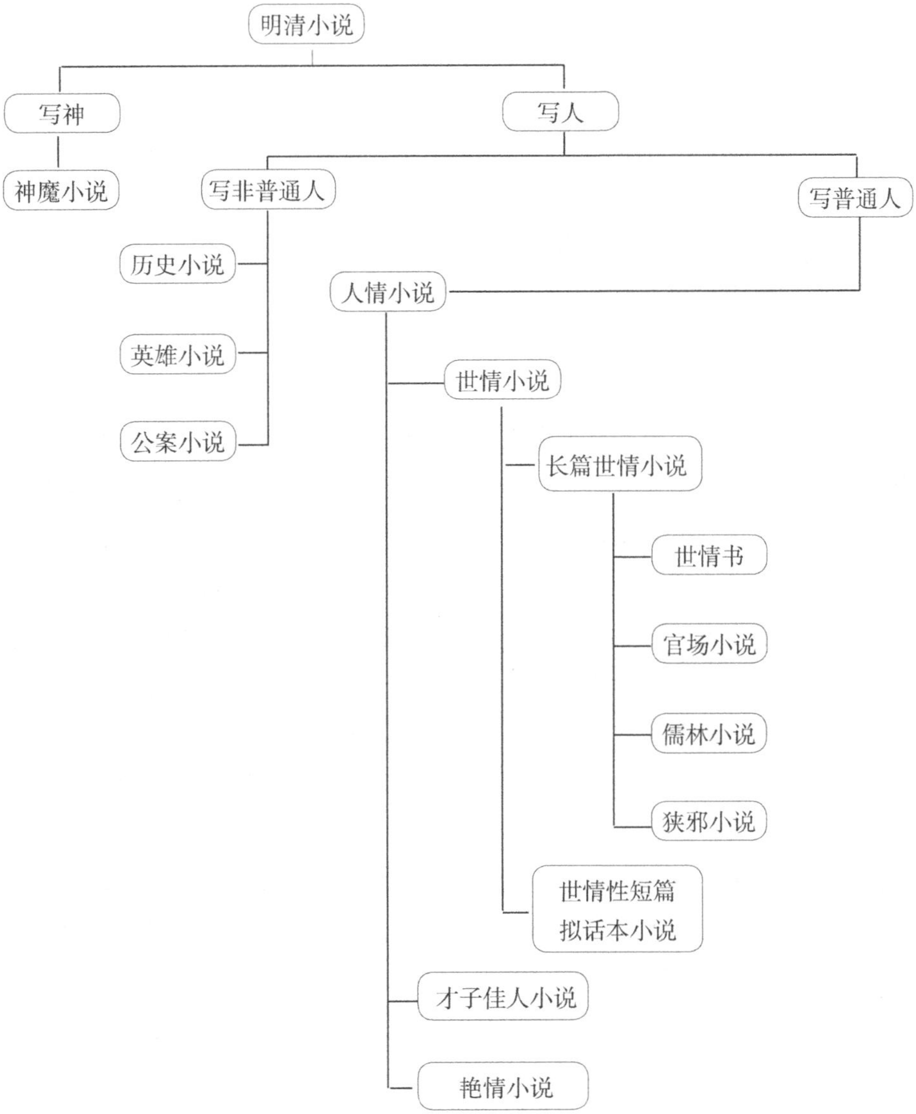

二、世情小说的伟大开端

我们知道，中国小说虽属“街谈巷语、道听途说”的“小道”，但历来就讲究实录精神，无论是《三国演义》那样的历史小说，还是《水浒传》那样的英雄传奇小说，乃至三言两语的笔记小说，都强调内容的真实性，而不是任意的编造，虽然其中或多或少会有作者加工的成分，但都把真实性放在第一位。神魔小说《西游记》是个例外，想象瑰丽，虚无缥缈，而虚构性十足，可又离现实生活太远。更为重要的是，《三国演义》《水浒传》等长篇小说虽注重现实性、真实性，但其内容大多是针对帝王将相或英雄好汉的传奇叙事，而较少介入普通人的日常生活，因为在世人看来，普通人的日常生活平淡无奇，没什么值得写进小说的，只有那些惊天动地的伟人或英雄才有演义一番的必要，比如笔记小说往往记载一些奇闻异事，也正是这个道理。就是说，以往的小说虽注重现实性、真实性，但与真正的现实生活还是隔了一层，且忽略小说的虚构功能，而远远没能发挥小说这一文学样式的巨大潜力，至《金瓶梅》的出现，中国小说的创作格局才产生了根本性的飞跃。

首先，《金瓶梅》第一次把小说的镜头倾力对准了普通人的日常生活，而真正开启了中国小说世情叙事的大门。《金瓶梅》中的男主角西门庆当然既不是伟人，也算不上英雄，虽然他有财有势，在现实生活中这样的人很多，毫不显眼，他身边的潘金莲等女性更是生活中的平常角色，都一样地在酒色财气的欲海里挣扎、沉浮。《金瓶梅》所描绘的世俗生活几乎就可以等同于一般读者所生活的世界，虽然可能在财势上会不及西门庆或在美貌上不如潘金莲，可是其心却是相通的，都无一例外地追求物欲，永无止境。《金瓶梅》就是芸芸众生真实生活的生动素描，一幅描绘社会生活的清明上河图巨制，看似平淡无奇，其实却是最“奇”的，因为这样的日常叙事才真正触及到了社会及人性的深处与本质，世人皆沉溺于欲海而难以自拔，可谓苦海无边，唯有回头是岸，作者的一片匡时济世之心跃然纸上。所以“第一奇书”《金瓶梅》首先“奇”在作品内容彻头彻尾的“俗”；其次更“奇”在作品主题甚深的“雅”；最后也“奇”在作品细节的生动、人物的鲜明、结构的缜密、语言的传神等方面，而“云霞满纸，胜于枚生《七发》多矣”，成为一朵伟大而永恒的世情人性的“恶之花”。

其次，《金瓶梅》真正运用了小说的虚构性。《金瓶梅》由《水浒传》中武松杀嫂一段情节衍化而来，讲了一个主题、风格跟《水浒传》毫不相干的故事，其虚构意味已不言而喻。也就是说，其实《金瓶梅》跟《水浒传》根本就风马牛不相及，作者之所以偏要扯上《水浒传》，显然是一种写作策略。《水浒传》中人物众多，精彩情节不断，可《金瓶梅》为什么偏偏就只择取武松杀嫂这一片段呢？根本原因就是这一情节很适合作者表现其创作的暴露社会与人性的黑暗及劝世、醒世的主旨，同时又巧妙地借《水浒传》的名气为自己的作品做了软广告，另外也是为了给自己的虚构创作披上一件“实录”的外衣，以免自己的小说被视为另类或怪物，可以说《水浒传》基本上只是《金瓶梅》的烟幕弹而已。虚构可谓以往中国小说创作的大忌，而《金瓶梅》则敢于反其道而行之，大张旗鼓地进行小说的虚构性创作。《金瓶梅》的人物当然都是虚构的，现实生活中肯定会有西门庆、潘金莲那样类似的原型，但绝对不是简单的复制，而是作者糅合了诸多西门庆、潘金莲式原型的结果。由此，我们对《金瓶梅》中人物活动的地域空间当然也不应过分当真。《水浒传》写武大郎、潘金莲从清河县搬到阳谷县后，因西门庆的介入才最终导致了武松杀嫂，这段发生在阳谷县的色情血案到了《金瓶梅》中，却是在清河县上演，应该是作者有意混淆读者的视线，因为他根本就没有必要拘泥于《水浒传》的框框。

20 世纪 90 年代，国际《金瓶梅》研讨会在临清召开，与会专家普遍认为《金瓶梅》的故事空间应该是临清，因为《金瓶梅》后半部有 25 处直接写到临清，临清也有 60 多处地点、景观、寺庙、村庄名和书中所描写的地名吻合，更重要的是《金瓶梅》里的方言、风俗、饮食、生活习惯等世情风貌也基本与临清相同。由于兰陵笑笑生个人身份信息的缺无，我们无从肯定作者就是临清人，但最起码是熟悉临清一带生活习俗的人，或许作者就曾在临清生活过，作者之所以要把《金瓶梅》的故事空间放在山东的临清，因为《水浒传》中武松杀嫂的故事就是发生在清河、阳谷一带，所以将《金瓶梅》人物活动空间放在临清就比较合适，如果放到了江南，那就太离谱了。由此可知，西门庆、潘金莲等人物的原型也不一定就是临清人，作者完全可以将其它地域的诸多西门庆、潘金莲式人物“移迁”到临清来，这就是小说艺术创造的魅力所在，而《金瓶梅》可谓深谙此中三昧，就像鲁迅所概括的那样：

> 所写的事迹，大抵有一点见过或听到过的缘由，但决不全用这事实，只是采取一端，加以改造，或生发开去，到足以几乎完全发表我的意思为止。人物的模特儿也一样，没有专用过一个人，往往嘴在浙江，脸在北京，衣服

在山西，是一个拼凑起来的脚色。①

总之，只要了解了《金瓶梅》长于虚构这一重要的创作特色，就不会陷入对故事人物、背景空间等一味考证的牛角尖了，而以准确把握文本的思想内涵与艺术成就为要。《金瓶梅》成功做到了现实性、写实性、真实性与虚构性的有机融合，这是中国小说上破天荒的奇迹，而把中国的小说创作陡然提升到了一个惊人的高度与境界。

作为明清世情小说的伟大发端，《金瓶梅》对其后中国小说的发展产生了极为深远的影响。首先，《金瓶梅》有力地刺激了明清世情小说创作的兴盛。不仅长篇世情小说盛况空前，《醒世姻缘传》《绿野仙踪》《林兰香》《歧路灯》《姑妄言》《儒林外史》《红楼梦》等一部部世情杰作相继问世，短篇世情性拟话本小说的创作也取得了骄人的业绩，“三言二拍一型”的思想艺术价值与影响可以说毫不逊色于那些长篇世情佳构。其次，《金瓶梅》直接催生了被鲁迅称为《金瓶梅》“异流”的才子佳人小说，《玉娇梨》《平山冷燕》《好逑传》《金云翘传》《雪月梅传》《驻春园小史》《铁花仙史》等“佳话”层见叠出，一时蔚为大观，成绩斐然。当然，《金瓶梅》也可谓明清艳情小说的滥觞，《绣榻野史》《肉蒲团》《灯草和尚传》等一大批“淫书”屡禁不止，层出不穷，这类作品其实可视为《金瓶梅》的“末流”，它们放大了《金瓶梅》的性描写，而恰恰丢弃了《金瓶梅》可贵的世情品格与高雅主旨。

我们无从知道《金瓶梅》作者具体的小说理念，但《金瓶梅》将中国小说的视角从神魔、历史以及英雄的非凡叙事转为针对普通人的日常叙事，而开辟了世情小说的道路，这应该算是自发的小说雅俗整合的伟大创举。鲁迅说过：“自有《红楼梦》出来以后，传统的思想和写法都打破了。”（《中国小说的历史的变迁》）②其实，这句话用来评价《金瓶梅》也许更合适，因为没有《金瓶梅》，何来《红楼梦》。

① 鲁迅：《鲁迅杂文选集》，南昌：二十一世纪出版社，2010：230.

② 鲁迅：《鲁迅全集》(第九卷)，北京：人民文学出版社，1981：338.

三、明清世情小说的雅俗追求

（一）雅俗之辨

中国是一个文明古国，雅俗是中国传统社会最常用的批评话语之一，在文学乃至文化批评领域更是留下了大量的雅俗批评文字，可究竟到底何为雅俗，却大多语焉不详，似乎是只能意会而难以言传，只要能运用于具体批评实践就行，比如可以从政治、文化、美学、思想乃至趣味等不同的视角进行雅俗评判，正如《雅论与雅俗之辨》一书开头所总结的那样：

> “雅”与“俗”，是中国美学史上一对既古老又弥新的范畴。就古代文艺美学看，“雅”属于统治者、士大夫精英文化层面，是正统的、雅正的；“俗”则属于被统治者、平民百姓大众文化层面，是世俗、俚俗与浅俗、粗俗的。从狭义上看，“雅”与“俗”，意指审美意趣与审美境界上的高雅别致、典雅庄重、超凡脱俗与通俗浅显、质朴粗犷、自然本色等。[①]

人们也许认为，雅俗是相对的，没有一个绝对的概念，在不同的情况下有着不同的内涵，可既然雅俗有别，总得有一个大致的、宏观的标准，便于批评操作。千百年来，正因为雅俗标准的不够明晰，而导致雅俗批评的混乱无章，所以对这个老生常谈的话题作一番刨根问底的探究，就显得很有必要。

先谈“俗”字。《说文》：“俗，习也。”子曰：“性相近也，习相远也。”（《论语·阳货》）[②]就是说，人的本性是至善而相近的，因为后天习气的不同，而堕落为千差万别的俗。从古文《尚书·大禹谟》“人心惟危，道心惟微；惟精惟一，允执厥中”[③]的“十六字心传”，到朱熹的“存天理，灭人欲”，由“道心”“人心”的对立，到“天理”“人欲”的对立，其实也就是孔子“性”与“习”对立思想的进一步展开。道心是人的天赋本性，也叫良心、元神、自性、佛性，先天而存，真空妙有，无形无相，不生不灭，清静无为，不可思议，正如老子所指出的“道可道，非常道”。人心又叫妄心、识神、禀性、习性，后来而有，分别执著，思善思恶，躁动不安，真可谓“心猿意马”。贪嗔痴的人心，如乌云蔽日般，暗淡了道心，而使人日益堕落、庸俗，所以二程说：

---

① 曹顺庆，李天道：《雅论与雅俗之辨》，江西：百花洲文艺出版社，2009.

② 臧知非注说：《论语》，开封：河南大学出版社，2008：235.

③ 姜建设注说：《尚书》，开封：河南大学出版社，2008：304.

人心，私欲，故危殆。道心，天理，故精微。灭私欲，则天理明矣。[①]

后人对宋明理学家、道学家的误读也由此开始，认为他们是禁欲主义，其实朱熹所说的“人欲”，是指那些超出了正当要求以及违反了社会规范的欲望，他曾反复举例解释天理与人欲的差别，比如他说：

饮食，天理也；山珍海味，人欲也。[②]

饮食就是天理，但过分要求美味就是人欲。《说文》：“欲，贪欲也。”“慾”是“欲”的母字，提示人的欲主要是由人的贪心产生的，而不仅仅是物质需要的满足，因为永无止境的贪欲，所以作为万物灵长的人就越来越庸俗，俗和欲就这样浑为一体了，因而从“欲”来界定“俗”的涵义应是有一定道理的，愈贪愈俗，当无异议。《尚书·岑𩔰之诰》里就讲“惟天生民有欲，无主乃乱”[③]，就是说“民有欲”是天生的、正当的，但需要“主”（表现为君主、政府、礼节、法令、道心等）来制约、引导，否则就会天下大乱。

如果上文对“俗”的解释能够成立，那么对“雅”的理解也就容易多了。《毛诗序》云：

雅者，正也，言王政之所由废兴也。政有小大，故有《小雅》焉，有《大雅》焉。[④]

郑玄的《周礼·注》亦云：

雅，正也，古今之正者，以为后世法。[⑤]

这应该是最早的对“雅”的明确界定，而与孔子的著名论断“诗三百，一言以蔽之，曰思无邪”[⑥]相呼应，“无邪”即“正”，就是说，经孔子删定的《诗经》，无论风、雅、颂，都是雅的，国风中本来是有很多不雅的，但都被孔子剔除了。后世文学批评成功继承和发挥雅正思想的代表当属刘勰，其《文心雕龙》的核心《原道》《征圣》《宗经》三篇无不是雅正思想的体现，强调“道沿圣以垂文，

① （宋）程颢：《二程集》(上)，北京：中华书局，1981：312.

② （宋）黎靖德编，王星贤点校：《朱子语类》（第一册），北京：中华书局，1988：224.

③ 姜建设注说：《尚书》，开封：河南大学出版社，2008：314.

④ 郭绍虞主编：《中国历代文论选》(一)，上海：上海古籍出版社，1979：63.

⑤ 阮元：《十三经注疏》，北京：中华书局，1980：796.

⑥ 臧知非注说：《论语》，开封：河南大学出版社，2008：112.

圣因文以明道"[1]，认为"圣文之雅丽，固衔华而佩实者也"[2]，而第一次进一步揭示了雅正的内涵——道，这是非常难能可贵的，只可惜后人没能认真地接着刘勰的话去思考，而错过了完善雅俗批评理论的绝好机会。

经过宋明理学家细致的理欲之辨，关于雅俗的本质及标准的问题应该迎刃而解了，所谓雅、俗的对立，实际上就是道心与人心、天理与人欲的对立，可迄今为止人们依然没有对此形成共识而众说纷纭。雅俗是对立的，可雅俗的标准又是相对的，比如在儒家看来，君子是雅，小人是俗，可在道家看来，儒家的有为是俗，道家的无为才是雅，当然在释家眼里，儒道都还有点俗，只有真正看破放下自在才是雅。大千世界，芸芸众生，雅俗异势，雅少俗多，故而曲高必和寡。

（二）明清世情小说的雅俗追求

从"诗教"传统到"文以载道"的提出，儒家历来就重视文学的教化功能，但承担这一重任的载体一直主要是诗文，作为"稗官野史"的小说一向难登文学的"大雅之堂"，而有了文学的雅俗分野。中国文学的雅俗两极分化，由来已久，且雅文学占据了决定性的位置。雅是文学的本质属性，自然与俗相抵，而有"阳春白雪"与"下里巴人"之别。诗、文、辞、赋等雅文学的代表，因其内容之雅，使得这些文学形式也自然带上了雅的标签，而戏曲、小说、民歌、民谣等文学样式因其主旨之俗，自然被打上了俗的标签，甚至长期以来，根本就得不到正统文学的承认，就是说，在诗、文、辞、赋面前，戏曲、小说等几乎没有文学性可言，正如鲁迅所概括的那样：

> 在中国，小说不算文学，做小说的也决不能称为文学家，所以并没有人想在这一条道路上出世。我也并没有要将小说抬进"文苑"里的意思，不过想利用他的力量，来改良社会。[3]

虽然中国古代正统文学不承认戏曲、小说等文学样式的文学属性与地位，但这并不妨碍俗文学的存在与发展，事实上在中国文学的雅俗两极之间一直存在着转化与互动，具体表现为雅文学的俗化与俗文学的雅化这两种方式，比如词的由俗而雅的演变就是一个典型的例子，从"伶工之词"到"士大夫之词"，原本属

---

① 刘勰著，周振甫译注：《<文心雕龙>译注》（修订本），南京：江苏教育出版社，2005：56.

② 刘勰著，周振甫译注：《<文心雕龙>译注》（修订本），南京：江苏教育出版社，2005：67.

③ 鲁迅：《鲁迅杂文选集》，南昌：二十一世纪出版社，2010：229.

俗文学的曲子词终于进入了雅文学的行列。中国古代文学总的发展态势是由雅趋俗，正如胡应麟所云：

汉文、唐诗、宋词、元曲，虽愈趋愈下，要为各极其工。（《少室山房笔丛·庄岳委谈下》）①

但就具体的文学样式而言，又有着由俗及雅的向上的努力与实践，小说可谓其中最成功的典范。

《金瓶梅》可谓明清世情小说的发轫之作。在《金瓶梅》之前，中国小说的通俗化方面已作了不少的努力与尝试。如唐代传奇已开始把小说的叙事重心由志怪转向现实，而有陈鸿的《长恨歌传》、元稹的《莺莺传》、蒋防的《霍小玉传》等名篇流传于世，但这些作品都显然带有浓重的文人气息与雅文学倾向，一方面这些作者的视线主要还是集中于自己熟悉的才子佳人题材，可谓古代的“小资情调”，而没能延伸至更广阔的社会生活，另一方面，作品使用的是精致的文言，固然很优美，可却难以通俗，而往往成为文人的“孤芳自赏”。至宋元，小说的通俗化得到了进一步的发展，“市人小说”就有“讲史”“说经”“小说”之分，其中“小说”又有“灵怪”“烟粉”“传奇”“公案”“朴刀”“杆棒”“妖术”“神仙”等类别，这些类型众多的小说虽然在语言上都有明显的白话倾向，但在内容上还是以历史或英雄传奇为主，普通人的日常生活还远远没能进入小说的表现视野。元末明初《三国演义》《水浒传》《西游记》等长篇通俗小说的出现，显然是延续了宋元通俗小说的主调，或是演绎帝王将相的讲史，或是英雄传奇的演义，或是曲折反映现实的神魔叙事，只是在篇幅或描写的细致与完整程度方面取得了较大的突破，但还不是小说内容真正意义上的通俗。《金瓶梅》之前通俗小说的内容，往往都是一般读者所不熟悉的人或事，即以“奇”来吸引读者的注意力，而《金瓶梅》的首要伟大之处，就在于一改通俗小说演绎帝王将相、英雄好汉、牛鬼蛇神等身外之“奇”，而为抒写读者身在其中的日常生活之“奇”，真正实现了通俗小说的内容之俗，开辟了世情小说广阔的创作天地，显著提升了通俗小说的水准与品质。

世情小说的雅俗整合，主要是指小说主题之雅与内容之俗的有机结合，主题

① ［明）胡应麟撰：《少室山房笔丛》，上海：上海书店出版社，2001：430.］

的雅化即正统雅文学文以载道思想的贯彻，而内容的俗化即针对普通人日常生活的世情叙事，这二者的融合就是明清世情小说的主要实践与成就。

明清小说最终能成为一代之文学，跟世情小说不懈的雅俗整合追求有着极大的关系。明清时期，无论是传统的诗文辞赋还是后来的词曲都难以为继，只有小说最终脱颖而出，而照亮了明清文学的天空。虽然在明清时代小说依然没有得到正统文学的认可，但这并不能掩盖明清小说的创作实绩与成就，事实上，与正统雅文学相比，明清小说不仅毫不逊色，而且在很多方面已经超越了正统文学。正统文学雅是雅了，可是“适俗”不够，而局限在文人的圈子当中，使其对社会的实际影响力大打折扣。只有小说，一方面充分发挥自身通俗的优势，另一方面则竭力融入正统文学的雅的主旨，雅俗结合，而大力挖掘了文学潜移默化的教化功能，不仅仅“文以载道”，而且大大扩展了“文以弘道”对象的范围，一部《三国演义》《红楼梦》那样的小说，其对社会的影响力，无论是广度还是深度，都是任何诗文辞赋所无法比拟的。王国维曾说过：

凡一代有一代之文学，楚之骚，汉之赋，六代之骈语，唐之诗，宋之词，元之曲，皆所谓一代之文学，而后世莫能继焉者也。[①]

明清小说雅俗兼顾，既拉近了与普通百姓的距离，又实现了“文以载道”“文以弘道”的文学宗旨，不仅成为新的“一代之文学”，而且在中国文学雅俗发展史上占据了极为重要的位置，其雅俗结合的文学创作理念也是儒家中庸智慧的一次生动诠释。

明清小说雅俗整合的努力与尝试发轫于《三国演义》等历史小说，可突破性的进展还是自世情小说始。从《金瓶梅》自发的雅俗整合，再到冯梦龙“三言”雅俗整合的自觉，世情小说创作渐入佳境，直至雅俗结合天衣无缝的杰作《红楼梦》的出现。《金瓶梅》作为世情小说的伟大开端，其雅俗整合取得了开拓性的非凡成就，而显自发意味。明确提倡小说雅俗整合的冯梦龙，则可谓通俗小说的教主，他极力为通俗小说摇旗呐喊，陡然把小说抬高到了与“六经国史”相提并论的地位，甚至觉得小说在教化功能方面还超越了儒家经典。冯梦龙小说革命的主要武器就是藉小说的通俗性、普及性来“奏雅”，即儒家的教化大业，通过雅

① 王国维：《宋元戏曲史》，北京：东方出版社，1996：1.

俗的整合赋予了小说强大的教化功能，从而使小说正式成为儒家“文以载道”的重要载体。由于冯梦龙对通俗小说的大力倡导与成功编撰，明末清初掀起了一波短篇世情小说创作的大潮，并有力地刺激了清代长篇世情小说创作的蓬勃发展。

作为人情小说的先驱与主流，明清世情小说取得了重大成就，除了《金瓶梅》、《红楼梦》《醒世姻缘传》《林兰香》《姑妄言》等长篇之外，自冯梦龙的《三言》开始，一大批中短篇世情小说相继出炉，明末有凌濛初的“二拍”、抱翁老人的《今古奇观》、陆人龙的《型世言》及《清夜钟》、金木散人的《鼓掌绝尘》、天然痴叟的《石点头》、西湖渔隐主人的《欢喜冤家》、周辑的《西湖二集》、罗浮散客《贪欣误》以及西湖逸史《天凑巧》等，清初又有李渔的《十二楼》及《无声戏》、艾衲居士的《豆棚闲话》、酌元亭主人的《照世杯》、娥川主人的《世无匹》及《炎凉岸》、东鲁古狂生的《醉醒石》、笔炼阁主人的《五色石》及《八洞天》、云阳嗤嗤道人的《警寤钟》、石成金的《雨花香》等，加之后来的蒲崖主人的《醒梦骈言》、玉山草亭老人的《娱目醒心篇》、落魄道人的《常言道》等作品，明清世情小说的创作可谓蔚为大观。长期以来，这些世情小说中的大多数作品都因宣扬因果报应等封建思想，而得不到应有的重视。这些世情小说虽没有《红楼梦》那样伟大，但其劝世性这一世情小说最重要、最可贵之处应该得到人们的认可，而有对这些作品作深入研究的必要。

明清世情小说的成功，主要就在于其雅俗整合的不懈追求，其一方面在主旨、语言等方面上凸显雅化，同时又在内容、叙事、表达等方面力求俗化，雅俗并行不悖，而又有机融合，从内容到形式，抒写了中国文学雅俗互动的崭新篇章，体现了中国文学雅俗消长的内在脉络，而成为中国文学雅俗发展史上的关键一环与根本超越。

上篇　明清世情小说

明代的短篇白话小说脱胎于宋元话本小说，特别是在明代中后期，随着商业的活跃、思想的开放及印刷业的繁荣，白话短篇小说在由编辑到创作，从口头文学到书面文学的转化过程中，成绩斐然，以“三言”“二拍”为代表，出现了一大批争奇斗艳的短篇小说集，高潮迭起，蔚为大观，影响深远，其中世情性白话短篇小说的成绩尤为突出。

在冯梦龙以前，已有话本小说的汇编和刊行，现存有明嘉靖年间洪楩所刊《六十家小说》的残余部分，即《清平山堂话本》，有完篇二十七种、残篇两种，其中只有几篇是明以前的旧作，其余都是明人的作品。虽然《清平山堂话本》总体的思想与艺术水准远不及“三言”“二拍”，但其有助于我们了解明代早期话本小说创作及刊刻发行的真实情况，实为“三言”“二拍”的先声。

作为明清江南三大政治、经济与文化中心之一的苏州，可谓人才荟萃，文风鼎盛，自然成为明末清初短篇世情小说创作大潮的滥觞，而冯梦龙则又可谓短篇世情小说的教主，他和苏州一起谱写了拟话本小说的崭新篇章。冯梦龙高度重视通俗文学，提倡“奏雅”与“适俗”并重，通过编撰“三言”自觉地进行小说的雅俗整合，大力提高小说的地位，对其后中国小说的创作影响深远。

“三言”的第三“言”还未面世时，凌濛初“二拍”的第一“拍”就已经刊刻上市。凌濛初的“二拍”可谓出于冯梦龙的“三言”而又胜于“三言”，一方面，其无处不在的天命论与因果报应的世情叙事增强了作品的现实性，实现了作者“尚奇”“尚俗”的艺术追求，另一方面，凌濛初对作品劝惩主旨的高度重视，又体现了其一片赤诚的道学心肠。凌濛初“二拍”的创作实践把小说俗的内容与雅的主旨的有机整合推向了一个新的高度，与冯梦龙一起，共同开启了明末清初世情性短篇拟话本小说创作高潮的序幕。

受苏州冯梦龙“三言”成功的启发，相距不远的杭州很快就掀起了一股拟话本小说创作的热潮，使得杭州成为明末清初短篇世情小说创作的又一重镇，先后出现了陆云龙兄弟、李渔、艾纳居士等小说名家，而与苏州比翼齐飞，竞艳江南。

陆云龙兄弟以儒为宗，道释为翼，可谓真道学，其《型世言》发扬“三言”的劝诫主旨，而另辟蹊径，从正面直接树型，大力弘扬儒家忠孝节义的伦理道德，且强调作品内容的真实性、时效性，道学主旨与世情叙事融为一体，雅俗结合，成为明清世情性拟话本小说中的一颗明珠，无愧于“三言二拍一型”这一现代定论。

清代初期是小说的繁荣期，从顺治元年 (1644) 到康熙二十二年 (1683)，约四十年时间。这个时期的小说作者基本上是由明入清的汉族文人，他们都不通过程度地经受过战乱之苦和亡国之痛，其体验都自觉或不自觉地、直接或曲折地反映在他们的小说作品中。

明清之际的拟话本小说经历了一个由整理、改编迈向独创的发展过程。明末冯梦龙、凌濛初的“三言二拍”，早已将原有的旧奇闻、旧材料搜刮殆尽，到清初作家们被迫转向独创，记述当时见闻，摹写世情的小说就自然占了主导地位，且话本的体制也渐渐失去了约束力，如作为“入话”的诗词和头回不再是不可缺少的，叙述中引证诗词的数量大为减少等。这时期的小说集主要有东鲁古狂生的《醉醒石》、圣水艾衲居士的《豆棚闲话》、酌玄亭主人的《照世杯》）等，其中最为成功的当数李渔的《无声戏》《十二楼》等力作。

李渔心中始终有着高雅的名士情结，虽然他做了很多俗事，由于他把小说等同于传奇，而一味求“新奇”与“娱心”，其小说“寓教于乐”的雅俗整合之路，虽在某些方面有所创新与突破，但过度的“乐”“俗”几乎掩盖了“教”“雅”，且传奇的程式化、符号化又使他忽视了小说非常重要的细节描写，而留下遗憾。

《醒世姻缘传》署名“西周生”，用山东中部方言作成，故事背景主要是山东济南府绣江县（章丘的别称）明水镇，中间写到明代末年这一带发生的一些事件，如济南“守道副使李粹然”（第 21 回）、“癸未”（崇祯 16 年）除夕“大雷霹雳，震雹狂风”（第 27 回）等，《济南府志》里都有记载，这说明小说作者是明末清初生活在这个地方的一位文人，创作时间大概在清初顺治年间。

《醒世姻缘传》是继《金瓶梅》之后问世的一部长篇世情小说，风格也相近，受《金瓶梅》的影响是明显的，但这部小说的创作没有借用旧的故事框架，没有较多地采用或改制已有的作品，而是完全取材于现实生活，虚构出全新的小说人物和主题，从这个角度说，该作品应该是最早的一部作家独创的长篇世情小说。

清朝统一全国之后开始了文治，清代小说进入了第二个时期，从康熙二十三年（公元 1684 年）到乾隆六十年（公元 1795 年），共 110 多年。清中叶，在“盛世”繁荣景象的背后，清廷对文化的压制非常严酷，文字狱频繁发生，文人们进退维谷，白话短篇小说已走向衰亡，长篇小说虽然数量甚多，但却走向芜杂、幽怪，除世情小说创作成绩显著之外，多数作品的文学价值并不高。

清中叶小说家在日益严酷的文化专制的压迫下，已不敢干预时政，转而把目光投向家庭伦理、世态人情以及人性等方面，深入到人的情感和精神世界，进而产生了像《儒林外史》和《红楼梦》这样的长篇世情小说佳作，将明清世情小说的创作推向了高潮。《儒林外史》写的是康乾时代的生活，作品中的人物有些可以找到现实原型，但作者宣称故事发生在明朝，《红楼梦》作者则说他所叙述的故事没有朝代年纪可考，这些都是当时文化专制留下的时代印记。

长篇世情小说的创作可谓南北同时开花，硕果累累，迎来了小说雅俗整合的高潮乃至巅峰时代。这时江南长篇世情小说的创作主要集中于南京，除了曹去晶的《姑妄言》、吴敬梓的《儒林外史》等世情小说精品，更重要的是收获了明清小说的巅峰之作——曹雪芹的《红楼梦》。北方长篇世情小说的创作，也取得了不俗的业绩，北京有随缘下士的《林兰香》，齐鲁有李百川的《绿野仙踪》，中原有李绿园的《歧路灯》，呈现“三国鼎立”的态势，前两部都带有浓重的道家及道教意味，而后一部则是典型的儒家叙事。

《儒林外史》是一部有着强烈讽刺特色的世情小说，它“破”“立”结合，即“反儒”又“尊儒”，反的是“俗儒”，尊的是“雅儒”，同时它既“贬道释”，又“趋道释”，贬的是道释门中种种丑陋现象，趋的是道释的甚深义理，构成了作品深广的雅俗内涵，体现了世情小说一贯的劝惩与醒世主旨。

长期以来，特别是“五四”运动以来，对于《红楼梦》丰富的儒道释思想内涵，人们已经形成了基本的共识，那就是肯定其对儒家思想的批判立场，否定其落后的道释倾向。其实曹雪芹对儒家文化的态度是比较矛盾而复杂的，一方面他充分肯定儒家原始经典的基本教义与儒家文化的核心思想，同时他又对后来衍生出的大量儒家糟粕深恶痛绝，体现在小说中，就是其对儒家文化纠结的双重描写。

李绿园高擎的这盏“歧路灯”首先是儒家的理学之“灯”，中庸之“灯”，同时也是一盏汲取了佛老意蕴的道释之“灯”。《歧路灯》着力塑造了三组“雅人”形象，主人公谭绍闻周围的一批“俗人”形象也刻画得比较成功，谭绍闻自身的雅俗演变更是形象地证明了高雅精神文化之“灯”的极端重要性。

晚清（1840—1912 年），即清朝统治的晚期，是中国近代史的开端，也是近代中国半殖民地半封建社会的形成时期。第一次鸦片战争（1840—1842 年）开启了晚清时期，清朝统治力量开始衰落，西方列强迫使清廷签订不平等条约，以武力获得在华利益，而第二次鸦片战争（1856—1860 年）使得清朝统治危机进一步加深。晚清时期，随着列强在华设厂和洋务运动的发展，封建统治者赖以统治的农村自然经济开始解体，中国出现了民族资本主义，这段时期的文化、文学特别是小说也随着西风东渐而渐至发生着变化，特别是在晚清最后的十几年当中尤为显著、剧烈。

阿英的《晚清小说史》评价晚清小说是中国小说史上最繁荣的时代，按照樽本照雄《新编清末民初小说目录》统计，晚清创作的小说达 7466 种。尽管如此，晚清时期小说的地位也还是一如既往的低下，直到最后的 10 多年才有了明显改观。晚清小说最初多不署名（19 世纪 80 年代前后），正如后人所论：

凡著小说者多不署姓名。此其故，或出于所撰之书，为当朝所忌；而尤以风气未开，不知小说之如何重要，著者不过以涉笔成趣为之，又于贤传圣经，据守蝇尺，稗官野史，不列于著作之林，故反以撰小说为辱而不以为荣。①

一是为了政治安全考虑，二为了自身名誉着想，以小说为末流，不登大雅之堂，比如《海上花列传》（1894 年）作者韩邦庆当时就是以“花也怜侬”为笔名，不仅作者，报纸编者也不以真名示人。戊戌维新之前，新闻报纸业是被轻视的：

昔日之报馆主笔，不仅社会上认为不名誉，即该主笔亦不敢自鸣于世。②

从光绪二十一年 (1895 年) 中日马关条约签订以后，到宣统三年 (1911 年) 辛亥革命为止的十多年内，中国小说界发生了一场巨大的革命性变化。资产阶级新小说，包括资产阶级改良派小说和革命派小说，对传统的旧小说，特别是当时极为盛行的狭邪小说和侠义公案小说猛烈开火。这十多年时间，又可分为前后两期，光绪二十八年 (1902 年) 之前是酝酿期，主要是理论上的探索和新的小说理论的建立，此后十年则主要是创作期，绝大部分新小说都诞生于这十年里。

这十年间创作的小说，据阿英《晚清小说目》统计有 479 种，据《中国通俗小说总目提要》统计有 520 多种。特别是开始的两年之内，出现了一大批重要作品，如改良派小说《新中国未来记》《官场现形记》《文明小史》《活地狱》《二十年目睹之怪现状》《邻女语》《负曝闲谈》等和革命派小说《自由结婚》《东欧女豪杰》《洗耻记》《瓜分惨祸预言记》等，《老残游记》《孽海花》等重要作

① 老棣：《文风之变迁与小说将来之位置》，载《中外小说林》，1907（6）

② 姚公鹤：《上海闲话》，上海：上海古籍出版社，1989：128.

品也是在这两年内开始写作的。

这些小说既是资产阶级新小说的号角，又成为“小说界革命”的榜样，其间大批作品如雨后春笋纷纷涌现，使小说创作在我国古代文学史上第一次、也是唯一一次在整个文学领域中取得了主导和正宗的地位，连康有为都为之发出了“经史不及八股盛，八股无奈小说何”[①]的感慨。与此相关的是，专业小说家开始出现并不断增多，吴趼人、李伯元等就是其中的佼佼者，由此形成了我国小说史上第一支专业小说作家队伍。

晚清是以报章刊物为中心的文学时代，许多作家甚至自己创办或编辑文学杂志，晚清小说多先在报纸上连载之后再结集出版，如晚清的四大谴责小说《二十年目睹之怪现状》《老残游记》《孽海花》《官场现形记》最初就是分别连载于《新小说》《绣像小说》《小说林》《世界繁华报》。

谴责小说似乎可以归结为官场小说或黑幕小说，其实更应该称之为世情小说，因为这些作品当中不是仅仅揭露了官场的黑暗，而是广泛地描写了晚清时代真实的世态人情。以四大谴责小说为代表的晚清小说，其思想内容与艺术表现有着自身的特色，既保有对传统小说的广泛继承，又带有现代意味的大胆创新，出现了很多新变，但文以载道的“儒魂”未变，成为从中国古典小说到中国现代小说之间的伟大桥梁。

---

① （清）康有为：《闻菽园居士欲为政变说部诗以速之》，《清议报》，1900-11.

第一章　冯梦龙“三言”：“曲终奏雅，归于厚俗”

“史统散而小说兴”（《古今小说序》）[①]，“三言”出，短篇世情小说始蔚为大观，中国小说的地位与面貌也为之一变。在冯梦龙之前，虽有《金瓶梅》那样雅俗结合的小说经典，但自觉地从主题上将小说雅化，陡然把小说抬高到了与“六经国史”相提并论地位的，还是从冯梦龙开始。冯梦龙不仅从理论上为通俗小说摇旗呐喊，其“三言”的书名就旗帜鲜明地表达了编撰者拳拳教化之心：

明者，取其可以导愚也；通者，取其可以适俗也；恒则习之而不厌，传之而可久。三刻殊名，其义一耳。（可一居士《醒世恒言序》）[②]

而且其先后编撰的“三言”更是小说雅俗整合的成功实践，直接开启了明末清初世情性短篇拟话本小说的创作热潮，这一切都源于冯梦龙“奏雅”与“适俗”二者并重的小说尝试。

第一节　冯梦龙的“小说界革命”：“奏雅”与“适俗”并重

在冯梦龙之前，《三国演义》《水浒传》《西游记》《金瓶梅》等作品虽已面世，但小说还是难登中国文学的“大雅之堂”。主要原因就是小说在思想上不甚雅，班固就认为：

小说家者流，盖出于稗官。街谈巷语，道听途说者之所造也。[③]

又引用孔子的学生子夏的话说：

虽小道，必有可观者焉；致远恐泥，是以君子不为也。（《汉书·艺文志》）[④]

---

① 黄霖，韩同文选注：《中国历代小说论著选》（上），南昌：江西人民出版社，2000：225.

② 黄霖，韩同文选注：《中国历代小说论著选》（上），南昌：江西人民出版社，2000：230.

③ 黄霖，韩同文选注：《中国历代小说论著选》（上），南昌：江西人民出版社，2000：3.

④ 黄霖，韩同文选注：《中国历代小说论著选》（上），南昌：江西人民出版社，2000：4.

另一个原因就是小说在内容形式上不够俗，如唐人传奇，主要反映文人的生活趣味，但因为是文言的，受众面太窄，影响甚微，至于宋元话本又因缺乏文人的参与、提升而俗多雅少，徘徊不前。明代四大名著虽为小说打开了一点局面，但真正为小说赢得文学尊严和地位的还是冯梦龙。

身处世风日下的晚明江南社会，冯梦龙对儒家道统思想认同与坚守经历了一个从反叛到回归的复杂心路历程。在其早期的《广笑府序》中冯梦龙为了夸大笑话的功用就不惜贬抑传统经典：

> 经书子史，鬼话也，而争传焉；诗赋文章，淡话也，而争工焉；褒讥伸抑，乱话也，而争趋避也……我笑那李老聃五千言的《道德》，我笑那释迦佛五千卷的文字，干惹得那些道士们去打云锣，和尚们去打木鱼，弄儿穷活计，那曾有什么青牛的道理，白象的滋味？……又笑那孔子老头，你絮絮叨叨说什么道学文章，也平白地把好些活人弄死。（《广笑府序》）①

这里冯梦龙似乎一棍子把儒道释都打倒了，但他的出发点却还是儒道释“正人心，厚风俗”的共同宗旨，所以冯梦龙思想骨子里跟传统并无冲突，这样的偏激之语当属一时误会而已。在编撰《情史》时冯梦龙受三教的启发而欲另立“情教”：

> 天地若无情，不生一切物。一切物无情，不能环相生。生生而不灭，由情不灭故。四大皆幻设，性情不虚假。有情疏者亲，无情亲者疏，无情与有情，相去不可量。我欲立情教，教诲诸众生：子有情于父，臣有情于君，推之种种相，俱作如是观。②

且别出心裁地以“情”来阐释儒家道统思想：

六经皆以情教也。《易》尊夫妇，《诗》有关雎，《书》序嫔虞之丈，《礼》谨聘、奔之别，《春秋》于姬、姜之际详然言之。岂非以情始于男女，凡民之所必开者，圣人亦因而导之，俾勿作于凉，于是流注于君臣、父子、兄弟、朋友之间而枉然有余乎？③

显然冯梦龙这里所推崇的“情”，可不仅仅是人们所狭隘理解的男女爱情或

---

① 黄霖，韩同文选注：《中国历代小说论著选》（上），南昌：江西人民出版社，2000：225.

② 黄霖，韩同文选注：《中国历代小说论著选》（上），南昌：江西人民出版社，2000：230.

③ 黄霖，韩同文选注：《中国历代小说论著选》（上），南昌：江西人民出版社，2000：3.

个性，而是上升到了与儒家的“道”或王阳明心学的“良知”相近的高度，所以他所立的“情教”其实是对儒教的一次传神的另类解读，而显示了冯梦龙非同寻常的胆识、智慧与境界。

从收集、整理民歌，到编辑笑话和《情史》，在雅俗结合的种种尝试与实践中，冯梦龙的文学思想几经锤炼，而渐至成熟，宋元话本小说让冯梦龙看到了一块广袤的文学雅俗结合的新天地，可以说“三言”的横空出世，几乎是水到渠成。冯梦龙编著“三言”的动机和标准就是雅俗兼顾、俗中见雅、明俗暗雅。笑花主人可谓冯梦龙的知音：

> 至所纂《喻世》《警世》《醒世》之言，极摹人情世态之歧，备写悲欢离合之致，可谓钦异拔新，洞心骇目。而曲终奏雅，归于厚俗。(《今古奇观序》)[①]

“极摹人情世态之歧，备写悲欢离合之致，可谓钦异拔新，洞心骇目”是指小说内容的俗，而“曲终奏雅，归于厚俗”就是作品主题的雅。

在编撰“三言”的过程中，冯梦龙对小说的雅俗问题进行了认真的思考，提出了自己独特的见解，并成功付诸“三言”的编撰实践中。冯梦龙认为：“六经国史而外，凡著述皆小说也。”（《醒世恒言序》）[②]这似乎无限地扩大了小说的外延，几乎否定了小说，但接着他又说：“而尚理或病于艰深，修词或伤于藻绘，则不足以触里耳而振恒心。”（《醒世恒言序》）[③]还说：

> 《六经》《语》《孟》，谭者纷如，归于令人为忠臣、为孝子、为贤牧、为良友、为义夫、为节妇、为树德之士、为积善之家，如是而已矣。经书著其理，史传述其事，其揆一也。理著而世不皆切磋之彦，事述而世不皆博雅之儒。于是乎村夫稚子、里妇估儿，以甲是乙非为喜怒，以前因后果为劝惩，以道听途说为学问，而通俗演义一种遂足以佐经书史传之穷。（《警世通言序》）[④]

这就又大大缩小了小说的内涵，而且还陡然把通俗小说抬高到了与“六经国

① 黄霖，韩同文选注：《中国历代小说论著选》（上），南昌：江西人民出版社，2000：270.
② 黄霖，韩同文选注：《中国历代小说论著选》（上），南昌：江西人民出版社，2000：233.
③ 黄霖，韩同文选注：《中国历代小说论著选》（上），南昌：江西人民出版社，2000：233.
④ 黄霖，韩同文选注：《中国历代小说论著选》（上），南昌：江西人民出版社，2000：230.

史”相提并论的地位：“以二教为儒之辅可也，以《明言》《通言》《恒言》为六经国史之辅，不亦可乎？”（《醒世恒言序》）[1]甚至觉得小说的教化功能方面还超越了儒家经典：

试今说话人当场描写，可喜可愕，可悲可涕，可歌可舞；再欲捉刀，再欲下拜，再欲决脰，再欲捐金。怯者勇，淫者贞，薄者敦，顽钝者汗下。虽小诵《孝经》《论语》，其感人未必如是之捷且深也。（《古今小说序》）[2]

并举例证明：

里中儿代庖而创其指，不呼痛，或怪之，曰：“吾顷从玄妙观听说《三国志》来，关云长刮骨疗毒，且谈笑自若，我何痛为？”夫能使里中儿顿有刮骨疗毒之勇，推此说孝而孝，说忠而忠，说节义而节义，触性性通，导情情出。（《警世通言序》）[3]

小说在冯梦龙手里终于完成了从“不登大雅之堂”到“六经国史之辅”的历史性飞跃。

冯梦龙肯定、倡导通俗小说的主要理由和根据有两点，“适俗”与“导愚”。首先要“适俗”，就是“触里耳”。因为“天下之文心少而里耳多”“理著而世不皆切磋之彦，事述而世不皆博雅之儒”，而通俗白话小说的语言是浅显易懂的，它主要反映的虽是人们的日常生活，但又大多是“奇闻”，迎合了普通读者的心理，所以小说就可以成为能最广泛的“触里耳”的文学载体的最佳选择。但是单具备这一点还不行，像宋元说唱话本，“适俗”是够了，但缺乏“雅”的提升，普遍容易流于庸俗、粗俗。冯梦龙正是看到了宋元话本的这一致命缺陷，才发挥了自己的文化优势，大力改造了宋元话本，这就是他更加强调、重视的通俗小说的另一个重要方面——“导愚”，就是“振恒心”，就是小说的教化功能。“三言”的书名，无论是“喻世”“警世”还是“醒世”，都无不直接体现了编撰者志在教化的良苦用心，其书名虽殊，但宗旨其实就是一个，就是“振恒心”，就是激发世人的“道心”“良知”。恒者，常也，关于“恒心”，笑花主人倒有一番精辟的论述：

---

① 黄霖，韩同文选注：《中国历代小说论著选》（上），南昌：江西人民出版社，2000：233.

② 黄霖，韩同文选注：《中国历代小说论著选》（上），南昌：江西人民出版社，2000：225.

③ 黄霖，韩同文选注：《中国历代小说论著选》（上），南昌：江西人民出版社，2000：230.

仁义礼智，谓之常心；忠孝节烈，谓之常行；善恶果报，谓之常理；圣贤豪杰，谓之常人。然常心不多葆，常行不多修，常理不多显，常人不多见，则相与惊而道之。（《今古奇观序》）①

冯梦龙认为，晚明时代天下的人们都“醉”了，就是“恒心”“道心”丧失殆尽而俗不可耐，冯梦龙希望更相信他编撰的“三言”小说能“振恒心”，以“醒”世人、“醒”天下，所以他才如此看重他的“三言”，他说：

忠孝为醒，而悖逆为醉；节俭为醒，而淫荡为醉；耳和目章、口顺心贞为醒，而即聋从昧、与顽用嚚为醉……自昔浊乱之世，谓之天醉。天不自醉人醉之，则天不自醒人醒之。以醒天之权与人，而以醒人之权与言。言恒而人恒，人恒而天亦得其垣。万世太平之福，其可量乎！则兹刻虽与《康衢》、《击壤》之歌并传不朽可矣。（《醒世恒言序》）②

综上所述，在冯梦龙看来，小说的雅、俗缺一不可，互相依存，而且小说讲究“俗”还只是手段，根本目的还是“雅”，化“俗”为“雅”，所以其小说雅俗观是相当明确、细致、深刻而成熟的，对后世影响深远。当然有一些误读也是在所难免的，比如冯梦龙最重视的“雅”有时候容易被当成道德说教而被否定，反而把冯梦龙作为手段而在作品中反映的纷繁复杂的日常生活和人性的种种之“俗”，当成了小说的主题，而完全忽视或否定了“俗”后面的“雅”，所以如何正确理解冯梦龙的小说雅俗观就显得尤其必要。

第二节　“三言”的雅俗整合

一、“三言”的主题：“奏雅”

冯梦龙是从正反两个方面在“三言”中进行“奏雅”的，即传统的劝善惩恶的教化主题，因为现实中善少恶多，所以“三言”中惩恶的篇幅远大于劝善的篇幅，而且劝善的故事还大多是演述旧作，人心不古，冯梦龙也无可奈何。

“百善孝为先”。“三言”中直接反映孝悌主题的作品却很少，可能是《二十四

① 黄霖，韩同文选注：《中国历代小说论著选》（上），南昌：江西人民出版社，2000：271.

② 黄霖，韩同文选注：《中国历代小说论著选》（上），南昌：江西人民出版社，2000：233.

孝》中的经典故事在明代已广泛流传，而且宋元话本中有关孝悌的作品也不多，而要把前代短小的孝经故事改写成拟话本小说也非易事，更重要的是孝悌思想在中国古代社会还是比较深入人心的，所以可能冯梦龙也觉得没有必要在这方面大做文章了。《醒世恒言》中的《三孝廉让产立高名》还是东汉时候的故事，《喻世明言》中的《任孝子烈性为神》也是宋代故事，主要还不是写孝悌的，其它如《张孝基陈留认舅》《蔡瑞虹忍辱报仇》《张廷秀逃生救父》等作品也只是涉及到孝的主题。

“三言”中劝善主题最震撼人心的当属讴歌讲信用、重然诺、生死不渝的高尚友情——节义，此类作品有 20 多篇，占到“三言”的六分之一。代表作《羊角哀舍命全交》《吴保安弃家赎友》《范巨卿鸡黍死生交》《俞伯牙摔琴谢知音》等都是古代故事的改编，这些小说的主人公为了友情不惜弃家甚至舍命的举动，虽然夸张得近乎违背人伦而令人难以置信，但作品也正是要通过这种离奇的情节来获得“振恒心”的教化效果。主要描写“节义”或涉及“节义”的作品还有《李秀卿义结黄贞女》《两县令竟义婚孤女》《徐老仆义愤成家》《陈多寿生死夫妻》《刘小官雌雄兄弟》《施润泽滩阙遇友》《葛令公生遣弄珠儿》《裴晋公义还原配》《单符郎全州佳偶》《晏平仲二桃杀三士》《卖油郎独占花魁》《大树坡义虎送亲》《张孝基陈留认舅》《赵太祖千里送京娘》《白玉娘忍苦成夫》等，其中前 6 部为明代故事，为这类作品增添了厚重的现实力量。

通过宣扬佛道思想来劝善是“三言”的最成功之处，可以说是冯梦龙正面“奏雅”的杀手锏，当然也有人认为这是“三言”最大的败笔。在“三言”的很多作品中都弥漫着“生死由命，富贵在天”的宿命论思想和“善有善报，恶有恶报”的因果报应思想，不时地警示读者去恶为善。宿命论思想固然有消极的一面，但在人欲横流的时代还是有其积极意义的，它让人安分守己一些，不要过于贪婪，特别是不要为了满足自己的欲望而做伤天害理、违法乱纪的事。至于因果报应思想虽被现代人视为迷信、愚昧，但在中国古代社会还是很有信众的。《易经》有曰：“积善之家，必有余庆；积恶之家，必有余殃。”又曰：“善不积不足以成名，恶不积不足以灭身。”道家认为，人之祸福来源于祖先之善恶，子孙须承负先人之善恶报应，故太上曰：“祸福无门，唯人自招；善恶之报，如影随形。”佛家则公开提出“三世因果说”，认为人之祸福全来自前世之善恶，今生之善恶又影响来世之祸福，正如《涅槃经》中所说：“善恶之报，如影随形，三世因果，循环不失。”可见中国传统文化中的宿命论和因果报应思想以及道释的超凡脱俗思想在民众中还是有着一定的影响和基础的，冯梦龙在编撰“三言”时就在这方面做足了文章。

“三言”作品中更多的是从反面“奏雅”——惩恶。过度的贪欲就是恶，就是俗，面对糜烂的晚明社会，书生报国无他物，冯梦龙只有借小说来挽救世道人心。俗话说：“人为财死，鸟为食亡。”可当代高僧宣化上人却把这话改为：“人为色死，鸟为食亡。”这正对应了“万恶淫为首”这句古训。“三言”中有近四分之一的作品揭示了贪色、邪淫的危害，给人警示，发人深省，《蒋兴哥重会珍珠衫》《陈御史巧勘金钗钿》《新桥市韩五卖春情》《闲云庵阮三偿冤债》《简帖僧巧骗皇甫妻》《任孝子烈性为神》《三现身包龙图断冤》《乔彦杰一妾破家》《况太守断死孩儿》《蒋淑真刎颈鸳鸯会》《赫大卿遗恨鸳鸯绦》《陆五汉硬留合色鞋》《金海陵纵欲亡身》《隋炀帝逸游召谴》《汪大尹火焚宝莲寺》等15篇小说就是其中的力作，淫欲导致伤身乃至家破人亡，种种果报，触目惊心。《赫大卿遗恨鸳鸯绦》《汪大尹火焚宝莲寺》这两篇描写明代尼姑、和尚淫欲的小说又更具代表性，因为这一方面反映了明代佛教世俗化的丑陋现状，另一方面更说明了众生降服淫心的巨大艰难性，因为连出家人的心都难以清净，遑论凡夫俗子了。即便如此，身首异处的惨烈果报还是警醒世人尽量远离邪淫，不能沉迷欲海，害己害人，自作自受，而应该珍惜人生，清净自在做人。

“三言”中有不少作品抨击了因贪财、贪名而薄情寡义、见利忘义、背信弃义甚至谋财害命、恩将仇报的丑恶行径，作恶者最终都得到了应有的惩罚。此类作品有20多篇，约占“三言”的五分之一，其中《陈御史巧勘金钗钿》《滕大尹鬼断家私》《苏知县罗衫再合》《沈小官一鸟害七命》《金玉奴棒打薄情郎》《桂员外途穷忏悔》《王娇鸾百年长恨》《杜十娘怒沉百宝箱》《张廷秀逃生救父》《李玉英狱中讼冤》《钱秀才错占凤凰俦》《一文钱小隙造奇冤》等12篇是其中的代表作。还有一些作品告诫做人要诚实、谦虚、谨慎，不要心高气傲、虚言妄语、惹是生非，如《王安石三难苏学士》《卢太学诗酒傲公侯》《十五贯戏言成巧祸》等就是此类作品。“三言”中还有一些上文中没有论及的作品，比如妖术灵怪、人鬼幽期、才子佳人等类型的作品，或多或少都有一定的教化因素，本文就不一一分析了。

对于“三言”的“曲终奏雅，归于厚俗”，究竟是画龙点睛还是画蛇添足，历来看法不一，比如吴建国就认为：

> 为了达到“劝善惩恶”之目的，冯氏设法改进宋元话本单纯叙事的固定模式，在作品中倡导合乎理性原则的价值追求，致力于娱乐与教化的互相融合。[①]

其实“三言”不仅仅是“曲终奏雅”，真正“奏雅”的还是体现在小说的人物、情节以及描写当中，结尾再强调、提升一下，卒章显志，对一般读者而言，还是有必要的，一是防止误读，二是加深理解。当然冯梦龙“三言”的雅也不仅仅表现在作品教化宗旨的强化上，同时也体现在诸如作品语言、题目的整饬、诗词的删改、结构情节的优化、描写的细化、作品趣味品质的提升等方面，这里就不一一展开了。

二、“三言”的内容：“适俗”

为了“触里耳”，为了“适俗”，既要迎合大众的欣赏口味，又要避免“鄙俚浅俗，齿牙弗馨”（绿天馆主人《古今小说序》）[②]，冯梦龙在编撰“三言”时可谓煞费苦心，而不像后人所想象的只是简单的编辑而已。除了继续保持和发挥宋元说唱小说话本在语言的通俗、情节的曲折奇巧等表现形式上的优点之外，冯梦龙重点关注的是如何在内容的“俗”上下功夫，来吸引读者。

凌濛初的《拍案惊奇》以“奇”来招揽读者：

> 今之人，但知耳目之外，牛鬼蛇神之为奇，而不知耳目之内，日用起居，其为谲诡幻怪非可以常理测者固多也。（即空观主人《拍案惊奇序》）[③]

他认为世人只知“牛鬼蛇神之为奇”，而不知日常生活中蕴藏着更多的“奇”，这确实是真知灼见。其实冯梦龙在编撰“三言”时就已经注意到迎合世人的猎奇心理了，因而充分运用了凌濛初所说的这两种“奇”。首先在某些作品的标题上就直接标注“奇”或“巧”，如《陈御史巧勘金钗钿》《杨八老越国奇逢》《简帖僧巧骗皇甫妻》《一文钱小隙造奇冤》等作品题目就很惹眼。其次是选用、改

---

① 吴建国：《< 三言 >< 二拍 > 与雅俗文化选择》，中国文学研究，2000（2）：48.

② 黄霖，韩同文选注：《中国历代小说论著选》（上），南昌：江西人民出版社，2000：225.

③ 黄霖，韩同文选注：《中国历代小说论著选》（上），南昌：江西人民出版社，2000：263.

编、创作了大量涉及牛鬼蛇神、人妖灵怪的作品，更是直接以道教、佛教为题材营造扑朔迷离、荒诞离奇的气氛，吊足读者的胃口。“三言”中此类作品甚多，题材、主题不一，代表作有《新桥市韩五卖春情》《闲云年庵阮三冤债》《陈从善梅岭失浑家》《杨思温燕山逢故人》《李公子救蛇获称心》《崔待诏生死冤家》《三现身包龙图断冤》《金明池吴清逢爱爱》《闹樊楼多情周胜仙》《独孤生归途闹梦》等，如果再加上佛道题材的作品，总量就超过“三言”的一半了，这也是“三言”中被大多现代读者批为封建糟粕、迷信的部分，基本忽视了编撰者当初的良苦用心。

当然，冯梦龙更为用心的是挖掘、展现日常生活中的“奇”，因为这种“奇”跟世人的生活贴近，更容易引起读者的共鸣。“三言”为人们展示了一幅幅斑斓壮观的古代画卷，特别是明代的清明上河图，涉及的人物上至帝王将相，下至市井无赖，三教九流，油盐酱醋，在看似平淡甚至琐屑的日常生活的叙写中让读者“拍案惊奇”，进而有所启迪，从而实现编撰者“奏雅”“导愚”的济世宏图。最让读者印象深刻的就是“三言”对男女情爱婚姻问题的强烈关注，因为这也是世人最为关切的话题。此类作品为数众多，约占到“三言”的一半以上，其中既有才子佳人的风流佳话，如《众名姬春风吊柳七》《唐解元一笑姻缘》《苏小妹三难新郎》等，也有惊天动地的爱情传奇，如《乐小舍弃生觅偶》《白娘子永镇雷峰塔》《闹樊楼多情周胜仙》等，更多的是于平凡中彰显爱情的力量，如《单符郎全州佳偶》《李秀卿义结黄贞女》《崔待诏生死冤家》《宿香亭张浩遇莺莺》《卖油郎独占花魁》《陈多寿生死夫妻》《白玉娘忍苦成夫》《吴衙内邻舟赴约》等，虽有种种美中不足，但真实生动，一样可以净化人心，陶冶性情，淳厚风俗。

“三言”中商业活动题材的作品也让人印象深刻。“士农工商”，中国自古就有“重农抑商”的传统，文学中也很少有关商人正面形象的描写，这一局面到了明代才大为改观。随着明代资本主义的萌芽，商业活动日趋发达，而在冯梦龙的“三言”中得到了及时、详尽的反映。商人在生活中已不少见，但一般市民对经商生活特别是致富经历还是充满了好奇，所以冯梦龙当然不会放过这一“卖点”，因而在“三言”中大讲特讲了50多篇与商人有关的故事，以吸引读者的眼球。此类代表作有《蒋兴哥重会珍珠衫》《汪信之一死救全家》《吕大郎还金完骨肉》《俞仲举题诗遇上皇》《乔彦杰一妾破家》《卖油郎独占花魁》《刘小官雌雄兄弟》等，虽然这些小说很少以经商为主题，而是以人经商为故事的背景，或为人物情节的点缀、线索，但在或具体或简洁的商人生活的话语中也一样包含了“雅”的道德评判，如对诚信重义、公平无欺、艰苦创业等传统美德的颂扬，也有对卑鄙奸诈、见利忘义、唯利是图等丑恶嘴脸的抨击，所以商人叙事在“三言”中不仅仅是吸引读者的一块金子招牌，同时也是作品“奏雅”“导愚”的重要阵地之一，可谓俗中显雅，时时处处不忘“奏雅”。

当然“三言”的“适俗”还表现在其他一些方面，比如强化细节写实的逼真，以增强作品的艺术感染力，进而能扣人心弦，这同样是冯梦龙“适俗”方面的重大努力与成功。再比如上面已论及的“篇终奏雅”问题同样可看作是“适俗”的一种尝试与让步，也许从艺术的角度看“篇终奏雅”并不高明，但为了“适俗”，还是可取的。

冯梦龙“三言”的雅俗整合，特别是“篇终奏雅”的普遍运用，使得其雅俗的结合显得有些生硬，不如《金瓶梅》做到了雅俗的有机融合，更不能与后来雅俗结合的巅峰之作《红楼梦》相提并论，但因短篇小说体式的限制，能达到“三言”那样的水准已经是难能可贵了，更重要的是它激发了明清世情长篇小说与世情性短篇拟话本小说创作的繁荣。由冯梦龙倡导的雅俗并重的小说标准一直影响至今，当代中国文化诗学批评的蓬勃发展就是一个有力的证明，那些没有文化内涵的小说很快就被人们遗忘，也再次验证了冯梦龙小说思想的正确与伟大。

第二章　陆人龙兄弟“一型”：“树型于当世”

随着冯梦龙“三言”的成功，首先在苏州掀起了一股拟话本创作与刊刻的热潮，凌濛初的“二拍”、天然智叟的《石点头》、抱翁老人的《今古奇观》等相继面世，受此影响，相距不远且同为刊刻重镇的杭州当然也不甘示弱，《型世言》《欢喜冤家》《西湖二集》等短篇拟话本小说集也先后亮相。其中陆人龙的《型世言》长期隐身于别本《二刻拍案惊奇》与《三刻拍案惊奇》当中，直到上世纪80年代在韩国被发现后才再露真容，至此，《型世言》也才真正进入学界的视野。十多年来，学界虽早有“三言二拍一型”之说，但因为《型世言》过分的说教与强烈的道学色彩，而普遍认为《型世言》实际上难以与“三言二拍”相提并论。本文认为，陆云龙兄弟以儒为宗，道释为翼，可谓真道学，其《型世言》发扬“三言”的劝诫主旨，而另辟蹊径，从正面直接树型，大力弘扬儒家忠孝节义的伦理道德，且强调作品内容的真实性、时效性，道学主旨与世情叙事融为一体，雅俗结合，而成为明清世情性拟话本小说中的一颗明珠。

陆云龙兄弟的精神结构与创作理念

虽然有关陆云龙兄弟的直接资料很少，但从他们创作、评点的《型世言》等间接文献，我们还是能够大致勾勒出他们兄弟大致的精神图像。首先，儒家思想在他们的精神谱系中占了绝对的主导地位。《型世言》既从正面大力渲染忠孝节义等“天理之型”，又从反面塑造种种贪图名利财色的“人欲之型”，进行正反结合的儒家道学叙事，作者陆人龙的道学心肠、儒家本色跃然纸上。陆云龙在《型世言》每回之前都作有叙或小引，回后又都附有简短的评论，且夹有大量的眉批，从中我们可以看出，与其弟相比，陆云龙的道学思想有过之而无不及，可以说陆云龙的评注进一步强化了《型世言》的道学色彩。陆云龙从小就以儒家的标准锤炼自己，他曾这样回忆道："弟少颇自负，砺名行，尚气节，期退不歉于伦常，进不缺于经济。"（陆云龙《答朱懋三书》））[①] 又曾作《君子行》一诗自勉，其中有云：

把臂揖周公，赍心老文史。
俯仰愧怍清，出处浮云似。
岂曰作世型，吾志固尔尔。[②]

虽久困科场，郁郁不得志，但其强烈的儒家情怀始终未改。另外陆云龙兄弟曾分别写作时事小说《辽海丹忠录》与《魏忠贤小说斥奸书》，前者颂扬毛文龙的忠，后者谴责魏忠贤的奸，兄弟俩虽"处江湖之远"，却心怀天下，积极关注时政，以笔代刀，为国家的安危尽自己的微薄之力，其一片赤诚的儒家济世之心，令人动容。其次，陆云龙兄弟身上亦有道释的成分。兄弟俩虽以儒为宗，但并不是那种视道释为异端的腐儒、俗儒，《型世言》中也一再否定、嘲讽种种腐儒、俗儒，并且也有大量的道释叙事，其中第34回《奇癫清俗累 仙术动朝廷》、第40回《陈御史错认仙姑 张真人立辨猴诈》等两回主要是写道教的，而第35回《前世怨徐文伏罪 两生冤无垢复仇》是专门写佛教的，其他还有不少因果报应的佛教叙事，这些已充分说明了陆云龙兄弟对道释的认可与熟悉，虽然我们还没有他们兄弟亲近道释的直接证据，但以儒为体，道释为翼，当是陆云龙兄弟大致的精神结构。

陆人龙创作、编撰《型世言》受到冯梦龙"三言"的影响当是没有疑义的，一是杭州离苏州并不远，二是作为同行应该更加关注新书的出版，三是其书名显然脱胎于"三言"，另外凌濛初的《初刻拍案惊奇》也早《型世言》几年问世，陆人龙也应该有机会阅读，但陆人龙的《型世言》却选择了明显有别于冯梦龙与凌濛初的创作风格，个中原因值得探讨。冯梦龙、凌濛初在作品序言及作品中都明确阐明了自己小说雅俗整合的理念，并贯穿于他们的编撰实践之中，比如同样是劝惩主旨，他们都尽量避免了从正面直接宣扬儒家道学思想的"型世"，而是着重通过佛教的因果报应、天命论等世情叙事从侧面来或"喻世"或"警世"或"醒

① 顾克勇：《书坊作家陆云龙兄弟研究》，北京：中国社会科学出版社，2010：307.
② 顾克勇：《书坊作家陆云龙兄弟研究》，北京：中国社会科学出版社，2010：74.

世”，正如凌濛初所总结的那样：“从来说的书不过谈些风月，述些异闻，图个好听。最有益的，论些世情，说些因果，等听了的触着心里，把平日邪路念头化将转来，这个就是说书的一片道学心肠，却从不曾讲着道学。”（《二刻拍案惊奇》卷十二）[①]，就是说，在冯梦龙、凌濛初看来，直接宣扬儒家的道学来劝化世人，倒不如讲些佛教因果的世情故事，更能吸引、启发读者，更有效果，因为不要说现代人，就是明清读者也会厌烦累牍连篇的道德伦理说教，而佛教的因果报应与天命论不仅劝人要仁义、行善，更重要的是让人搞明白为什么要行善去恶，这样就更有说服力。

“三言二拍”中除了涉及儒家“义”的，很少有正面描写儒家忠、孝、节的作品，而《型世言》中写忠的有 4 篇，写孝的有 5 篇，写节的有 6 篇，写义的更是多达 10 多篇，那么陆人龙为什么不步“三言二拍”的后尘而另辟蹊径呢？这与作者的思想倾向有着很大的关系，与冯梦龙、凌濛初相比，陆云龙兄弟更是标准的儒士。当时海内儒林可谓熙熙，可是像他们兄弟那样及时创作《辽海丹忠录》《魏忠贤小说斥奸书》之类时事小说以图济世救国的，毕竟寥寥无几，又陆云龙创作《魏忠贤小说斥奸书》时曾自称“吴越草莽尘”，可见他们兄弟虽身在市井，但位卑未敢忘忧国，其铮铮儒骨举世罕见，所以他们要创作《型世言》也就不足为怪了。既然要从正面“树型今世”，儒家的忠孝节义等伦理道德当然是首选，《型世言》前二十篇主要是正面树型，后二十篇则主要是反面树型，也许如果有足够的正面典型，《型世言》可能就是名副其实的篇篇皆“正面树型”了。其实陆云龙兄弟之前创作的两部时事小说已经是在“树型”了，《型世言》可谓其创作理念的全面展开与重要结晶。

另外，陆云龙兄弟高度重视小说内容的真实性与时效性，而以“史臣”自居，时事小说《辽海丹忠录》《魏忠贤小说斥奸书》自不必说，就是世情性作品也同样力求小说素材的“言之有据”与鲜活性，《型世言》全书 40 回，除第 15 回出自宋代《谐史》，其余均源自明代的或名人传记或野史笔记乃至社会新闻，其中有的作品中就已明确注明出处，有的已考证出来源，剩下的几篇虽一时难以考证，但相信不会是作者随意的编造。当然《型世言》并没有拘泥于人物与故事的原型，

① （明）凌濛初：《二刻拍案惊奇》，长春：时代文艺出版社，2000：195.

在形象塑造、情节安排、细节设计等诸多方面还是注意到充分发挥小说的虚构性、艺术性，努力做到生活真实与艺术真实的统一，其小说内容的真实性、时效性等方面确是“三言二拍”所不能及的。

第三章　吴敬梓《儒林外史》："写入残篇总断肠"

在中国传统社会，小至个人，大至文化，雅俗都是一个常用的、重要的评判标准之一，文学批评更是如此，而以小说的雅俗批评为最。雅俗能否有机的结合是小说创作成功的关键所在，它不仅体现在作品的内容与主旨上，也体现在语言、结构等艺术表现上，甚至也直接体现在作品使用"雅""俗"二字相关词的频率上。据本人统计，《水浒传》中"雅"字出现 6 次，"俗"字出现 35 次，《三国演义》中"雅"字出现 24 次，"俗"字出现 15 次，《儒林外史》中"雅"字出现 28 次，"俗"字出现 42 次，而《红楼梦》中"雅"字出现 62 次，"俗"字出现 173 次，按照篇幅大小计算，后两部作品这两个字的使用频率相近，远高于前两部，而从一个方面证明了世情小说在雅俗整合上的较高自觉度。人们对《儒林外史》思想内容的研究成果已相当可观，既有反对功名富贵、反对八股科举制、讽刺时弊士风等旧说，又有董国炎的《< 儒林外史 > 主题新说》、李汉秋的《< 儒林外史 > 里的儒道互补》等颇有分量的新解，多视角、多层次地挖掘作品的主旨，而使《儒林外史》的价值与地位日益凸显，鲁迅曾经对《儒林外史》的"伟大也要有人懂"的担忧在今天已似乎不再是问题。

第一节　"讽刺小说""社会小说"还是"世情小说"

在鲁迅给《儒林外史》贴上"讽刺小说"的标签之前，人们一般视《儒林外史》为"社会小说"。鉴于鲁迅的眼光和地位，长期以来，这一给《儒林外史》盖棺论定的说法已为广大读者所接受，直到近来才有了一点异样的声音。杨玉军的《< 儒林外史 > 不仅仅是讽刺小说》（2001 年）、朱建华的《< 儒林外史 > 非讽刺小说》（2002 年）两篇论文相继提出了相似的观点，他们认为《儒林外史》还是归于“社会小说”或“社会理想小说”比较妥当。应该说，这两篇论文的分析是颇有见地的，只可惜学界对此的回响寥寥。

小说人物塑造“破”与“立”的问题一直考验、折磨着许多作家，比如《金瓶梅》是善于“破”的典范世情之作，全书鲜见正面人物，而《红楼梦》则有“破”有“立”，封建贵族世家的腐败固然让人印象深刻，但正面人物贾宝玉、林黛玉的光辉形象更是感染了无数的读者。一般而言，塑造人物形象时，“立”的难度远大于“破”，因为现实生活中“破”的对象比比皆是，而“立”的正面人物则凤毛麟角，使得作家往往缺少正面人物的生活经验或体验，所以既“破”且“立”的《红楼梦》当仁不让地成为世情小说乃至中国小说史上空前绝后的的巅峰之作。鲁迅是中国现代文学史上巧于“破”而拙于“立”的伟大作家，无论是阿 Q、孔乙己，还是陈士成、鲁四老爷，鲁迅笔下的人物大多是被否定的负面形象，都是其“破”的成果，而少“立”的正面形象，这应该是一个不争的事实。正是鲁迅这样的气质与创作个性，使他对《儒林外史》中范进、严贡生、匡超人之流的一大批负面人物一见如故，对作者的批判、讽刺成就击节叹赏，而有点忽视了作品中虞育德、杜少卿、鲍文卿等另外一大批正面人物，过分夸大了作品的“破”，而淡化了作者的“立”，故而得出了以偏概全的“讽刺小说”的结论。应该说鲁迅的这一命名无意中大大降低了《儒林外史》的小说品质，而某种程度上误导了后人，现在人们才渐渐觉得，《儒林外史》怎一个“讽刺小说”的标签了得?

鲁迅在梳理描摹世态人情、反映日常现实生活的这一类明清小说时，并没有使用“社会小说”一说，而是使用了“人情小说”“世情小说”“世情书”“才子佳人小说”“狭邪小说”等概念，应该说还是很有道理的，因为“社会小说”这一概括太宽泛了，像历史小说、英雄小说、侠义小说、公案小说等跟社会有关的似乎都可以归入“社会小说”的范畴，而不能准确反映各类小说的根本特征。

本文认为，《儒林外史》应该归于“世情小说”。小说的分类应该着眼于作品的思想内容，而不是作品的表现手法。为《儒林外史》贴上“讽刺小说”这一不伦不类的标签，只能引起误读与混乱，虽然《儒林外史》确实有着很强的讽刺性。应该说，《儒林外史》是一部有着强烈讽刺特色的世情小说。

第二节　《儒林外史》的雅俗内涵

《儒林外史》中描写人物时用了"俊雅""雍容尔雅""温恭尔雅""浑雅""文雅""儒雅""博雅"以及"雅人"等带褒义的词，描写事物时也用了"幽雅""淡雅""雅致""清雅""典雅"等词，同时又运用了"俗财主""俗气""俗事""村俗""俗务""俗人""俗情""俗地方""俗品""流俗""恶俗""俗套"等带贬义的词，当然还多次出现"不雅""不俗"这样反用的情况。可见雅俗是明清社会特别是儒林的重要话语之一，虽然现实生活中是俗多雅少，口中雅话连篇，可做起来却俗不可耐。

小说的雅、俗内涵与作者的"破""立"叙事正好是相对应的，所要"破"的当然是"俗"，而所要"立"的当然是"雅"，人们往往只注意到作品表面的"破""立"叙事，而忽略了作者"破""立"背后的雅俗追求，《儒林外史》的主题解读史就是一个很好的证明。闲斋老人云：

> 其书以功名富贵为一篇之骨：有心艳功名富贵而媚人下人者；有倚仗功名富贵而骄人傲人者；有假托无意功名富贵而自以为高，被人看破耻笑者；终仍以辞却功名富贵，品地最上一层，为中流砥柱。[①]

显然作者所"破"的是"心艳功名富贵""倚仗功名富贵"和"假托无意功名富贵"这三种"俗"，所"立"的是"辞却功名富贵"这一种"雅"，故而对待功名富贵的态度就成为雅俗的试金石与根本分野，于是虞育德、杜少卿之"雅"与严贡生、匡超人之"俗"就了了分明。

另外关于《儒林外史》是"反儒"还是"尊儒"的争论，也是一个很好的例子。人有雅俗，儒当然更有雅俗，对此荀子早有详细论述：

故有俗人者，有俗儒者，有雅儒者，有大儒者。不学问，无正义，以富利为隆，是俗人者也。逢衣浅带，解果其冠，略法先王而足乱世术，缪学杂举，不知法后王而一制度，不知隆礼义而杀诗书；其衣冠行伪已同于世俗矣，然而不知恶；其

① 丁锡根编著：《中国历代小说序跋集》，北京：人民文学出版社，1996：1681.

言议谈说已无异于墨子矣，然而明不能别；呼先王以欺愚者而求衣食焉；得委积足以揜其口，则扬扬如也；随其长子，事其便辟，举其上客，亿然若终身之虏而不敢有他志：是俗儒者也。法后王，一制度，隆礼义而杀诗书；其言行已有大法矣，然而明不能齐法教之所不及，闻见之所未至，则知不能类也；知之曰知之，不知曰不知，内不自以诬，外不自以欺，以是尊贤畏法而不敢怠傲：是雅儒者也。法先王，统礼义，一制度；以浅持博，以古持今，以一持万；苟仁义之类也，虽在鸟兽之中，若别白黑；倚物怪变，所未尝闻也，所未尝见也，卒然起一方，则举统类而应之，无所儗怍；张法而度之，则晻然若合符节：是大儒者也。(《荀子·儒效第八》)[①]

显然《儒林外史》所要"破"的、所要"反"的是被丑恶的社会及僵化的八股制科举严重异化了的儒林的败类，是遍满士林的俗儒、假儒甚至恶儒，而不是儒学本身，作品所描写的泰伯祠大祭等事正是虞育德等真儒、雅儒们试图恢复、挽救儒学的壮举，所以《儒林外史》既"反儒"又"尊儒"，反的是"俗儒""假儒"，尊的是"雅儒""真儒""醇儒"乃至"大儒"，特别是儒家的仁义等思想法宝，如是"破""立"结合，两相对比，雅俗高下泾渭分明。"江左烟霞，淮南耆旧，写入残篇总断肠！"[②]面对人心不古，世风日下，特别是被视为社会脊梁的儒林亦丑恶丛生、满目疮痍的社会现实，痛心疾首的吴敬梓唯有以其嬉笑怒骂之笔发出他那真诚的呐喊，其《儒林外史》不啻为一曲曲苍凉的儒林悲歌，同时更是一曲令人荡气回肠的儒家挽歌。

《儒林外史》究竟是"贬道释"还是"趋道释"，也同样是一个关系到能否准确理解作品雅俗内涵的重要问题。坚持"贬道释说"的言之凿凿，如吴敬梓研究专家陈美林在《吴敬梓评传》中就这样写道：

生活在康、雍、乾时期的传主吴敬梓，在其名著《儒林外史》中，在尊崇儒学的同时，也贬斥释道。小说中出现的和尚、道士，不论是作为事件的主角，还是作为陪衬的人物，作者不是加以正面斥责，就是旁敲侧击地予以贬抑。将作者所刻划的形象、所描绘的画面稍作分析，便可看出吴敬梓对释、道二教中人均无好感，很少加以褒扬，而是嬉笑怒骂，极尽讥讽之能事，点

① （战国）荀况著；安继民注译：《荀子》，中州古籍出版社，2005：98.

② （清）吴敬梓：《儒林外史》，中国文史出版社，2001：390.

染所及，涉笔成趣，极深刻地暴露了他们的丑恶嘴脸。[①]

其实吴敬梓对道释的态度是有很大区别的，不应一概而论。首先，吴敬梓对道家的肯定态度还是比较明显的，不仅《儒林外史》中蔑视功名富贵的王冕、杜少卿等形象身上有着明显的道家意味，而且其《文木山房集》中亦有不少吟咏道家趣味的诗词，对此李汉秋的《<儒林外史>里的儒道互补》和皋与厚的《<儒林外史>与<庄子>的精神连结》两篇论文都作了较好的论证。一般来说，虽然儒是入世的，道是超世的，释是出世的，而有"儒家治世、道家治身、释家治心"的说法，但三教从根本上来说又是统一融合的，因为三教都是劝人趋善，只是侧重点与程度不同而已，所以真正的儒者其实已经接近道家的边缘了，尊儒与好道甚至崇佛完全可以并行不悖，儒者大没有必要视道释为水火不相容的异端。中国古代像苏轼、宋濂、王阳明等那样的外儒内庄或亦儒亦道释的士大夫层出不穷就是最好的证明。

其次，吴敬梓对佛教的态度倒确实有点让人难以捉摸。因为吴敬梓四十岁之前少有涉及佛教的的诗词，根本看不出他对佛教的态度，四十岁以后的诗文又基本亡佚，使我们无从知道他中年以后与佛教的接触及了解情况。本文认为，如果仅凭《儒林外史》中种种负面的佛教叙事，以及吴敬梓受到过反对道释的颜李学派的影响，就认为吴敬梓是贬佛的，恐怕有些武断。最主要的理由就是，就像吴敬梓既"反儒"又更"尊儒"的态度一样，他"破"的是释门中种种背弃佛教教义的丑陋现象，而不是佛教的真谛。我们知道，吴敬梓一生跟道释还是有缘的，与道士僧侣有不少交往，经常驻足甚至栖住寺庙，所以凭他的过人的禀赋与才华，应该不仅仅是对佛门的丑事了如指掌，也应该对佛教义理有所接触、熏习，因为即使他要贬佛的话，也应该切实了解他所要否定的对象，对自己不甚了了的东西就大加攻击，恐怕不是吴敬梓为人为文的风格。《儒林外史》之所以要进行不少篇幅的佛教叙事，首先这是明清社会的世情使然，明清时期中国佛教虽逐渐走向衰落，陋相百出，但佛教已融入了中国社会的肌理，却是不争的事实，只是正面影响渐小而负面影响日盛而已；其次，不用说儒林的溃烂了，连净地佛门都是这样的肮脏，中国社会病到了何种地步就可想而知了，这是《儒林外史》佛教叙事

① 陈美林．吴敬梓评传[M]．南京：南京大学出版社，1990：358-359.

更重要的价值所在。

《儒林外史》的开篇词中就有“功名富贵无凭据，费尽心情，总把流光误”的感慨，终篇词中又有“从今后，伴药炉经卷，自礼空王”的觉醒，道释意味浓郁，应该说这绝不是作者的一时信笔，而是一番相当精心而巧妙的构思与布局。陈美林这样解释《儒林外史》的篇终词：

> 这首词是传主晚年的作品，其中虽有伴经卷、礼空王的字眼，但只是表现了他在经过不断探索以后，终于明白自己提出的礼乐兵农的理想也并不能实现，从而产生的破灭虚无之感。“经卷”“空王”，在传主作品中只是作为归隐的同义词，而并非表示真正皈隐于释道的意思。①

首先，我们无法想象一个贬道释的诗人会有“从今后，伴药炉经卷，自礼空王”这样的吟诵，而且是以此句作结全篇，其分量是非同小可的。虽然我们无法证实吴敬梓晚年是否真的有“伴药炉经卷，自礼空王”的举动，但至少可以肯定的是，吴敬梓晚年对道释是比较熟悉的，且有好感，特别是目睹、经历了儒学的式微及其济世的苍白，而对儒学愈加绝望之后，“天下有道则见，无道则隐”（《论语·泰伯》），转而亲近道释，对于聪明、博雅如吴敬梓这样的真名士来说，应该是一件很自然的事。所以，这样的小说结尾与这样的人生结局，不但不是幻灭、虚无与逃避，反而是生命、精神的升华、充实与进取，这样的小说结尾意味深长，雅韵悠扬，催人警醒，给人希望。

《儒林外史》在“破”的方面是相当成功的，严贡生、范进、匡超人等“俗人”给我们留下了深刻的印象，可其“立”的虞育德、杜少卿等“雅人”形象就不如《红楼梦》里的贾宝玉、林黛玉那样丰满动人，但其破立结合、雅俗对照的创作努力还是值得肯定的，我们不应片面地看待《儒林外史》的思想与艺术价值。

就思想成就而言，在诸多种类的明清小说中，以世情小说为最，因为世情小说直接关注危机四伏的现实人生的真实状况，以劝惩与醒世作为创作的主要目的，告诫世人去俗就雅，而产生了《红楼梦》这样的不朽世情巨作。我们应以同样的眼光来阅读《儒林外史》，体味作者那一颗拳拳劝世、醒世之心，而如闲斋老人所分析的那样：

① 陈美林：《吴敬梓评传》，南京：南京大学出版社，1990：365.

《传》云：“善者感发人之善心，恶者惩创人之逸志。”是书有焉。甚矣，有《水浒》《金瓶梅》之笔之才，而非若《水浒》《金瓶梅》之致为风俗人心之害也，则与其读《水浒》《金瓶梅》，无宁读《儒林外史》。[①]

黄安瑾于光绪十一年为上海宝文阁刊行的《儒林外史新评》所作的序文也认为“其实作者之意为醒世计，非为骂世也”[②]，均为中肯之语。“善者”就是“雅”，“恶者”就是“俗”，世情小说《儒林外史》成功的雅俗抒写，凝聚了作者无数的心血，当是我们解读的重点。

① 丁锡根编著：《中国历代小说序跋集》，北京：人民文学出版社，1996：1681.

② 丁锡根编著：《中国历代小说序跋集》，北京：人民文学出版社，1996：1688.

第四章　李绿园《歧路灯》：“用心读书，亲近正人”

从《金瓶梅》到《红楼梦》，明清世情小说发轫于齐鲁，而兴盛于江南，其他地域则大多交了白卷。清人李绿园的《歧路灯》自问世后的100多年间，一直在河南民间辗转传抄，直到20世纪初才渐渐为外界所知，而使得中原也终于跻身于明清世情小说创作的文学地理版图。《歧路灯》的命运也可谓“歧路”漫漫，且不说过去因没有刻本而长期近于湮没的窘境，即便是20世纪初进入学界的研究视野之后，也是褒贬不一，冷热不均，褒之者如朱自清云：

> 在结构上它是中国旧来唯一的真正长篇小说。……若让我估量这本书的总价值，我以为只逊于《红楼梦》一筹，与《儒林外史》是可以并驾齐驱的。[①]

而20世纪80年代《歧路灯》正式出版后掀起一波“歧路灯热”时，贬之者却又明显占了上风，如蓝翎就认为：

> 《歧路灯》的确要宣传儒家的正统思想，把这种腐朽的思想看成人生指路的明灯。……但这种创作思想的确是中国古代小说现实主义传统精神的大倒退，大大发展了开创人情小说的《金瓶梅》本来就有的说教因素的落后面，使“人情小说”的发展岔向了歧路。[②]

总的来说，与《儒林外史》《红楼梦》研究相比，学界对《歧路灯》的评价偏低，关注不够，研究视野较为狭窄，而有较大的研究空间。

---

① 朱自清：《歧路灯》，载《<歧路灯>论丛》(一)，焦作：中州书画社，1982：9-12.

② 蓝翎：《“埋没”说质疑》，载《<歧路灯>论丛》(一)，焦作：中州书画社，1982：87.

第一节　一盏“理学名区”的“歧路灯”

儒道释三教均自视为导人趋善之“灯”，儒生有“天不生仲尼，万古长如夜”之赞语，而把以孔子为代表的儒家思想比喻为普照众生的太阳，道教有善书汇编《暗室灯》，佛教更是将佛法比喻为明灯，而编撰有《景德传灯录》和《五灯会元》等著，那么李绿园的世情小说《歧路灯》属于哪一家之“灯”呢？我们就要分析作者及其作品对待儒道释三家的态度。

大致可以肯定的是，李绿园以“灯”来命名自己的小说，说明他对儒道释三家文化尤其是儒家理学是相当熟悉的，且对自己的这部作品自视甚高，相信他的《歧路灯》能像儒道释三家之“灯”一样长明不灭。首先看李绿园对道释的态度。从《歧路灯自序》来看，李绿园对佛教的态度似乎有些暧昧。《金瓶梅》是一部从反面宣扬佛教因果报应的醒世书，从李绿园的人生阅历及作品中多次提及《金瓶梅》等因素，可以判断他是看过清初张竹坡批的“第一奇书”《金瓶梅》的，但他是这样评价“第一奇书”的：

> 若夫《金瓶梅》，诲淫之书也。亡友张揖东曰：此不过道其事之所曾经，与其意之所欲试者耳！而三家村冬烘学究，动曰此左国史迁之文也！余谓不通左史，何能读此，既通左史，何必读此？况老子云：童子无知而朘举。此不过驱幼学于夭札，而速之以蒿里歌耳！[①]

“诲淫之书”先作了总体上的否定，可下文又说“不通左史，何能读此”，说明他对《金瓶梅》评价还是很高的，但他紧接着对“既通左史，何必读此”的诘问，又意味着《金瓶梅》因为“诲淫”的描写，而不宜流传，对青少年犹是如此，而有“此不过驱幼学于夭札，而速之以蒿里歌耳！”之叹。由此可见，李绿园基本上还是肯定《金瓶梅》的思想与艺术成就的，当然也就没有否定《金瓶梅》的因果报应的题旨，主要是否定《金瓶梅》过多的“诲淫”描写这一严重瑕疵。在论及《西游记》时，他说：

---

① 丁锡根编著：《中国历代小说序跋集》，北京：人民文学出版社，1996：1635.

至于《西游》，乃演陈玄奘西域取经一事，幻而张之耳。……安所得捷如猱猿，痴若豚豕之徒，而消魔扫障耶？惑世诬民，佛法所以肇于汉而沸于唐也。[①]

这里似乎是否定佛教的，可《自序》末尾又有“若谓有心含沙，自应坠入拔舌地狱”之发誓，可知作者又是相信佛教的六道轮回之说的。李绿园对佛教的态度似乎是矛盾的，但他晚年在贵州印江任知县时写的《宦途有感寄风穴上人二首》倒是可以证明他对佛教还是较为亲近的。《其一》中有曰：

犹夸循吏频摇首，
但号诗僧亦赧颜。
易地依然唐贾岛，
两人踪迹一般般。[②]

老年的李绿园欣然地把自己比作唐代诗僧贾岛。《其二》则进一步表达了作者与佛教的殊胜因缘：

自在庵中自在身，
法名妙海忆前因。
菜根咬断疏荤酒，
藤蔓芟除绝喜嗔。
向日繁华均长物，
此时聋聩亦陈人。
福田但得便宜讨，
僧腊还能度几春。

从“自在”“疏荤酒”“绝喜嗔”等字眼中可以看出李绿园不仅对佛理谙熟，甚至还有所修行。

我们再看作品中的道释叙事。明清时期，道释门风不振，鱼目混珠、良莠不齐现象日趋严重，中原地区尤其如此，作品中地藏庵的满肚子男盗女娼的范法圆师徒以及骗钱的武当山道士等形象就是当时中原道释风貌的真实写照，但我们不能就此断定作者对道释持否定态度。《歧路灯》中作者两次借士人之口，来反映

① 丁锡根编著：《中国历代小说序跋集》，北京：人民文学出版社，1996：1635.

② 栾星编著：《歧路灯研究资料》，焦作：中州书画社，1982：89.

作者对道释的态度，倒是值得人们关注。第一次是在第四回，当可谓“阴骘文迷”的张类村集资刻了一部《文昌阴骘文注释》，送给谭孝移一本时，谭孝移说：“这‘一十七世为士大夫身’一句，有些古怪难解。至于印经修寺，俱是僧道家伪托之言，耘兄何信之太深？”这里似乎是作者借谭孝移之口否定道释，可接下来的描写才是作者真正用心所在：

耘轩道：“孝老说的极是，所见却拘。如把这书儿放在案头，小学生看见翻弄两遍，肚里有了先人之言，万一后来遇遗金于旷途，遭艳妇于暗室，猛然想起阴骘二字，这其中就不知救许多性命，全许多名节。岂可过为苛求？”程嵩淑道：“也说得有理。”潜斋道：“张类老一生见解，岂叫人一概抹煞。”大家俱笑。[①]

显然作者是不同意谭孝移否定道释的极端思想的，孔耘轩等士人对道释的宽容与肯定才是作者的心声。第二处在第38回，也是提到《阴骘文》时，惠养民道：

那《阴骘文》刻他做什么？吾儒以辟异端为首务，那《阴骘文》上有礼佛拜斗的话头，明明是异端了。况且无所为而为之为善，有所为而为之为恶，先图获福，才做阴功，便非无所为而为之善了？[②]

这里似乎是再一次否定道释，可我们看到，作品中讲此话的俗儒惠养民是一再被雅儒程嵩淑等嘲讽、否定的，可知作者并没有否定道释的意思。至此，我们可以肯定的是李绿园非但没有辟佛老之意，而且对道释还颇有了解与好感。

在明晰了作者对道释的态度之后，我们再来分析李绿园的儒家本色。清初统治者还是沿用了前朝以儒为主、道释为翼、儒道释并用的治世原则，极力推崇程朱理学，重用理学名臣，在陆王心学影响不大的北方，更是程朱理学的天下，而使得开封有“中州理学名区”（第7回）的称号，李绿园身上的理学气息由此可见一斑。中庸是儒家最重要的核心范畴之一，中庸的思想不始于孔子，但正是孔子第一次也是仅有的一次在《论语》中使用了中庸一词：“中庸之为德也，其至矣乎，民鲜久矣。”（《论语·雍也》）虽然只一次用到中庸一词，但孔子在《论语》中多处论及了中庸的涵义，比如“过犹不及”（《论语·先进》）、“质胜文则野，文胜质则史；文质彬彬，然后君子”（《论语·雍也》）、“不得中行

---

① （清）李绿园著；昭鲁，春晓校点：《歧路灯》，济南：齐鲁书社，1998：20.

② （清）李绿园著；昭鲁，春晓校点：《歧路灯》，济南：齐鲁书社，1998：218-219.

而与之，必也狂狷乎。狂者进取，狷者有所不为也”（《论语·子路》）等。孔子在《论语》中奠定了中庸思想的基础，而中庸思想的真正展开、完善是《中庸》及后儒对《中庸》的不断阐释，如《中庸》开篇写道：“天命之谓性，率性之谓道，修道之谓教。”这里已开始赋予中庸形而上的意义了。后儒面对道释的挑战，不断吸收道释的长处，而大力提升了中庸概念的层次，如理学家程颐指出：“不偏之为中，不易之为庸。中者，天下之正道，庸者，天下之定理。”朱熹则进一步总结说：“中者，不偏不倚，无过不及之名。庸，常也。”《歧路灯》则鲜明地表达了作者的中庸思想，比如书中娄潜斋、程嵩淑等理学名士并没有门户之见而去辟佛老，而是在坚持理学原则的同时又能以宽容之心与道释和谐相处，这确实是难能可贵的。第三回中当有些迂腐的潭孝移不愿意带儿子去逛吹台会时，娄潜斋笑着劝道：

> 非是我不出嫂夫人所料，是你所见太拘。若说是两个学生叫他们跟着家人去上会，这便使不得；若是你我同跟着他们，到会边上望望即回，有何不可？自古云：教子之法，莫叫离父；教女之法，莫叫离母。若一定把学生圈在屋里，每日讲正心诚意的话头，那资性鲁钝的，将来弄成个泥塑木雕；那资性聪明些的，将来出了书屋，丢了书本，把平日理学话放在东洋大海。我这话虽似说得少偏，只是教幼学之法，慢不得，急不得，松不得，紧不得，一言以蔽之曰难而已。①

这一番话堪称中庸之道的教育版秘笈，当然要实施起来确实很难，比如主人公谭绍闻，父亲在世时管教太严太死，后来母亲管教又太松，而误入歧途，难以自拔。紧接着上一个例子，当谭孝移说到“眼见的，耳听的，亲阅历有许多火焰生光人家，霎时便弄的灯消火灭，所以我心里只是一个怕字”时，娄潜斋劝道：

> 人为儿孙远虑，怕的不错。但这兴败之故，上关祖宗之培植，下关子孙之福泽，实有非人力所能为者，不过只尽当下所当为者而已。②

这一段话显然又是中庸思想的另一番精彩注解与运用，就是说教育固然是关系子女前途兴衰的一个极其重要的方面，但还有其它许多非人力的因素，当事者只能是尽力而为而已，这确实是一条至理，连谭孝移也承认道：“达观！达观！”

---

① （清）李绿园著；昭鲁，春晓校点：《歧路灯》，济南：齐鲁书社，1998：13.

② （清）李绿园著；昭鲁，春晓校点：《歧路灯》，济南：齐鲁书社，1998：13.

其实这一中庸的教育思想作者在小说一开篇就已点明：

话说人生在世，不过是成立覆败两端，而成立覆败之由，全在少年时候分路。大抵成立之人，姿禀必敦厚，气质必安详，自幼家教严谨，往来的亲戚，结伴的学徒，都是些正经人家，恂谨子弟。譬如树之根柢，本来深厚，再加些滋灌培植，后来自会发荣畅茂。若是覆败之人，聪明早是浮薄的，气质先是轻飘的，听得父兄之训，便似以水浇石，一毫儿也不入；遇见正经老成前辈，便似坐了针毡，一刻也忍受不来；遇着一班狐党，好与往来，将来必弄的一败涂地，毫无救医。①

这里所列的"成立之人，姿禀必敦厚，气质必安详"和"覆败之人，聪明早是浮薄的，气质先是轻飘的"就是指非人力的先天因素，但作者更强调的是后天的教育因素，而借谭孝移之口总结出了"用心读书，亲近正人"的八字真言。

综上所述，李绿园高擎的这盏"歧路灯"首先是儒家的理学之"灯"，中庸之"灯"，同时也是一盏汲取了佛老意蕴的道释之"灯"。

第二节 《歧路灯》的雅俗叙事

在梳理了作品的大致内涵之后，我们就可以进一步分析《歧路灯》作为世情小说所具有的一个重要特征——雅俗叙事。《歧路灯》中使用了"博雅""高雅""雅饬""雅道""幽雅""清雅""雅集""雅致""文雅""稳雅""雅望"等褒性词，同时也使用了"俗事""俗况""甜俗""俗下""陋俗""俗客""村俗""俗扮""俗套""俗气""俗物""俗吏""俗态""俗辞""俗戏""俗人"等贬性词，雅俗话语频频出现。我们再看作品中具体的雅俗抒写。第 2 回中谭孝移为儿子延师时说道：

我尝闻前辈说，教小儿请蒙师，先要博雅，后来好处说不尽。小儿先学娄潜斋品行，况又是博雅之人，训蒙必无俗下窠臼。②

此处雅、俗对举，趋雅去俗之心跃然纸上。第 9 回中柏公有一大段关于雅俗

① （清）李绿园著；昭鲁，春晓校点：《歧路灯》，济南：齐鲁书社，1998：1.

② （清）李绿园著；昭鲁，春晓校点：《歧路灯》，济南：齐鲁书社，1998：8.

的议论：

俗之一字，人所难免。黄山谷曰："士夫俗，不可医。"士即读书而为仕者，夫即仕而为大夫者。这俗字全与农夫、匠役不相干。……弟做一个小官儿一二十年，见的人非少，那居心诚实，举止端方，言谈雅饬，令人钦敬羡慕的，原自不多。若说起俗来，弟之所见者，到今日背地独坐，想起他的名子，也就屈指无算，却又不敢想他那像貌腔口。①

大意是感慨现实生活中雅少俗多，像谭孝移这样的理学雅士已难得一遇。第11回中当谭孝移看到儿子老师侯冠玉"语言甜俗，意味粗浅"，儿子脸上又"神情俗了"，心中焦急万分。本想辞退侯冠玉，可转念又觉得"大伤文风，大伤雅道！此事只得放下"②。第38回程嵩淑议论俗儒惠养民道："此公心底不澈，不免有些俗气扑人。……"③第39回程嵩淑又针对惠养民道："类老，你先说古人樽酒论文，原是佳事，但座间夹上一个俗物蠢货，倒不如说闲散话儿。你看老惠那个腔儿，满口都是'诚意正心'，岂不厌恶煞人。"④对俗儒的厌恶之情溢于言表。接着程嵩淑又对娄潜斋大加赞赏：

这潜老才是正经理学。你听他说话，都是布帛菽粟之言，你到他家满院都是些饮食教诲之气，所以他弟兄们一刻也离不得，子侄皆恂恂有规矩。自己中了进士，儿子也发了，父子两个有一点俗气否？⑤

一褒一贬，雅俗分明。第62回写谭绍闻为迁葬事请客，这样描写道：

相见礼毕，五位少年恂恂然各尽后进之礼，五位长者，夸美之中带些劝勉话头。这才是高会雅集，下视那庸夫俗子相遇，老者以圆和模棱为精于世道，少者以放肆媟亵为不拘小节，相去奚啻万万也。⑥

作品于字里行间，时时刻刻不忘雅俗叙事，有人可能视之为迂腐的道学气息，可作者的拳拳劝世、醒世之心，当令人肃然起敬。

《歧路灯》中刻画了几组雅的人物形象，上至官员，下至布衣，都一样真实

① （清）李绿园著；昭鲁，春晓校点：《歧路灯》，济南：齐鲁书社，1998：56.
② （清）李绿园著；昭鲁，春晓校点：《歧路灯》，济南：齐鲁书社，1998：72-73.
③ （清）李绿园著；昭鲁，春晓校点：《歧路灯》，济南：齐鲁书社，1998：218.
④ （清）李绿园著；昭鲁，春晓校点：《歧路灯》，济南：齐鲁书社，1998：220.
⑤ （清）李绿园著；昭鲁，春晓校点：《歧路灯》，济南：齐鲁书社，1998：221.
⑥ （清）李绿园著；昭鲁，春晓校点：《歧路灯》，济南：齐鲁书社，1998：358.

感人。第一组就是谭孝移及其五位挚友，分别是府学秀才娄潜斋(后考中进士做了官)、副车孔耘轩，县学秀才程嵩淑、苏霖臣以及张类村。谭孝移一言一行都以儒家的道德规范为指南，修身齐家，忠孝仁义，堪称士人的楷模，而被保举为孝廉，当时他还力辞，觉得自己不够资格：

论我的生平，原不敢做那歪邪的事，其实私情妄意，心里是尽有的。只是想一想，怕坏了祖宗的清白家风，怕留下儿孙的邪僻榜样，便强放下了。各人心曲里，私欲丛杂的光景，只是狠按捺罢了。……[①]

而娄潜斋是这样劝他的：

举念便想到祖宗，这便是孝；想到儿孙，这便是慈。若说是心里没一毫妄动，除非是淡然无欲的圣人能之。你这一段话，便是真正的贤良方正了。[②]

谭孝移能承认自己的私欲，且尽量以道心来按住那私欲，不愧为理学"诚心正意"的典范，虽然有时候有点偏执，而没有完全领悟儒家中庸的真谛。谭孝移的五位挚友中，只有娄潜斋后来中了举人，做了馆陶县令，升任济宁刺史，他的雅正在这一组人物中是首屈一指的，而且超过了谭孝移。作品没有过多正面描写他在任时的情况，只是通过程嵩淑的邻居之口，从侧面来描写这个"大端人"："满馆陶境内个个都是念佛的，连孩子、老婆都是说青天老爷。"[③]其他几人各有长短，但都不及娄潜斋，正如程嵩淑所分析的那样：

类老慈祥处多断制处少，耘老冲和处多棱角处少，我便亢爽处多周密处少。即如孝移兄在日，严正处多圆融处少。惟娄兄有咱四人之所长，无咱四人之所短。[④]

总之，这一组士人不愧为一班"极正经有学业的朋友"（第1回）。

第二组"雅人"为几个目不识丁的平民形象，他们是农民娄昣、奴仆王中以及一个无名的济宁衙役。娄潜斋的哥哥娄昣是个老农民，作品对他虽着墨不多，但其兄弟友爱之情却感人至深，所以程嵩淑他们才称他是"大理学"，张类村赞叹道：

---

① （清）李绿园著；昭鲁，春晓校点：《歧路灯》，济南：齐鲁书社，1998：33.

② （清）李绿园著；昭鲁，春晓校点：《歧路灯》，济南：齐鲁书社，1998：33.

③ （清）李绿园著；昭鲁，春晓校点：《歧路灯》，济南：齐鲁书社，1998：221.

④ （清）李绿园著；昭鲁，春晓校点：《歧路灯》，济南：齐鲁书社，1998：221.

也难得这位老哥，只是一个真字，把一个人家竟做得火焰生光的昌炽。①

那个济宁衙役乃是娄潜斋刺史信得过的，在护送谭绍闻回家途中的表现果然不俗，拒绝宿娼的诱惑，连当槽的都纳闷：

天下有这般出奇的事：做篾片的，偏是本镇上一个秀才；讲道学的，竟有州上的一个皂役！”（第72回）②

王中虽是一个仆人，但却是贯穿作品始终的一个及其重要的人物，他为了护持、拯救少主人谭绍闻可谓呕心沥血，其一片赤胆忠心，可谓感天动地。第55回中程嵩淑为褒奖王中的忠诚而给他取了字号，之后就改称王象荩了，第102回中终于浪子回头的谭绍闻也承认：

这王中是奴仆中一个大理学。③

王中等人虽无满腹经纶，但人品不俗，一样堪当世人的楷模。

第三组“雅人”是谭绍衣等几个勤政爱民的官员形象。祥符县连续几任知县都光明正大，爱民如子，是老百姓真正的父母官，荆知县“存心慈祥，办事明敏”（第31回），继任程知县“严中寓慈，法外有恩”(第47回)，再继任边知县“公正廉明，取友必端”（第65回），而谭绍闻在这三任知县任期内，皆有触犯刑律之事，蒙三位县令垂怜，循循训导，为保全他的前途，最终都从轻判决，免受刑法，真正体现了儒家倡导的仁爱之心。第91回谭绍衣道台在处理乡村邪教案时，暗中销毁了“妖党送银簿子”这一关键罪证，而得以保全了数十家性命，更是菩萨心肠。《歧路灯》中有意插入了这一系列循吏形象，虽然跟当时的官场现实可能不相吻合，有理想化之嫌，但为了正面弘扬儒家精神，以实现“正人心，厚风俗”的创作目的，这样写也无可非议。

至于小说中的“俗人”形象同样是刻画得比较成功的。以谭绍闻为中心，聚集着一大批“俗人”，家中有母亲王氏、后妻巫翠姐及几个见利忘义的仆人，外面除了两个老师侯冠玉与惠养民，更有夏鼎、盛希乔、张绳祖等一帮狐朋狗友，以及道释门中的范法圆师徒二人和武当山行骗的道士等，共同演绎了一幅幅丑陋不堪、俗不可耐的世相图。在谭绍闻的堕落过程中，母亲王氏一味溺爱，而一次

① （清）李绿园著；昭鲁，春晓校点：《歧路灯》，济南：齐鲁书社，1998：222.
② （清）李绿园著；昭鲁，春晓校点：《歧路灯》，济南：齐鲁书社，1998：430.
③ （清）李绿园著；昭鲁，春晓校点：《歧路灯》，济南：齐鲁书社，1998：599.

次错过了挽救儿子的机会，儿子赌博偶尔赢了银子她高兴，儿子贪色被诈她赔钱，儿子犯事吃官司她拿钱打理，儿子开赌场她乐得沾光，更可悲的是她帮衬儿子撵走了义仆王中，加之庸俗、势利的后妻巫翠姐，谭绍闻赌吃嫖遥，一步步俗了下去。第二任老师侯冠玉可谓谭绍闻学坏的启蒙者，他品行不端、不守学规，教学敷衍了事，不讲经典，只重时文，甚至准备开讲《金瓶梅》，谭绍闻被他所误不浅。夏鼎无疑是引诱谭绍闻堕落的罪魁祸首，他集赌棍、痞子、骗子、无赖等恶习于一身，及时行乐是他的人生哲学，他曾这样开导谭绍闻：

人生一世，不过快乐了便罢。柳陌花巷快乐一辈子也是死，固板样拘束一辈子也是死。若说做圣贤道学的事，将来乡贤祠屋角里，未必能有个牌位。若说做忠孝传后的事，将来《纲鉴》纸缝里，未必有个姓名。就是有个牌位，有个姓名，毕竟何益于我？所以古人有勘透的话，说是“人生行乐耳”，又说是“世上浮名好是闲。总不如趁自己有个家业，手头有几个闲钱，三朋四友，胡混一辈子，也就罢了。[①]

夏鼎一次次设计引诱谭绍闻下水，最后谭绍闻以私造赌具罪，被遣发极边四千里，完了“一生公案”（第 100 回）。其他“俗人”的种种丑态俗相，无非是酒色财气，尔虞我诈，损人利己，甚至谋财害命，本文就不一一罗列了，他们与作品中那些“雅人”“正人”虽生活在同一世界，但本质上却有天壤之别，而属雅、善与俗、恶两极。

谭绍闻是《歧路灯》的核心人物，他经历了富有戏剧性的雅、俗演变。父亲谭孝移临终前嘱咐他要记住“用心读书，亲近正人”这八个字，并说：

好儿呀，你只守住这八个字，纵不能光宗耀祖，也不至覆家败门；纵不能兴家立业，也不至弃田荡产。……[②]

谭孝移这八个字的临终教诲确实是至理名言，“用心读书”是要在学习中领悟儒家的智慧之“灯”，“亲近正人”是要在实践中接近活生生的理学之“灯”，这是两条通往“正人”的必经之路。也就是说，青少年如果离开了传统文化之“灯”，就很有可能堕落，走上俗的道路，甚至歧路、邪路，世间的“俗人”就是这么来的。一个人，特别是青少年，如果能守住这八个字，当然能做到像谭孝移所说的

① （清）李绿园著；昭鲁，春晓校点：《歧路灯》，济南：齐鲁书社，1998：127.

② （清）李绿园著；昭鲁，春晓校点：《歧路灯》，济南：齐鲁书社，1998：78.

“纵不能光宗耀祖，也不至覆家败门；纵不能兴家立业，也不至弃田荡产”，甚至能做到像娄潜斋那样的“大理学”，可问题是这个“守”字实在不容易。在古代社会，且不说很多人没有机会读书，更没有机会亲近正人，他怎能不俗，即便有人有机会读书，也有机会亲近正人，可还要看他能不能把握住这样的机会。比如谭绍闻，他本有机会读书，也有机会亲近正人，可父亲离世时他才 13 岁，心智等各方面还远未成熟，又加上害人的侯冠玉，溺爱的王氏，又身处人心不古的世道，他怎么能守住这八个字呢？

从侯冠玉读书这三四年，悠悠忽忽，也不曾添上什么学问。兼且人大心大，渐渐的街头市面走动起来，沾风惹草，东游西荡，只拣热闹处去晃。母亲王氏，是溺爱信惯久了。侯冠玉本不足以服人，这谭绍闻也就不曾放在眼里。（第 14 回）[①]

既然守不住这八个字，离开了“灯”的指引，就只能一头扎进无边的欲海之中了。谭绍闻毕竟生在有根底的人家，从小受过父亲正统的教育，所以他的堕落自然与夏鼎之辈不同，他毕竟还有羞耻心，在呛了几次水、吃了几次堑之后，他也有矛盾、挣扎甚至懊悔、指责乃至醒悟，多次发誓、立志，要痛改前非，重新做人，可“面慈心软”的他总是好了伤疤忘了痛，在恶友的劝诱下，又一次次下水，而难以自拔，最终还是父亲生前的一帮挚友、义仆、贤妻、族人及慈祥的众县令等一干正人，大家齐心协力才把他拉了上来，这正如朱自清先生所分析的那样：

本来并非败子，他父亲竭尽全力，原想他成为一个克家的令子，而他自己也时时在理欲交战中。……后受够了“贫苦熬煎”，阅历了人世险诈，加以族人、父执、义仆等的规劝，这才“改志换骨”，重新让理将欲战胜了。[②]

正是众“正人”高举的善与智慧之“灯”和谭绍闻自己心中一息尚存的“良知”，使他终于从“歧路”走回到了“正路”，由“俗子”蜕变而为“雅士”。《歧路灯》真实、生动、细致地描写了谭绍闻这一番惊心动魄的雅、俗演变，让读者一次次为谭绍闻屡屡醒而又迷着急，又一次次为谭绍闻的父执、王中、县令等众人的慈心与义举所感动，同时又为谭绍闻感到庆幸，他没有亲近“正人”，反而是众“正人”亲近了他，挽救了他，这一切都与他父亲在世时的“贤良方正”

① （清）李绿园著；昭鲁，春晓校点：《歧路灯》，济南：齐鲁书社，1998：87-88.

② 朱自清：《歧路灯》，载《<歧路灯>论丛》(一)，焦作：中州书画社，1982：10.

有着很大的关系。另外我们也深切感受到中国传统文化这盏“明灯”的重要性，离开了这盏“灯”，人就会误入歧途，有了这盏“灯”，浪子终能回头，谭绍闻的人生沉浮、雅俗转变就是最形象的证明。

李绿园创作《歧路灯》，就是要世人以谭绍闻为鉴，宣扬儒家理学、传统文化之“灯”的重要性，现在他点的这盏“歧路灯”已经走出了中原，走向了全国乃至海外，而使得中原在明清世情小说的创作中也占了重要的一席之地。其实，书名中的“歧路”，不仅仅是指谭绍闻一个人误入了“歧路”，而且暗示着当时整个社会都已经误入了“歧路”，作品写谭孝移赴京期间耳闻目睹了许多朝廷、官场与社会的种种丑相及谭绍闻所经历的这一番灵魂的炼狱，就是此意。在作者看来，能拯救谭绍闻及整个社会世风的，唯有这亘古不灭的文化之“灯”，也正因为这一点，《歧路灯》难以被现代人所接受，人们对它宣扬陈腐、过时的儒家理学等传统思想文化嗤之以鼻。但我们必须承认，当今社会，像谭绍闻那样误入“歧路”而堕落的青少年并不鲜见，世人普遍重物质享受，而少高雅的精神追求，物质生活水平是提高了，可整个社会世风却日显浅薄，所以现在当是到了为这个已入“歧路”的社会点亮一盏高雅的文化与精神之“灯”的时候了，这应该是《歧路灯》能给人们的最大启示，也是作者李绿园最大的愿望。

第五章　韩邦庆《海上花》的世情绝唱

明清世情小说一般是以家庭为纽带，聚焦普通人的日常生活，描摹世态人情，作品内容当然也会有一些烟花叙事，可专门以烟花娼门为题材的世情小说还是至晚清才出现，且渐至蔚为大观，也就是鲁迅所概括的狭邪小说，韩邦庆的《海上花》[①]就是其中的翘楚。《海上花》自1894年问世以来，虽然先后得到过鲁迅、胡适、刘半农等专业读者的认可甚至吹捧，却依然少有人气，首要原因可归结于苏白狭窄的受众面，自20世纪80年代张爱玲国语版、台湾电影版相继问世至今，《海上花》还是不温不火，而应了张爱玲曾经的那句无可奈何的感叹："张爱玲五详《红楼梦》，看官们三弃《海上花》"[②]，除了时过境迁、物是人非等外因之外，作品的内因恐怕也值得深究。

第一节　"失落"的吴语文学的"第一部杰作"

明清时期主要有韵白、京白、苏白、粤白等四种白话，而后以成为官话的京白最为通行。明清通俗小说绝大多数都是以京白为主，偶尔夹杂一些其它白话，《金瓶梅》等北方小说自不必说，就是苏杭地区的冯梦龙、凌濛初、李渔等也主要是操京白来创作通俗小说的，原因是口语京白与书面京白已能基本对应，而口语苏白中好多词汇还没有书面化，同时作者更是考虑到传播的需要，而自觉地选择更为广大读者易懂的京白。孙家振曾劝韩邦庆不要用吴语写作："此书用吴语，恐阅者不甚了了，且吴语有音无字者多，不如改易通俗白话为佳。"但韩邦庆却不以为然："曹雪芹撰《石头记》用京语，我书何不可用吴语？"结果正如孙家振所描述的那样，韩邦庆操吴语的《海上花列传》"客省人几难卒读，遂令绝好笔墨，

① 本文的讨论立足于张爱玲的国语版，故从其译名《海上花》。

② （清）韩邦庆著，张爱玲注译：《海上花落・国语海上花列传 2》，北京：北京十月文艺出版社，2009：335.

不获风行于时”，而孙家振用通俗白话创作的品质远不及《海上花列传》的《海上繁华梦》“则年必再版，所销不知几十万册”，作为当事人的孙家振颇有感慨：

韩君之以吴语著书，实为大误；盖吴语限于一隅，非若京语之到处流行，人人畅晓，故不可与《石头记》并论也。[①]

应该说这是中肯之言，同样是白话，京白相当于现在的英语，而苏白等只相当于小语种，当然韩邦庆想振兴苏白的愿望与热情是值得肯定的，但事实上只是一厢情愿而已。可是到了五四时期，胡适、刘半农[②]等又极力肯定《海上花》的方言创作成就，胡适认为：

方言的文学所以可贵，正因为方言最能表现人的神理。通俗的白话固然远胜于古文，但终不如方言的能表现说话的人的神情口气。古文里的人物是死人；通俗官话里的人物是做作不自然的活人；方言土话里的人物是自然流露的活人。[③]

这里胡适显然有夸大方言的表现力与神韵之嫌，其实，只要是人们使用的语言，都有着极强的表现力，对掌握文言的人来说，《聊斋志异》的语言魅力绝不亚于京白的《红楼梦》，而读张爱玲国语版的《海上花》也一样能领会作品人物的神韵与风采。就像现在看外国电影，只凭翻译的字幕，我们一样能看懂，虽然没有听或听不懂剧中台词，因为其实语言根本就不是问题，语言只是媒介，更重要的是媒介所表达的内容。一部文学作品的伟大，当然离不开语言，但最主要的还是源于作品的内涵，语言只是载体而已，人们没必要买椟还珠。韩邦庆坚持用苏白创作《海上花》，当然是吴语文学的一件盛事，但如果不仅仅是供吴语区域的人“孤芳自赏”，而是面对国人乃至全世界的读者，当然就有译为国语版以及外文版的必要，不至于让人们为了读《海上花》而专门去了解或学习苏白。韩邦庆、胡适等对方言文学的执著当然是无可非议的，而由张爱玲来完成《海上花》的国译与英译则更是必要的，而且可谓是无比的伟大与正确，因为实在找不到第二个比张爱玲更合适的译者，[④]翻译《海上花》冥冥之中似乎成了张爱玲一生最

① 朱一玄编：《明清小说资料选编》（下），天津：南开大学出版社，2006：704.

② 鲁迅、胡适、刘半农、张爱玲等肯定《海上花》的高端读者都是吴语通行区域或熟悉吴语的人。

③ （清）韩邦庆著，张爱玲注译：《海上花开·国语海上花列传1》，北京：北京十月文艺出版社，2009：10.

④ 真正懂得并喜爱《海上花》，熟悉吴语，又精通英文，第一条尤其难得。

神圣的使命。

张爱玲最倾心与痴迷的中国小说，除了《红楼梦》《金瓶梅》，就是《海上花》《醒世姻缘传》了，《红楼梦》已是名著，因而张爱玲很是纠结的是：

张爱玲最倾心与痴迷的中国小说，除了《红楼梦》《金瓶梅》，就是《海上花》《醒世姻缘传》了，《红楼梦》固已是名著，因而张爱玲很是纠结的是：

> 《醒世姻缘》和《海上花》一个写得浓，一个写得淡，但是同样是最好的写实的作品。我常常替它们不平，总觉得它们应当是世界名著。……我一直有一个志愿，希望将来能把《海上花》和《醒世姻缘》译成英文。里面对白的语气非常难译，但是也并不是绝对不能译的。①

张爱玲最终不仅将《海上花》英译，而且还国译，只是没有完成《醒世姻缘传》的英译，同样是写实的佳作，也许张爱玲更与“写得淡”的《海上花》相契合。由于语言的障碍，《海上花》长期以来没有赢得应有的读者，而两度自生自灭，几被遗忘，张爱玲深感可惜，而有两译《海上花》的豪举：

> 我等于做打捞工作，把书中吴语翻译出来，像译外文一样，难免有些地方失去语气的神韵，但是希望至少替大众保存了这本书。②

张爱玲的国译消除了造成《海上花》沉寂的语言障碍，之后的读者才得以迈出阅读与接受《海上花》关键的第一步，一些研究论文与专著也陆续出现，如陈永健的《三擎海上花》、朱映晓的《海上繁华：张爱玲与<海上花>》等，但《海上花》还远没有被一般读者广泛接受，因为对普通读者而言，《海上花》还存在更致命的阅读障碍。

第二节　写实的风格：“平淡而近自然”

晚清狭邪小说大多或“溢美”或“溢恶”，只有韩邦庆的《海上花》是个例外，鲁迅赞其“平淡而近自然”，而胡适认为这种难得的文学境界与风格固然是《海上花》的一大亮点，同时也是其不获风行的重要原因：

---

① 张爱玲：《忆胡适之》，见《张爱玲作品集》，敦煌文艺出版社，1997：565.

② （清）韩邦庆著，张爱玲注译：《海上花开·国语海上花列传 1》，北京十月文艺出版社，2009：16.

然而用苏白却不是《海上花》不风行的惟一原因。《海上花》是一部文学作品，富有文学的风格与文学的艺术，不是一般读者所能赏识的。《海上繁华梦》与《九尾龟》所以能风行一时，正因为他们都只刚刚够得上“嫖界指南”的资格，而都没有文学的价值，都没有深沉的见解与深刻的描写。这些书都只是供一般读者消遣的书，读时无所用心，读过毫无余味。《海上花》便不然了。《海上花》的长处在于语言的传神，描写的细致，同每一故事的自然的发展；读时耐人仔细玩味，读过之后令人感觉深刻的印象与悠然不尽的余韵。鲁迅先生称赞《海上花》“平淡而近自然”。这是文学上很不易做到的境界。但这种“平淡而近自然”的风格是普通看小说的人所不能赏识的。《海上花》所以不能风行一世，这也是一个重要原因。……当日的不能畅销，是一切开山的作品应有的牺牲；少数人的欣赏赞叹，是一部第一流的文学作品应得的胜利。①

这里，胡适认为像《海上花》这样的一流作品往往曲高和寡，难以风行，可是他没有解释《红楼梦》无与伦比的雅俗共赏，而难以自圆其说，当然这倒是给了像张爱玲那样敏锐的后来者以更大的思考与阐释空间。

张爱玲认为，《红楼梦》前八十回原本也是“平淡而近自然”的，只是高鹗续写的后四十回以及对前八十回的部分改写才使得《红楼梦》的风格大变：

原著八十回中没有一件大事，除了晴雯之死。抄检大观园后，宝玉就快要搬出园去，但是那也不过是回到第二十三回入园前的生活，就只少了个晴雯。迎春是众姊妹中比较最不聪明可爱的一个，因此她的婚姻与死亡的震撼性不大。大事都在后四十回内。原著可以说没有轮廓，即有也是隐隐的，经过近代的考据才明确起来。一向读者看来，是后四十回予以轮廓，前八十回只提供了细密真切的生活质地。②

且形成了中国小说的阅读趣味与标准：

百廿回《红楼梦》对小说的影响大到无法估计。等到十九世纪末《海上花》出版的时候，阅读趣味早已形成了，唯一的标准是传奇化的情节，写实的细

① （清）韩邦庆著，张爱玲注译：《海上花开·国语海上花列传1》，北京：北京十月文艺出版社，2009：13.
② （清）韩邦庆著，张爱玲注译：《海上花落·国语海上花列传2》，北京：北京十月文艺出版社，2009：332.

节。[①]

我们知道，张爱玲是鄙视高鹗的续写及改写的：

《红楼梦》未完成还不要紧，坏在狗尾续貂成了附骨之疽——请原谅我这混杂的比喻。《红楼梦》被庸俗化了，而家喻户晓，与圣经在西方一样普及，因此影响了小说的主流与阅读趣味。一百年后的《海上花列传》有三分神似，就两次都见弃于读者，包括本世纪三十年间的亚东版。[②]

张爱玲认为，《红楼梦》被高鹗庸俗化了，因而能“家喻户晓”，而“使人嘴里淡出鸟来”的《海上花》与《红楼梦》有三分神似就在于“写实的细节”这一点上，只是缺乏高鹗版《红楼梦》“传奇化的情节”，自然就屡见弃于读者了。这样看来，高鹗版《红楼梦》应该是功过相抵了，其既庸俗化了曹雪芹原著，同时又促进了《红楼梦》的传播与普及，如果不是高鹗，也许《红楼梦》就会落得和《海上花》相似的“失落的杰作”的命运，所以从某种意义上来说是高鹗“挽救”了《红楼梦》，虽然这是像张爱玲那样的高端读者所难以接受的，但雅俗共赏总比曲高和寡更有价值与人情味。

张爱玲其实很清楚，语言虽是阻碍《海上花》风行的首要原因，却不是最根本的原因，作品“平淡而近自然”的写实风格才是“罪魁祸首”，受西方文艺影响的现代读者尤其难以接受这样风格的作品，所以张爱玲在国语版《海上花》《译后记》的结尾这样忧心忡忡地写道：

《海上花》两次悄悄的自生自灭之后，有点什么东西死了。虽然不能全怪吴语对白，我还是把它译成国语。这是第三次出版。就怕此书的故事还没完，还缺一回，回目是：“张爱玲五详《红楼梦》，看官们三弃《海上花》。”[③]

张爱玲这里没有明确点破，其实就是指现代社会真正的文学或文学精神已濒临死亡，显然她两译《海上花》，并不存有让《海上花》名扬天下的奢望，而只是替后人打捞、保存一部“失落的杰作”而已。

---

① （清）韩邦庆著，张爱玲注译：《海上花落·国语海上花列传 2》，北京：北京十月文艺出版社，2009：333.

② 张爱玲：红楼梦魇，北京十月文艺出版社，2009：2.

③ （清）韩邦庆著，张爱玲注译：《海上花落·国语海上花列传 2》，北京：北京十月文艺出版社，2009：334-335.

第三节　参差的雅俗："通常的人生的回响"

张爱玲极力推崇《金瓶梅》《红楼梦》之类世情小说特有的"通常的人生的回声"的写实风格，她说：

这两部书在我是一切的泉源，尤其《红楼梦》。[①]

所以相近风格的《醒世姻缘传》与《海上花》当然也成为张爱玲的至爱。正如张爱玲惊人妙语所概括的那样："生命是一袭华美的袍，爬满了蚤子。"就是说，原汁原味的"通常的人生"本来就是真善美与假丑恶的雅俗一体，所以她认为小说有两种写法，一种是强烈对照的写法，如大红大绿的配色，就是那种"采取善与恶、灵与肉的斩钉截铁的冲突那种古典的写法"，为悲剧和新文学所常用，也就是西方文学的主流作法；一种是参差对照的写法，就像葱绿配桃红，就是那种好中有坏、美中有丑、善中有恶的写法，她说：

我喜欢参差的对照的写法，因为它是较近事实的。……因之柳原与流苏的结局，虽然多少是健康的，仍旧是庸俗；就事论事，他们也只能如此。……所以我的小说里，除了《金锁记》里的曹七巧，全是些不彻底的人物。他们不是英雄，他们可是这时代的广大的负荷者。[②]

张爱玲所喜欢的"参差的对照"的写法，其实就是源于曹雪芹原著逼真的写实风格，所以她才对高鹗用"强烈对照"的写法来改写《红楼梦》大为不满：

凤姐、袭人、尤三姐都变了质，人物失去多面复杂性。凤姐虽然贪酷，并没有不贞。袭人虽然失节再嫁，"初试云雨情"是被宝玉强迫的，并没有半推半就。尤三姐放荡的过去被删掉了，殉情的女人必须是纯洁的。[③]

按照张爱玲这样的标准，狭邪小说中无论是前期"溢美型"的还是后期"溢恶型"的，都显得很不真实，只有《海上花》才是"通常的人生"的真正"回声"，只是这样"平淡而近自然"的作品是难以吸引普通读者眼球的，只落得少数高端

① 张爱玲：红楼梦魇，北京：北京十月文艺出版社，2009：5.

② 张爱玲：《自己的文章》，见《张爱玲作品集》，兰州：敦煌文艺出版社，1997：580.

③ （清）韩邦庆著，张爱玲注译：《海上花落·国语海上花列传 2》，北京：北京十月文艺出版社，2009：332.

读者陶醉其间而又扼腕长叹。

《红楼梦》既能从形而上的高度着眼，又能从形而下日常生活的铺写着手，中间又加之以审美、爱情等高雅的精神维度，而使得作品蕴藉了丰富的主题与深广的内涵，正如鲁迅所概括的那样：

> 单是命意，就因读者的眼光而有种种：经学家看见《易》，道学家看见淫，才子看见缠绵，革命家看见排满，流言家看见宫闱秘事。①

更如刘再复所分析的那样：

> 《红楼梦》让人琢磨不尽，绝非是世俗眼睛和世俗政治评论所能说明的，原因就在于它本身是一个无始无终、无边无沿、无真无假、无善无恶的多维世界。可惜，二十世纪的中国文学，没有一个作家或一部大作品，具有曹雪芹的想像空间，在整体维度上失落了《红楼梦》的优点。即使是那些着意承继《红楼梦》传统的作家，也只是承继它的现实维度和它的伤感情结，而没有承继它的形而上品格与想象力。②

《海上花》总体上还是比较接近《红楼梦》的品格的。韩邦庆在《海上花·例言》中就明确了其创作宗旨：

> 为劝戒而作，其形容尽致处，如见其人，如闻其声。阅者深味其言，更近观风月场中，自当厌弃嫉恶之不暇矣。③

第一回一开篇又进一步阐述了创作主旨：

> 只因海上自通商以来，南部烟花日新月盛，凡冶游子弟倾覆流离于狎邪者，不知凡几。虽有父兄，禁之不可；虽有师友，谏之不从。此岂其冥顽不灵哉？独不得一过来人为之现身说法耳！方其目挑心许，百样绸缪，当局者津津乎若有味焉；一经描摹出来，便觉令人欲呕，其有不爽然若失、废然自返者乎？花也怜侬具菩提心，运广长舌，写照传神，属辞比事，点缀渲染，跃跃如生，却绝无半个淫亵秽污字样，盖总不离警觉提撕之旨云。苟阅者按迹寻踪，心通其意，见当前之媚于西子，即可知背后之泼于夜叉；见今日之密于糟糠，即可卜他年之毒于蛇蝎，也算得是欲觉晨钟，发人深省者矣。此《海上花列

① 鲁迅：《集外集拾遗补编》，北京：人民文学出版社，1993：141.

② 刘再复，林岗：《论中国现代文学的整体维度及其局限》，东吴学术，2011(1)：53.

③ 朱一玄编：《明清小说资料选编》（下），天津：南开大学出版社，2006：700.

传》之所以作也。[①]

作者以过来人与受害者的身份，意在通过暴露烟花场所之“恶”的真相，劝诫世人不要重蹈覆辙，这是《海上花》最直接的主题。另外，《海上花》以梦开篇，并给读者留了一个哑谜：“看官，你道这花也怜侬究竟醒了不成？请各位猜一猜这哑谜儿如何？”结尾又以赵二宝的美梦终篇，这似乎是模仿《红楼梦》开头神秘写法的套路，故弄玄虚，其实也是对读者的一记当头棒喝：“人生一场梦而已，你的梦也该醒了！”启迪世人不要沉溺于物欲，痴迷于外部的花花世界，这大概是《海上花》另一更深的主旨。“因为懂得，所以慈悲”的张爱玲曾经说过：

我写到的那些人，他们有什么不好我都能原谅，有时候还喜爱，就因为他们存在，他们是真的。[②]

韩邦庆其实也是抱着这样的态度创作《海上花》的，他要展现妓院的黑暗特别是人性的阴暗面，以警世人，但并没有把他们写成彻底的恶人、坏人，而是连同他们身上的亮点以及他们各自的缺点、烦恼乃至痛苦、不幸一并展示，他们可憎可恶，也有可怜甚至可爱之处，这样体现的才是真实的人生，真切的人性，这样的作品才能引起读者真正的心灵共鸣，有着永恒的价值与高雅的品位。

妓女固是特殊的社会群体，而嫖客则来自广阔的社会，他们的交往从一个个独特的视角透露出人性世情的斑驳底色，所以这类题材的世情小说一样能出精品，但人们往往习惯性地看不起这类小说，觉得远远比不上《红楼梦》那样的高雅，这其实是一个误会，《海上花》就是一个最好的回答。正如张爱玲所说的那样，中国历来就是一个爱情荒的国家，所以烟花之地交易的不仅仅是粗俗的性，某种情况之下还能收获世俗罕见的高雅爱情，尤其是在高等妓院里，比如《海上花》中所重点描绘的长三堂子。长三堂子的嫖客更需要的是感情的慰藉，而不是性，所以妓院题材的《海上花》主要写的却是爱情，这其中大多是假的，也有真的，也有由真变假的，作者意在一一戳破这些“爱情”梦幻般迷人的假象，以醒世人。《海上花》刻画、定格了一组组立体饱满的圆形人物形象，有沈小红、黄翠凤、赵二宝、周双玉等“海上花”系列，当然也有洪善卿、王莲生、罗子富、赵朴斋等嫖客系列，还有老鸨、大姐、家丁等配角系列，前两组系列人物成双作对而又

① （清）韩邦庆著，张爱玲注译：《海上花开·国语海上花列传1》，北京：北京十月文艺出版社，2009：21.

② 张爱玲：《我看苏青》，见《张爱玲作品集》，兰州：敦煌文艺出版社，1997：524.

错综交织在一起，演绎了一曲曲苍凉的青楼情感闹剧与人生悲歌。洪善卿是长三堂子中不可或缺的一个嫖客，嫖客与倌人之间的好多纠纷都是他调停搞定的，当然他从中也捞到好处，他虽势利，但对不争气的外甥、外甥女还是尽了一点规劝的责任，虽然不像他调停别人纠纷时那么积极，这也符合他不与人作对的人生哲学。赵二宝进城找弟弟，却把自己陷了进去，再纯洁的女孩也难以抵挡得住上海花花世界的诱惑，被史公子忽悠后，只得重操旧业，可又不愿巴结赖公子而惨遭毒打并砸场子，即使是在这样的悲情时刻，她仍去服侍老病糊涂的母亲，她的不幸虽有点咎由自取，她的坚强与孝心又令人心颤，她是堕落了，可还有回头的愿望。陶玉甫与李漱芳的爱情虽然真实感人，但现实生活中毕竟是罕见的，而没有典型意味，所以张爱玲总结道：

> 陶玉甫、李漱芳那样强烈的感情，一般人是没有的。……书中写情最不可及的，不是陶玉甫、李漱芳的生死恋，而是王莲生和沈小红的故事。①

首先，王莲生与沈小红这对冤家已相好到花钱买罪受的地步，王莲生愿打愿挨，摸透了他底细的沈小红完全掌控了局面，可实际上王莲生并没有真正得到沈小红的爱情，沈小红暗地里真正相好的是戏子小柳儿，连张蕙贞后来也背叛了王莲生，落得一场空的王莲生最后黯然离开上海赴任去了。其次，就要数罗子富与黄翠凤的“爱情”传奇了，黄翠凤并没有“爱情荒”，她自有相好的钱子刚，所以罗子富就成为她敛财的“唐僧肉”了，问题是在她的精心、高明的包装与运作之下，使得罗子富自始至终都蒙在鼓里，作品里也只是隐隐地透出这位幕后策划高手，因为场面上是老鸨黄二姐在敲诈罗子富，通过罗黄二人的精彩对弈，读者就可以领略到长三堂子“水”有多深了。再次，就是赵二宝与史公子、周双玉与朱淑人两出负心悲剧的联袂上演了。赵二宝是职场新人，虽聪明，但本质不坏，没有心计，所以难逃被史公子忽悠的命运，相反同为新人的周双玉却极有心计，当发现自己的爱情与从良梦双双破灭时，她立马就自编自导自演了一出精彩的维权小品——吃假鸦片，当然朱淑人不是有意忽悠周双玉的，是家庭所逼，倒是最后被周双玉忽悠了一把。相似的遭遇，赵二宝输了，周双玉赢了，但这一切都是暂时的，她们的人生还没有落幕，岂是一时的输赢二字了得，细看《海上花》中

① （清）韩邦庆著，张爱玲注译：《海上花落·国语海上花列传 2》，北京：北京十月文艺出版社，2009：322.

诸人，似乎没有赢家，他们输去了财，输去了情，输去了时光，输去了生命的意义与价值。

《海上花》从头至尾似乎就是无休无止的打茶围、抽大烟、喝酒、叫局，再加之打情骂俏、卿卿我我、恩恩怨怨，好像千篇一律，可细看又绝无雷同，好多看似冗余的文字，咀嚼起来又别有滋味。抛开作品的劝诫主旨不说，但就作品刻画人性的细腻与深刻而言，《海上花》可以说丝毫不亚于《红楼梦》，某些地方甚至比《红楼梦》更细致入微，而触动人心，其平平淡淡、波澜不惊的喋喋不休，却一样能扣人心弦，引人入胜。韩邦庆凭着自己对烟花生活的熟悉，更是凭着对人性、人心的洞察明了，才敢于创作这样一部题材不看好的世情小说，用现代话语来讲，韩邦庆属“实力派”作家，以细节描写见长，张爱玲无疑也属于这样的天才型作家，自然惺惺相惜而极力推崇《海上花》。《海上花》真正打动人心的并不是嫖客与倌人间爱情的真伪，而是他们在或追逐爱情或追逐金钱的游戏中所展示的真实的人性，特别是那些不经意间闪动着人性光芒的细节描写。于细微处见功夫，能否善于发现、捕捉、剪裁必要的细节，是衡量一个作家艺术功力的重要标准之一，古今中外伟大的作家概不例外，韩邦庆诚不愧为捕捉细节的高手，《海上花》之所以能在数以千计的晚清小说中独占鳌头，主要就是胜在那满纸看似啰啰嗦嗦乃至让人厌烦的细节描写上，真可谓“细节决定成败”。比如第五十三回姚季莼为王莲生饯行有这样一段酒席描写：

> 王莲生吃得胸中作恶，伏倒在台面上。沈小红问他：“做啥？”莲生但摇手，忽然“咽”的一响，呕出一大堆，淋漓满地。朱蔼人自觉吃得太多，抽身出席，躺于榻床，林素芬替他装烟，吸不到两口，已懵腾睡去。葛仲英起初推托不肯多吃，后来醉了，反抢着要吃酒。吴雪香略劝一句，仲英便不依，几乎相骂。罗子富见仲英高兴，连喊：“有趣，有趣！我们来豁拳。”即与仲英对豁了十大觥。仲英输得三拳，勉强吃了下去。子富自恃酒量，先时吃的不少，此刻加上这七觥酒，也就东倒西歪，支持不住。惟洪善卿、汤啸庵、陈小云三人格外留心，酒到面前，一味搪塞，所以神志湛然，毫无酒意。①

王莲生虽就要赴任做官，可因发现张蕙贞跟自己侄子私通，再联想起沈小红

① （清）韩邦庆著，张爱玲注译：《海上花落·国语海上花列传 2》，北京十月文艺出版社，2009：235.

的背叛在先，心里郁闷可想而知，这里不仅特意写了全书仅有的一次王莲生酒醉呕吐，而且还继续写了其他几人的种种闹酒醉态，这看似多余的叙述，恰恰为王莲生郁闷醉酒渲染了一个不和谐的背景与氛围，不动声色地衬托了王莲生的悲凉心境与人生的孤独感，作者高超的艺术匠心可见一斑。

再比如，写王莲生最后一次在作品中出场：

阿珠只装得两口烟，莲生便不吸了，忽然盘膝坐起，意思要吸水烟。巧囡送上水烟筒，莲生接在手中，自吸一口，无端掉下两点眼泪。阿珠不好根问。双珠、双玉面面相觑，也自默然。房内静悄悄地，但闻四壁厢促织儿唧唧之声，聒耳得紧。[①]

王莲生无端掉眼泪，是为沈小红、张蕙贞，还是为自己破碎的情感之梦，还是就要告别这伤心之地的离别之泪，恐怕连王莲生自己也说不清楚，这里以沉默与安静来表现人物内心的波澜，连平时不大注意到的促织儿鸣叫，此刻也嫌噪耳，作品就是在这样平淡的叙事中裸露了人物心底的秘密与人性斑杂的本色。晚清大多数小说只是粗线条叙事，即使是《官场现形记》等谴责小说也很少出现像《海上花》这样质地细密的日常叙事，而显得肤浅，人物形象立不起来，而与一流作品有着明显的艺术分野。

《海上花》描写妓院生活，题材俗得不能再俗，可它又几乎没有写性，而是写情，不像后来的《九尾龟》等狭邪小说那样俗，同时它又跟早期写情的“溢美型”狭邪小说不同，它是既暴露、抨击这“情”的虚伪与庸俗，又要揭示这“情”的梦幻性与欺骗性，更重要的是它展示了人生的残酷、悲凉、无奈，而且用的完全是《红楼梦》的笔法，这正如张爱玲所概括的那样：

认真爱好文艺的人拿它跟西方名著一比，南辕北辙，《海上花》把传统发展到极端，比任何古典小说都更不像西方长篇小说——更散漫，更简略，只有个姓名的人物更多。而通俗小说读者看惯了《九尾龟》与后来无数的连载妓院小说，觉得《海上花》挂羊头卖狗肉，也有受骗的感觉。因此高不成低不就。[②]

---

① （清）韩邦庆著，张爱玲注译：《海上花落·国语海上花列传 2》，北京：北京十月文艺出版社，2009：243-244.

② （清）韩邦庆著，张爱玲注译：《海上花落·国语海上花列传 2》，北京：北京十月文艺出版社，2009：334.

走80回版《红楼梦》路线的《海上花》似乎注定了不受普通读者欢迎的命运，它的题材及鲁迅的命名已经“吓”跑了不少读者，而其一地鸡毛式的日常写实，也让一般读者打不起精神，更遑论它的“吴语文学的运动的胜利”[①]了。

《海上花》的内容简直是俗不可耐的，比80回版《红楼梦》的叙事还要琐屑、平淡，缺乏传奇性，可是它的主题又是高雅的，虽然比《红楼梦》还有一定的差距，但它在人性的细致刻画与日常生活的逼真写实上却与《红楼梦》一样的出色，所以这样的作品虽一时难获风行，却最能经受时间的考验，相信随着张爱玲国译版的问世，最起码《海上花》会拥有越来越多的中国读者，而成为中国名著。

① （清）韩邦庆著，张爱玲注译：《海上花开·国语海上花列传1》，北京：北京十月文艺出版社，2009：13.

第六章　刘鹗《老残游记》的醒世宏图

刘鹗（1857 年 10 月 18 日—1909 年 8 月 23 日）将自己一生主要的精力奉献于实业救国的“养天下”大业，却大多功败垂成，且颇受非议，而其业余的种种爱好倒是收获颇丰，成就斐然，而成为一个巨型的杂家：“小说家、诗人、哲学家、音乐家、医生、企业家、数学家、藏书家、古董收藏家、水利专家和慈善家。”（马幼垣《刘鹗》）[①] 刘鹗虽不是专业的作家，但其深厚的传统文化与文学修养，加之对西学的兴趣与研究，特别是其不肯循规蹈矩的个性，注定了作为其“一时兴到笔墨”（刘大绅《关于 < 老残游记 >》）[②] 的业余之作《老残游记》，果然从中国传统小说中脱颖而出，既展现了中国古典小说最后的辉煌，同时更是中国现代小说的伟大开端。

第一节　太谷学派与自恋情结

刘鹗一生所作所为大多不被世人理解，其《老残游记》也遭遇了相似的命运，否定它的自不必说，肯定它的大多亦是误读，主要原因就是大多数读者对作品中强烈的个人色彩——太谷学派思想，不是视而不见，就是一头雾水，因为似儒似道又似佛的太谷学派确实让人难以捉摸，缺失儒道释精神解码的现代人尤其如此。太谷学派兼取道释而归于儒，以出世之心，行入世之事，成为中国古典文化最后的绝响。刘鹗与太谷学派有着不解之缘，其一生就是太谷学派思想的精彩演绎，而《老残游记》作为刘鹗心灵的哭泣与自辩之作，自然充溢着浓郁的太谷学派韵味。

一、太谷学派与儒道释

要弄清太谷学派的大致情况，主要有两条路径，一是该学派留传下来的相关

① 刘德隆编：《刘鹗及老残游记资料》，成都：四川人民出版社，1985：315.

② 刘德隆编：《刘鹗及老残游记资料》，成都：四川人民出版社，1985：390.

论述，二是《老残游记》中大量的太谷学派叙事，后者虽是间接的证据，其实更为直接、有力。中国传统文化博大精深，纷繁复杂，但究其根本，无非是儒、道、释三家，而三足鼎立，共同支撑起中华文明灿烂的星空。儒、道原本是中国土生土长的思想体系，而佛教则是外来的，三者经过了长期的碰撞与融合，其中儒、道均吸收了佛教丰富的义理而得以丰满、成熟，而佛教也完成了中国化的改造，最终虽你中有我，我中有你，但都保持了自身鲜明的特色，而泾渭分明，这就是中国文化史上“三教合一”的主要内涵。三教合一并不是儒道释丧失了各自本质的规定性，而是“和而不同”，大致说来，儒家主入世而治世，道教唯超世而治身，佛教重出世而治心，三者作用不同，重心各异，又互为补充，满足不同层次的个体与社会需求。当然，在具体的社会与生命实践中，一般都遵循以儒为主、道释为翼的组合原则，而呈现出千姿百态的文化与生命形态，比如同为宋明道学的程朱理学与陆王心学，虽然都挂着儒家的招牌，前者更偏重于儒，后者更偏重于道释，但其实都是三教合一的产物，只是各自所含儒、道、释的分量差异而已。产生于清朝中期的太谷学派当然也不能例外，其创始人周太谷先遇陈少泉而学佛，再拜韩子俞学道，后有感悟而“明道”，其关键就是用道释去重新阐释儒，表面上是深化、发展了儒学，其实不过是将释道的精髓嫁接在儒的肌体上而已，是典型的太谷学派式的“六经注我”。

太谷学派自以为最大的发现就是“三教合一”，更确切地说是“三教合儒”。公元前六世纪左右的东方，三大思想高峰相继横空出世，其中儒、道诞生于中国，而诞生于古印度的佛教则到两汉之际才传入中国，这是早已公认的史实。原始儒学在“内圣”修养方面相对比较薄弱，面对着道释特别是佛教义理完备、体系周全的优势，自感底气不足的后儒们往往“窃取”道释的心性之学而竭力改造、丰富、发展儒学，无论是程朱理学还是陆王心学莫不如此，而太谷学派的创新抑或骇人之处，就是认为，前儒特别是宋儒的种种“心虚”之举，完全是没有必要甚至是可笑的，因为他们发现儒学从一开始就是融合了道释精神而发展起来的，而且早在中华文明的源头伏羲时代就开始了“三教合儒”的进程，这就让人觉得有点匪夷所思，而他们却振振有词，且凿凿有据。太谷学派认为：

佛、道两教代有传人，包羲时如黄、农，孔子时如老、彭。秦汉而后，诸孺世出，而佛、仙之名始著。……圣功或数百年而一开，或数十年而一开，

开则二氏晦。理学家以异端目之，不知二氏，并不知圣功也。（《龙川夫子年谱》）①

就是说，在伏羲时代道释就存在了，而且代代相传，他们的主要证据就是《易经》，直接证据就是《论语·述而》开篇所云："子曰：'述而不作，信而好古，窃比于我老、彭。'"后儒一般解释"老彭"为古之贤人，而太谷学派则认定"老、彭"分别是道家与佛教的代表，他们认为孔子以下，历代诸儒都没有真正搞明白儒学的要义，或把道释视为异端而攻击之，或"窃取"道释而"壮大"儒，殊不知儒学本来就是兼取道释而来的，直到周太谷才揭示了儒学的这一重大秘密，而得以展现儒学"内圣"与"外王"兼备的本来面貌，这就是太谷学派最得意的"秘笈"。

在"三教合儒"的道路上，太谷学派显然比程朱理学乃至陆王心学走得更远，他们不用"窃取"，更不必"心虚"，而是从源头上证实了儒学本来就具足完备，兼取道释而胜于道释，这一理论突破实为中国古代儒学发展史上的最高的也是最后的惊人成就，将儒学抬高到了史无前例的地步。我们承认《易经》中固有道释思想的一些萌芽，但要说孔子时代乃至远在伏羲就有道释特别是佛教存在，而且强调原始儒学就已经揉合了道释思想，这显然有过度阐释之嫌，虽然在太谷学派看来是对儒学的大彻大悟，是重大发现，其实是立不住脚的，因为以《论语》为代表的原始儒学确实很难跟道释挂上钩的，更何况孔子时代的中国人还不知道佛教是何为。太谷学派吸收道释，克服了儒学的薄弱环节，而创建一个融儒道释于一炉的新的思想体系，倒是完全可取的，但一定要把这样一个思想混合物强安在儒家的头上，显然不妥。他们自以为重新发现了儒学，发展了儒学，其实还不如宋明道学所做的来得实际、踏实，而有儒学史上的"放卫星"之嫌。虽然太谷学派的"三教合儒"有不妥之处，但其"三教合一"的尝试还是颇有成就的，比如卢冀野在《太谷学派之沿革及其思想》一文中写道：

清代有一支派焉，不为世所称道，太谷学派是也。其派主三教合一之说，源出于明嘉靖间之林兆恩。②

虽然我们没有直接的证据来证明太谷学派与林兆恩三教合一的渊源关系，但

① 周太谷等著；方宝川编：《太谷学派遗书·第一辑》（第二册），扬州：江苏广陵古籍刻印社，1997年：13-14.

② 卢冀野：《太谷学派之沿革及其思想》，（民国）东方杂志，第二十四卷，第十四号.

二者确实有很多相似之处，只不过林兆恩鲜明地亮出了“三教合一”的旗帜，而太谷学派则名义上是“三教合儒”，其实质也是“三教合一”，当然二者在具体内涵上还是有不少差别的。

二、《老残游记》的宣教叙事

司马迁发愤著《史记》而有感慨：

古者富贵而名摩灭，不可胜记，唯倜傥非常之人称焉。盖西伯拘而演《周易》；仲尼厄而作《春秋》；屈原放逐，乃赋《离骚》；左丘失明，厥有《国语》；孙子膑脚，《兵法》修列；不韦迁蜀，世传《吕览》；韩非囚秦，《说难》、《孤愤》；《诗》三百篇，大底圣贤发愤之所为作也。此人皆意有所郁结，不得通其道，故述往事，思来者。乃如左丘无目，孙子断足，终不可用，退而论书策，以舒其愤，思垂空文以自见。①

两千年后的刘鹗哭泣写《老残游记》亦有同感：

《离骚》为屈大夫之哭泣，《庄子》为蒙叟之哭泣，《史记》为太史公之哭泣，《草堂诗集》为杜工部之哭泣；李后主以词哭，八大山人以画哭；王实甫寄哭泣于《西厢》，曹雪芹寄哭泣于《红楼梦》。……吾人生今之时，有身世之感情，有家国之感情，有社会之感情，有种教之感情。其感情愈深者，其哭泣愈痛：此鸿都百炼生所以有《老残游记》之作也。②

古往今来，一般而言，越是伟大杰出之人，就越是难以被人理解，也就越是痛苦，可谓曲高和寡、高处不胜寒是也，对刘鹗而言，一般外人不理解他，以致种种诽谤、污蔑，他还能忍受，但自己学派内部的同门师友对他也总是颇有微辞，这令他最是心痛，他也曾为自己辩解过，可收效甚微，于是才萌生了创作《老残游记》的想法，虽说最初是为朋友赚稿费谋生“不经意”而写，可事实上却是一部发自肺腑的泣血之作，有家国世情，更是自况与自辩，甚至可视作太谷学派通俗的宣教书。

太谷学派又称“圣功”之学，而“圣功大纲，不外教养二途”[5]300，刘鹗自觉地以“养天下”为己任，而有经商、行医、办厂、开矿、筑路以及治黄患、粜米赈灾等种种济世之举，虽大多以失败告终，但其挚热的为公为民之心，感人

① （清）吴楚材，吴调侯选编；高学珠注评：《古文观止》，北京：中国纺织出版社，2007：86.

② 刘鹗著；李小梅，艾克利注：《老残游记》，西安：太白文艺出版社，1995：1–2.

至深，天地可鉴。刘鹗“立功”未成，也没有想去“立言”，更没有想去“教天下”，可他的“哭泣之作”《老残游记》事实上却成了太谷学派最生动的教材。《老残游记》当然不能写成纯粹的宣道书，对名为清官实为酷吏的揭露，对人民苦难的同情，对国家命运的担忧等，显然是作品的主旋律，但作者急欲一吐为快的当是另外两个问题，一是阐明、弘扬自己信仰的太谷圣教；二是证明自己已经“悟道”“明道”，并总结自己一生的功过，以期得到同门师兄的认可，前者主要由第 8 回至第 11 回来承担，后者主要由《老残游记续集》来集中说明。

第 8 至 11 回，主角老残消失了整整四回，让位于申子平于桃花山中向玙姑与黄龙子问道，这看似游离作品主线的闲笔甚至冗笔，很容易被现代读者所忽视甚至厌烦，其实却是作者有意为之而倾力打造的宣道图。桃花山的灵感显然来自于陶渊明的《桃花源记》，作者多次写桃花山的虎威，着意渲染桃花山与世隔绝的自然与古朴，这样的环境本身就是一个绝佳的修心养性的道场。桃花山讲道的主角有两位，一位是黄龙子，先见其名与诗，后见其人，另一位是玙姑，先听其讲道，后知其名。黄龙子其实可看作是作者的替身，他的一组悟道诗落款题有“西峰柱史正非”，意思是说请同门师兄勘验，他究竟有没有悟道。这六首诗也确实很令人费解，一会儿道教，一会儿佛教，其实，如果大致弄懂了太谷学派的要义，也就不难理解了。这里刘鹗简要勾勒了自己学道、悟道的感受以及学派本身的发展历程，可能觉得仅凭这几首诗还不足以说明问题，才有了后来专门演绎“悟道”的《老残游记续集》。玙姑可视作是太谷学派思想的代言人，有人考证她是李素心，也未尝不可，但这里不是写实的情节，所以不必一一坐实。玙姑可谓宣道的高手，不仅讲解通俗易懂，还借助表情及肢体语言，演绎妙理。她转引黄龙子的话，其实是一样的，都是太谷学派的代言，谈到儒道释的异同，首先打了个比方：

> 儒、释、道三教，譬如三个铺面挂了三个招牌，其实都是卖的杂货，柴米油盐都是有的，不过儒家的铺子大些，佛、道的铺子小些，皆是无所不包的。凡道总分两层：一个叫道面子，一个叫道里子。道里子都是同的，道面子就各有分别了……其同处在诱人为善，引人处于大公。人人好公，则天下太平；人人营私，则天下大乱。惟儒教公到极处。①

① 刘鹗著；李小梅，艾克利注：《老残游记》，西安：太白文艺出版社，1995：76.

这番话有两层意思，一是儒比道释二家要大，因为太谷学派的“儒”是已经包涵了道释的“儒”，所以当然比道释大了。本来论内涵的多寡与大小，应是佛教的铺子最大，相比之下，原始的儒与道都比较贫瘠，但经过太谷学派的改造，儒的铺子就最大了，只是这样似乎一个儒家的铺子就足够了，因为此“儒”已经包含了道释了。二是分析儒道释的异同，认为“其同处在诱人为善，引人处于大公”，而其相异之处就在于“惟儒教公到极点”。本来，儒道释最根本的区别是作用对象、追求目标与究竟程度的差异。儒讲究仁与和谐，主要是要处理好人与人之间的关系，是治世与入世的；道讲究无为与自然，力求超脱乃至成仙；释讲究因果与色空，追求解脱而出世，三者追求的目标显然不同，究竟的程度更有高下之分，由儒而道再释，层层递进，体现了人生的三重境界。可是在太谷学派的眼里，三者的差异却是另一番景象，是因为他们的“儒”已经不是本来意义上的“儒”了，既然此“儒”已经包含了道释，当然就不存在追求目标、究竟程度等内涵的差异了，而只有大小的分别了。为了论证道释的偏私与小以及自汉至宋诸儒把儒教弄得越来越小，玙姑引用了孔子的“攻乎异端，斯害也已”（《论语·为政》）一句作为论据，在这一大段论述当中，其亮点是没有像朱熹等先儒那样把“异端”解释与正统相对立的思想，带有近乎邪教的性质，而是仅仅解释为与己不相同的思想，她举例说，孔子一生遇到很多异端，但孔子没有攻击他们，倒反赞扬他们，而显示了孔子及其儒教的公处，可是佛、道两教，更不必说外国的一些教门，就有排斥其它教门之嫌，而显得有点私了，至于韩愈、朱熹等人也因为“攻乎异端”，而使得儒教几至绝迹失传了，这段论述总的意思就是：

> 圣人意思，殊途不妨同归，异曲不妨同工。只要他为诱人为善，引人为公起见，都无不可。①

就是说对待与己不同的思想要宽容，要求同存异，只要它能发挥积极的作用就行，如果心胸狭隘，“斯害也已”，这确实是太谷学派最大的思想特色，因为他们认为儒学从一开始就是融合道释而产生与发展的。遗憾的是这里还是把“攻”解释为“攻击”，其实应是“专治”的意思，孔子“攻乎异端，其害也已”的原意是要辩证地看待问题，如果片面、偏激，是有很大危害的，也就是孔子的“叩

① 刘鹗著；李小梅，艾克利注：《老残游记》，西安：太白文艺出版社，1995：77.

其两端”“执其两端”等表述中所表达的中庸思想，只可惜后人把“攻”与“异端”都理解错了，而完全曲解了孔子此话的原意，当然这里玙姑还没有完全错用，毕竟比先儒高明了许多。刘鹗自己对儒家中庸的思想似乎领会较深，他在《述怀》一诗中这样写道：

相从既已久，渐知叩两端。

孔子号时中，知时无中偏。①

显然这里的“叩两端”不仅仅指太谷学派对道释的吸收，而是说自己已经领悟了儒家中庸思想的精髓，因而刘鹗才会有如下精辟的思想：

我辈此时不虑道之不明，惟进防贤者之过，退防愚者之不及，则得中道矣。与世浮沉，世间法也，倏然远引，出世法也，而皆非圣人之道。必也于与世浮沉之中，寓倏然远引之志，与世无违，与道莫逆，其庶几乎？（刘鹗《致×同道》）②

其实，太谷学派倡导“三教合儒”，其本身就是儒家中庸思想的具体实践。

当申子平为宋儒的理学辩解时，玙姑借助表演讽刺了宋儒“兴天理，灭人欲”的种种不是，而肯定儒家的“发乎情，止乎礼义”。太谷学派肯定人欲，其实宋儒也没有完全否定人欲，而且正因为看到了人欲的贪婪与疯狂，所以才强调“兴天理，灭人欲”，其“灭”也并非是完全灭绝之意，而是节制的意思，比如朱熹云：“饮食，天理也；山珍海味，人欲也。”③后世以讹传讹，渐渐曲解了宋儒理学的原旨了，太谷学派显然也没有例外，当这番宣道结束之后，玙姑接过茶杯漱了又漱口，然后笑道：“今日无端谈到道学先生，令我腐臭之气，沾污牙齿，此后只许谈风月矣。”④这里玙姑对道学显然也存在着偏见，其实道学有真假之分，不应一概而论。接下去连续写了两场音乐演奏，形象地抒写了儒家“君子和而不同”的思想，这一点是作者特别看重而要表达的，因为这是刘鹗为自己辩护的一大理由。《老残游记》尚未动笔之前，他在给黄葆林的一封信中这样自辩道：

闻诸夫子云：“君子和而不同”，每蒙不以强同苦我，真知我者矣。弟

① 刘德隆编：《刘鹗及老残游记资料》，成都：四川人民出版社，1985：43.

② 刘德隆编：《刘鹗及老残游记资料》，成都：四川人民出版社，1985：292.

③ （宋）黎靖德编，王星贤点校：《朱子语类》（第一册），北京：中华书局，1988：224.

④ 刘鹗著；李小梅，艾克利注：《老残游记》，西安：太白文艺出版社，1995：78.

与诸君子殊途而同归，必不能共辙也。……弟之所为，几无一事不与公相反；然至于所以为，窃又自以为无一事不与公相合也。……谤满天下不觉稍损，誉满天下不觉稍益，惟一事不合龙川之法与公所为，辄怏怏终夜不寐，改之而后安于心。①

因为刘鹗不拘小节，时有放浪形骸之举，虽以“养天下”为己任，还是受到同门师兄的责难，但刘鹗认为他表面上虽与诸师兄不同，但其本质却与同门诸君子无异，即所谓“同为空同之子孙，同培古今之道脉，同身同命，海枯石烂，无有贰心”②是也。接着黄龙子又以月亮圆缺变化为例谈了物极必反这一万物运行的基本方式与规律，即道家所重点阐述的“道”的运行方式：“道生一，一生二，二生三，三生万物。万物负阴而抱阳，冲气以为和。”（《老子·四十二章》）然后在解释北拳南革之乱的原因时，黄龙子又结合道释，在上帝与阿修罗这一善恶对立的二元力量之上，发明了一个至高无上的“势力尊者”，说上帝与阿修罗其实都是“势力尊者”的化身，其时玙姑拍掌笑道：

我明白了！“势力尊者”就是儒家说的个“无极”，上帝同阿修罗王合起来就是个“太极”！对不对呢？③

这里讲的其实还是上面提到的道家关于矛盾双方对立而又统一的核心原理。

从以上我们可以看出，太谷学派的思想确实是一个大杂烩，儒道释无所不包，又都统一在儒家的名下，将儒道释三家真正融会贯通，在中国思想史上实属罕见。

三、《老残游记续集》的自辩与总结

《老残游记续集》虽仅存9回，从内容来看倒也显得相对完整，前6回借游泰山而写禅悟，后3回借老残梦游地府而自我总结，与前20回相比，这9回的自我色彩尤为强烈。刘鹗历来对自己的学道成就颇为自负，1902年在给黄葆年的一封信中曾这样写道：

窃忆夫子主云溪家时，坐客房之里室，宣蝶二之旨曰：“将来天下，二巳传道。”是日也，伺坐者，公及弟及云溪夫人、小宝四人，皆巳年生人也。

① 刘德隆编：《刘鹗及老残游记资料》，成都：四川人民出版社，1985：299.

② 刘德隆编：《刘鹗及老残游记资料》，成都：四川人民出版社，1985：300.

③ 刘鹗著；李小梅，艾克利注：《老残游记》，西安：太白文艺出版社，1995：95-96.

尔时私用自负，至今日者，更有不容推诿也已。①

就是说，刘鹗虽然是后来才明白自己当年误会了李龙川关于衣钵传承的预言，因为李龙川生前曾明确由黄葆年与蒋文田二人接掌教门，可刘鹗自己私下里却一直以上座弟子自居，可见他对自己学道的信心。另外，早在1896年刘鹗四十岁时，曾写《述怀》诗一首，回忆了自己学道、悟道的经历与感受：

余年初弱冠，束脩事龙川。
虽未明道义，洒扫函丈前。
无才学干禄，乃志在圣贤。
相从既已久，渐知叩两端。
孔子号时中，知时无中偏。
万事譬诸物，吾道为之权。
得权识轻重，处久循自然。
因物以付物，谁为任功愆。
此意虽浅近，真知良独难。
灵台有徽滓，一跌千仞渊。②

这首诗置于刘鹗自订的《芬陀利室存稿》之首，可见刘鹗对自己学道的重视与自信。刘鹗以“养天下”为己任，多年来“奔走”四方，与同门师兄交流切磋的机会也不多，参加1902年太谷学派于上海进行的愚园雅集后，刘鹗便受到同门师兄主要是山长兼亲家的黄葆年的一再教训，如果说指责他沉溺声色货利，刘鹗尚可自辩，那么怀疑他犹未“明道”，就令他无地自容，而难以释怀了。还是在上海愚园雅集期间，刘鹗在四月二十八日的日记中写道：

黄三先生述梦，云升至极高之区。戚先生云：至此地位，盛衰二气尽脱粘矣，赵明湖衰气未脱粘，屈平之流也；刘**盛气未脱粘，苏、张之流也，皆不可升孔孟之堂。警悚。③

这里是记载黄葆年委婉地告诫刘鹗要改正错误，尚需虚心学道，刘鹗自己虽也有所警醒，但他骨子里还是难以接受黄葆年的劝诫。在同年给刘鹗的一封信中，

---

① 刘德隆编：《刘鹗及老残游记资料》，成都：四川人民出版社，1985：300.

② 刘德隆编：《刘鹗及老残游记资料》，成都：四川人民出版社，1985：43.

③ 刘德隆编：《刘鹗及老残游记资料》，成都：四川人民出版社，1985：167.

黄葆年再次委婉地表达了对刘鹗“明道”的怀疑：

今吾弟发阿耨多罗三藐菩提心，而犹或有未知云何应住、云何降服其心者乎？年何敢知？年何敢言？[①]

刘鹗视黄葆年为其一生唯一真正的知己，可就是身兼山长、亲家又是知己的黄葆年也对自己是否真正“明道”有所怀疑，这使刘鹗很是痛苦，可“明道”与否又不是三言两语能说得清楚的，而无法当面辩白，加之外人其它的种种误解，所以刘鹗就想到了以小说的形式来一并澄清自己的形象，正好此时陷入困境而又性格孤介的朋友连梦青不愿接受别人的资助，而以写小说投稿谋生，于是刘鹗就以“洪都百炼生”的笔名开始创作《老残游记》，并将之赠送给连梦青以获得稿酬，《老残游记》就这样于1903年9月在《绣像小说》上开始连载。桃花山问道、论道主要是宣讲太谷学派的教理，同时也是自辩，可刘鹗这样的良苦用心，并没有明显消除同门师兄对自己的误解，所以到1907年8月他又在《天津日日新闻》上开始连载《老残游记续集》，专门为自己的“悟道”“明道”继续辩护。

《老残游记续集》前的自序专门讨论了“人生如梦”这一经典话题：

是以人生百年，比之于梦，犹觉百年更虚于梦也！呜呼！以此更虚于梦之百年，而必欲孜孜然，斤斤然，駸駸然，狺狺然，何为也哉？[②]

其强烈的道释意味显然迥异于《初集》自序“哭泣之作”的沉重情怀，对“道”的展示与演绎将是《续集》的主题，正如第5回逸云所自我解剖的那样：

近来我的主意把我自己分做两个人：一个叫做住世的逸云，既做了斗姥宫的姑子，凡我应做的事都做。不管什么人，要我说话就说话，要我陪酒就陪酒，要搂就搂，要抱就抱，都无不可，只是陪他睡觉做不到；又一个我呢，叫做出世的逸云，终日里但凡闲暇的时候，就去同那儒释道三教的圣人顽耍，或者看看天地日月变的把戏，很够开心的了。[③]

如果说《初集》主要抒写刘鹗入世而“行道”艰难的一面，那么《续集》则侧重展示刘鹗出世而“悟道”“明道”快乐的一面，而完整勾勒了一个典型的太谷学人的立体形象。

---

① 刘德隆：《一封黄葆年给刘鹗的信》，文献，1993（1）：287.

② 刘鹗著；李小梅，艾克利注：《老残游记》，西安：太白文艺出版社，1995：192.

③ 刘鹗著；李小梅，艾克利注：《老残游记》，西安：太白文艺出版社，1995：232.

“如人饮水，冷暖自知”的“道”，本是难以言说的，而要靠体证，所以老子才说“道可道，非常道”，同样悟道的过程也是难以形容的，比如王阳明龙场悟道的具体情况，我们也无法得知，至于禅宗经当头棒喝等方式而悟道的情形，一般人也摸不着头脑，而刘鹗却用他那生花妙笔为我们细致地描绘了逸云悟道的心路历程，其中那一长段惟妙惟肖的心理描写不仅在中国文学史上是绝无仅有的，在世界文学史上恐怕也是罕见的，显示了作者高超的艺术才能。禅宗常云“烦恼即菩提”，又说“狂心顿息，即证菩提”，意思是说凡夫俗子最大的特征就是妄念纷飞，烦恼不断，即使睡着了心也静不下来，而且把那个患得患失的“妄心”当作自己的“真心”——我，佛教称之为“认贼作父”，凡夫不管经过什么方式，一旦“悟”到了这一点，就可以算是初步的开悟而“明心见性”了，也即禅宗所讲的“前念迷则众生，后念悟则佛”。逸云自对任三爷动了感情之后，整个人就像着魔了，千般思量，万般计较，一会儿兴高采烈，一会儿垂头丧气，挖空了心思，绞尽了脑汁，可就是想不到一个万全之策，这里刘鹗把一个少女动了情思之后的复杂心理刻画得异常具体、逼真，实在令人拍案叫绝，叹为观止，同时也形象地诠释了佛家所谓的“妄念”的可怕，它让人烦恼，甚至疯狂，而难以自拔。饱受妄念折磨的逸云正当无计可施之时，一个梦让她“狂心顿息”：

> 一个白发白须的老翁对我说道：“逸云！逸云！你本是有大根基的人，只因为贪恋利欲，埋没了你的智慧，生出无穷的魔障，今日你命光发露，透出你的智慧，还不趁势用你本来具足的慧剑，斩断你的邪魔吗？”我听了连忙说：“是，是！”我又说：“我叫华云，不叫逸云。”那老者道：“迷时叫华云，悟时就叫逸云了。”①

逸云是很有慧根的人，所以能破迷开悟，而证初禅，接着又写了逸云是怎么一步步削弱自己的分别心的：

> 再到十八九岁又变了，觉得曾氏弟兄的才子英雄，还有不足处，必须像诸葛武侯才算才子，关公、赵云才算得英雄；再后觉得管仲、乐毅方是英雄，庄周、列御寇方是才子；再推到极处，除非孔圣人、李老君、释迦牟尼才算得大才子、大英雄呢！②

① 刘鹗著；李小梅，艾克利注：《老残游记》，西安：太白文艺出版社，1995：228.

② 刘鹗著；李小梅，艾克利注：《老残游记》，西安：太白文艺出版社，1995：231-232.

随着学道的深入，逸云的悟境越来越高，连老残也表示敬佩，然后又转入对另一个高人赤龙子的间接描述，这个人是逸云的朋友兼师弟，其实这里也是刘鹗的替身（《初集》里刘鹗的替身是黄龙子），逸云这样介绍道：

我听说他们弟兄三个，这赤龙子年纪最小，却也最放诞不羁的。青龙子、黄龙子两个呢，道貌严严，虽然都是极和气的人，可教人一望而知他是有道之士。若赤龙子，教人看着说不出个所以然来，嫖赌吃着，无所不为；官商士庶，无所不交。同尘俗人处，他一样的尘俗；同高雅人处，他又一样的高雅，并无一点强勉处，所以人都测不透他。①

显然这里的青龙子、黄龙子是指黄葆年与蒋文田，他们一望而知都是有道之士，只是"嫖赌吃着"、且雅且俗的赤龙子刘鹗让人"测不透"，最后还是用赤龙子自己的话作了终极的解释，也就是刘鹗本人最有力的自辩：

我精神上有戒律，形骸上无戒律，都是因人而施，譬如你清我也清，你浊我也浊。或者妨害人，或者妨害自己，都做不得，这是精神上戒律。若两无妨碍，就没什么做不得，所谓形骸上无戒律。②

如果用道释的标准来看，这样的自辩多少是有点苍白的，但刘鹗毕竟还不是修行人，所以他能达到这样的境界已经是难能可贵了，而且"叩两端"的刘鹗是用中庸的态度来处理儒的入世与道释的出世之间的矛盾的，这样的思路也是完全可取的，只是实际操作起来，难免顾此失彼，把握不好分寸，而事与愿违，留下遗憾。

经过桃花山论道、泰山证禅两次宣道与自辩之后，刘鹗意犹未尽，又设计一个梦游地府的离奇情节，让阎王来审定自己一生的功过是非，言下之意是说世人可以诽谤、污蔑自己，同门也可能误解自己，只有公正的阎王能还他一个清白。刘鹗其实也是相信有鬼神与阴曹地府的，在《续集》的第 1 回就借黄龙子之口专门肯定了天堂与地狱的存在：

天堂如耳目之效灵，地狱如二阴之出秽，皆是天生成自然之理，万无一毫疑惑的。只是人心为物欲所蔽，失其灵明，如聋盲之不辨声色，非其本性

① 刘鹗著；李小梅，艾克利注：《老残游记》，西安：太白文艺出版社，1995：238.

② 刘鹗著；李小梅，艾克利注：《老残游记》，西安：太白文艺出版社，1995：238.

使然，若有虚心静气的人，自然也会看见的。[①]

所以在刘鹗的眼里，老残梦游地府的故事情节也就有了真实的意味。当阎王问老残在阳间的犯罪事宜时，老残辨道，若按阳律，自己就没有违法，若按佛的戒律，自己的罪就恐怕“擢发难数”了，阎王的一句“也不见得”的答复，颇耐人寻味，似乎阴律既不同于阳律，又不同于佛律。果然当老残一一承认了自己的杀、盗、淫等罪业后，不但没有被惩罚，反而被安排到“善人”的席位上就座，后来阎王亲自跟老残作了详细的解释：

> 方才我问你杀、盗、淫这事，不但你不算犯什么大罪，有些功德就可以抵过去的。即是寻常但凡明白点道理的人，也都不至于犯着这罪。惟这口过，大家都没有仔细想一想。倘若仔细一想，就知道这罪比什么罪都大，除却逆伦，就数他最大了。……[②]

原来阴律还真与阳律、佛律有异，其实这都是刘鹗为自己量身定做的，并无实据。刘鹗版的阴律有着明显的自辩成分，首先，将他所犯的杀、盗、淫等罪业轻轻地一笔勾销了，说这些罪本身不是什么大罪，而且还可以用功德来抵销，后面写老残到阴间的酒楼饮酒挟妓不但无罪，还有功德，就是刘鹗专门为自己的“淫”罪辩护而设计的，这样刘鹗就能心安理得了。其次，将别人攻击、污蔑他而犯的“口过”抬高到了无以复加的地步，因为刘鹗面对社会泼给他的种种“污水”，无力躲避与抵抗，现在通过描写阴间对“口过”犯人的严刑惩罚，来取得心理上的平衡。最后，写“善人”老残身上发出檀香味，似乎就要成佛上西方极乐世界了，这就是刘鹗自辩与自恋的最高成果与境界。如果说刘鹗前面竭力辩白自己已经“明道”还情有可原，那么后面为洗刷自己的罪业和惩罚别人的“口过”而擅定阴律，就显然是弄巧成拙，铸成大错了，他这里犯的才是真正严重的“口过”，因为刘鹗版的阴律与儒道释的诸多精义多有违别，所以梦游地府这一情节可谓《续集》的一大败笔，非但不能给自己辩“白”，事实上是抹了“黑”。

《老残游记》第12回写老残回济南途经齐河县，中间却专门提到山西的太谷灯：

> 太谷是个县名，这县里出的灯，样式又好，火力又足，个头又大，五大

① 刘鹗著；李小梅，艾克利注：《老残游记》，西安：太白文艺出版社，1995：195-196.

② 刘鹗著；李小梅，艾克利注：《老残游记》，西安：太白文艺出版社，1995：264.

洲数他第一。可惜出在中国，若是出在欧美各国，这第一个造灯的人，各报上定要替他扬名，国家就要给他专利的凭据了。[①]

这里表面上是写太谷灯，实际上是刘鹗巧妙地在替太谷学派吹嘘，为自己身为太谷学派弟子而沾沾自喜。《老残游记续编》第5回写逸云室内一面大镜子上头的一块横匾，写着“逸情云上”，旁边一副对联是“妙喜如来福德相，姑射仙人冰雪姿”，这又无疑是太谷学派道释立场的生动描述。太谷学派本着“尽信书，则不如无书”的创新精神，锐意“六经注我”，兼取道释而归于儒，可谓儒道释三位一体，而又非儒、非道、非释，这一点在刘鹗身上表现得尤其显著。他既有入世之举，又有出世之心，既有儒雅风度，又有种种俗态，比如他既研习禅理，又不愿遵守佛的戒律，且找出种种理由，为自己的放荡不羁铺平道路，而流放新疆后的刘鹗似乎道心弥坚，其有诗云：

勘破华严五十三，皈依净土日和南。

……

瓦缶汲泉朝供佛，沙瓶煮酒夜留宾。

时时勤拂菩提树，明镜台空不染尘。（《七叠同狱锺君笙叔饯宋侍御芝栋之乌松原韵，用以自嘲，亦相嘲也》）[②]

刘鹗与太谷学派有着不解之缘，其一生就是太谷学派思想的精彩演绎，而《老残游记》作为刘鹗心灵的哭泣与自辩之作，自然就展开了丰富的太谷学派叙事。

第二节　“实业救国”的醒世寓言

雅俗是中国古代社会最常用的评判话语，从日常生活到文学艺术，莫不如是。在《老残游记续集》的第1回中，借黄龙子之口还专门谈了雅俗问题：

我辈大半愚鄙，不像你们名士，把个“俗”字当做毒药，把个“雅”字当做珍宝。推到极处，不过想借此讨人家的尊敬。要知这个念头，倒比我们

① 刘鹗著；李小梅，艾克利注：《老残游记》，西安：太白文艺出版社，1995：107.

② 刘德隆编：《刘鹗及老残游记资料》，成都：四川人民出版社，1985：58.

的名字，实在俗得多呢。……[①]

意即人的名字等外表的雅俗倒是其次，关键是人内在的品质要高雅绝俗，要名副其实，比如《老残游记》第17回当妓女翠环被老残救出火坑且纳为侧室后，身份便提高了，连名字也改了：

老残因翠环的名字太俗，且也不便再叫了，遂替他颠倒一下，换做“环翠”，却算了一个别号，便雅得多呢。[②]

在《续集》第6回中环翠跟逸云出家了，又改名“环极”，可谓人往高处走，名字也越来越雅了。另外《续集》第4回中写逸云本叫华云，悟道后才改此名，也是一样的道理，当然作品虽强调雅俗的名副其实，但也反对着相，比如作者的替身“老残”，名字虽俗，人却极雅。

文以载道是中国传统文学的核心标准，一直难登中国文学大雅之堂的小说，经过冯梦龙等明清小说家雅俗整合的大力实践与倡导，取得了骄人的业绩，而成一代之文学。虽然明清时期主流文化还是歧视小说，但这并不能掩盖明清小说尤其是像《红楼梦》那样世情小说的伟大价值与贡献。以儒道释为思想资源来构建作品的劝惩主旨，是明清世情小说家不约而同的一致选择，或如陆人龙的《型世言》、李绿园的《歧路灯》等直接宣扬儒家的忠孝节义等伦理道德，或如《金瓶梅》、《醒世姻缘传》等演绎佛教的因果报应来劝谕人心，或如李百川的《绿野仙踪》、随缘下士的《林兰香》等以道家思想来提升世情，而强化了作品的主题之雅，同时又紧扣现实生活，以鲜活的世态人情展示来吸引读者，如此虚实相生，雅俗结合，使得小说的品味与水准有了质的飞跃。世风日下，人心不古，是明清作家们共同面对的社会大环境，而志在“醒世”“警世”“觉世”，那么身处晚清的刘鹗，面对着更加险恶的世情与国运，在其种种实业救国之举屡屡碰壁之后，自然也会萌生创作小说来“醒世”的强烈愿望，刘鹗在《老残游记》第1回的自评中就交代了其创作的初衷：

举世皆病，又举世皆睡，真正无下手处，摇串铃先醒其睡。无论何等病症，非先醒无治法。具菩萨婆心，得异人口诀，铃而曰串，则盼望同志相助，心

① 刘鹗著；李小梅，艾克利注：《老残游记》，西安：太白文艺出版社，1995：194-195.

② 刘鹗著；李小梅，艾克利注：《老残游记》，西安：太白文艺出版社，1995：157-158

苦情切。[①]

“举世皆病，又举世皆睡”，这是当时中国许多清醒的仁人志士的共同感受，但具体所患何病、如何疗救、怎样唤醒又各持己见，比如，有改良派，也有激进派，而刘鹗有他独特的思路，他反对会导致社会动乱的北拳南革，认为应该从经济入手，从根本上改变中国积贫积弱、被动挨打的局面：

今日国之大病，在民失其养，各国以盘剥为宗，朝廷以朘削为事，民不堪矣。……天下殆哉岌岌乎！（《刘鹗给黄葆年的信》）[②]

他建议引进外资与技术，与外商合作，开矿筑路，以带动整个经济的发展，事实上刘鹗的思想历经了近百年后才逐步变为了当代中国改革开放的现实，那么只能说明刘鹗的思想在当时是多么的不合时宜，因为不首先解决好民族独立与政治体制问题，就要与外商进行平等的经济合作是很不现实的。当然，刘鹗也不是神仙，他也不知道究竟哪条道路更适合当时中国的救亡与发展，正如他自己总结与辩解的那样：

弟固未尝知天，弟固未尝不信天。惟其不能知天，故竟以天下为己任。天下之安危，匹夫与有责焉。……颇不自揣，欲以渺渺之身，潜移而默运之。行与不行虽未可知，先自妄命之曰必行，此不能知天之过也。（《刘鹗给黄葆年的信》）[③]

刘鹗虽然自己的实业救国之路屡遭挫折，但他始终相信实业是能救国的，只是凭他一个人或少数人相信是不行的，而要更多的人相信，特别是要让皇帝能够相信，那才能真正实现实业救国的宏伟蓝图，所以他才要让老残摇铃，同时更是以《老残游记》来“摇串铃”，希望人们接力“摇铃”，口口相传，直到传到皇帝的耳里。显然，《老残游记》赋予了传统的“醒世”主旨以新的具体内涵，彰显了浓郁的时代特色与主观色彩。

1902年11月梁启超在日本横滨创刊《新小说》，发表《论小说与群治之关系》一文，掀起了“小说界革命”，而早在半年之前梁启超就曾将自己的译稿《十五小豪杰》邮寄给刘鹗看，并请他题写书名，这件事一方面显示了梁启超对刘鹗西

① 刘德隆编：《刘鹗及老残游记资料》，成都：四川人民出版社，1985：74.

② 刘德隆编：《刘鹗及老残游记资料》，成都：四川人民出版社，1985：300.

③ 刘德隆编：《刘鹗及老残游记资料》，成都：四川人民出版社，1985：300.

学专家身份的看重，同时也就成了刘鹗拿起笔来开始创作小说的直接动因。刘鹗到接近知天命之年才着手写小说当然有着多重的原因与目的，比如自己长期累积的不菲的中外小说素养，帮助友人连梦青，受到梁启超的直接影响，因被误解而自辩等，但其中最根本的宗旨应该还是“醒世”，个人的冤屈与哭泣应该还是第二位的。刘鹗既然要用小说来“摇铃”以“醒世”，就必然充分调动他深厚的文学素养与生活积累来谋篇布局，写什么固然重要，而主题一旦大致明确以后，怎么写就显得更加重要了。刘鹗对《庄子》可谓情有独钟，《老残游记·自序》中就提到“《庄子》为蒙叟之哭泣”，《老残游记续集·自序》中又纯以《庄子》的笔法与思想来阐释人生如梦的主题，庄子曾这样解释自己独特的写作风格：“以天下为沉浊，不可与庄语，以卮言为曼衍，以重言为真，以寓言为广。”（《庄子·天下》）[①] 与庄子处境与心境相似的刘鹗自然就选择了庄子的写作模式，主要是以寓言的方式来营构小说，以取得最好的“醒世”效果，正如学者张强所分析的那样：

> 《老残游记》是一部寓言体的政治小说，它成功地运用了寓言这一艺术形式，借助寓言来寄托作者的心迹，借助寓言的意象来抒写作者的忧患意识，来表现作者对时局动荡的不安，从而带有强烈的政治色彩，所以它虽然是一部“游记”，实为一部寓言体的政治小说。[②]

寓言故事的虚构性与小说的真实性显然是有冲突的，但可以通过梦境、虚实结合等方式进行掩饰与调和，而让小说带有寓言的味道，这当然需要作家更高的思想与艺术才能。《老残游记》第 1 回就连写了两个寓言，第一个短小的寓言是假托老残给大户黄瑞和治好了奇病，实指刘鹗成功治理黄患的经历及其根治黄患的信心，更深层次的寓意是，刘鹗能用科学精神治理中国千百年来猖獗的黄患，就也一定能够用西方科学这个“妙方”治愈晚清中国贫弱挨打这一“疑难重病”，所以作者一开篇就通过这个寓言开始“摇铃”了：

> 法子尽有，只是你们未必依我去做。今年权且略施小技，试试我的手段。（第 1 回）[③]

① （战国）庄周：《庄子》，北京：中国华侨出版社，2002：165.

② 张强：《<老残游记>：一部寓言体的小说》，南京：江苏社会科学，1992（5）：103.

③ 刘鹗著；李小梅，艾克利注：《老残游记》，西安：太白文艺出版社，1995：2.

接下去的老残“梦救危船”的故事，寓言意味就非常明显了，而且有着丰富的寓意，涵盖了刘鹗多方面的社会思想，是当时风雨飘摇的中国岌岌可危局势的生动写照，更是作者“有心报国，无力回天”的人生自况，其中不乏深刻的思想与真挚的感情，比如对国将不国的担忧，对民不聊生苦难的同情，对官吏残害百姓的痛恨等等，当然也存在一些有争议的观点，比如为上层统治者的辩护，对革命派的不信任与反感，对自己实业救国方案的过于自信，以及把自己的失败和被污蔑的主要责任归结于下层官吏等等，应该说自嘲“无才学干禄”的刘鹗，对政治与官场还是有点隔膜的，他真正感兴趣的是科技与振兴经济的实业救国，所以一些看法就难免失真与片面，但他对科技与经济的重视及其种种尝试与实践，又显示了其超前的眼光与过人的胆略。刘鹗认为，因为他几乎是孤军奋战，所以失败是必然的，但他从不怨天尤人，也毫不气馁，虽屡战屡败，仍“狂奔”不止，相信实业总有一天是能改变中国的，而晚清的社会现实早已注定了刘鹗这样一个生不逢时的科技与经济奇才的悲剧命运。刘鹗实业救国之路严重受阻，《老残游记》第 1 回中心怀好意的老残也被打落沉海，可刘鹗并没有因之绝望，他转而写《老残游记》来“摇铃”醒世，就表明了他对国家及个人的未来前景仍抱有希望。

即使是在一些写实的故事当中，刘鹗也巧妙地揉进了丰富的寓意。比如第 15 至 20 回，写老残当了一回福尔摩斯，不仅还蒙受奇冤的魏家一个清白，而且还救了贾家十三条人命。这一回故事，显然是受了当时颇受国人喜爱的西方侦探小说的影响，前面写的酷吏与黄患都很真实，那么这个为民解冤的探案故事当然也应该是基本写实的，可细究起来，却又不尽然。首先，这一情节的重点之一是要揭露“清官”刚弼的“刚愎自用”“他总觉得天下人都是小人，只他一个人是君子”（第 18 回）[①]，“清官”往往都有这一毛病，自然就容易冤枉好人，被污为“汉奸”的刘鹗就是这样的一个典型的受害者，显然这就是刘鹗写这个“清官”妄造冤案故事的主要原因。其次，写老残见义勇为，亲自出马为魏家洗清冤屈，其实也喻示了刘鹗要为自己昭雪的强烈愿望。最后，这个冤案本身并不离奇，离奇的倒是有一种能让人“千日醉”的草，且还有一种叫“返魂香”的解药。刘鹗发明的这个细节显然不大现实，而又是寓言的写法了，写贾家十三个人全部死一

① 刘鹗著；李小梅，艾克利注：《老残游记》，西安：太白文艺出版社，1995：165.

般的昏睡，喻示着“举世皆睡”，而老残费劲周折找来解药熏醒、救活了这一干“昏睡”者，就喻示着刘鹗急切的醒世与救世之心，所以书中才有青龙子这样一段奇怪的交待解药使用方法的话：

将病人关在一室内，必须门窗不透一点儿风。将此香炙起，也分人体质善恶：如质善的，一点便活；如质恶的，只好慢慢价熬，终究也是要活的。（第 20 回）①

言下之意，是指“质善”之世人容易被唤醒，但毕竟是少数，而大多“质恶”之世人不容易被唤醒，但只要有耐心，也终究会醒的，这里暗写了刘鹗对“醒世”的艰难有着清醒的认识，但依然抱有信心。另外写老残寻找青龙子拿解药的途中，路不好走，也同样有着深意：

这山里的路，天生成九曲珠似的，一步二曲。若一直向前，必走入荆棘丛了。却又不许有意走曲路，有意曲，便陷入深阱，永出不来了。我告诉你个诀窍罢：你这位先生颇虚心，我对你讲，眼前路，都是从过去的路生出来的；你走两步，回头看看，一定不会错了。（第 20 回）②

这段出自一个庄家老之口的话中有话、玄而又玄的论述，显然跟这段故事情节毫无关联，只是想告诉读者，无论是醒世还是救世，道路都是曲折的，不要急于求成，要顺其自然，且要善于不断地总结经验，最终一定会成功的。这段充满哲理的话，也只有睿智如刘鹗的人能写得出来，而这样一个平常的侦探故事竟也蕴藏着众多主旨，在古今中外小说史上，恐怕也是罕见的。

总之，以小说的形式，用寓言的手法，来达到醒世的目的，是刘鹗创作《老残游记》最根本的出发点，且刘鹗版的“醒世”又迥异于其它明清世情小说的劝世内涵，是要让国人特别是上层统治者乃至皇帝接受他的科技与实业强国而救国的宏伟计划与济世方略。

① 刘鹗著；李小梅，艾克利注：《老残游记》，西安：太白文艺出版社，1995：185.

② 刘鹗著；李小梅，艾克利注：《老残游记》，西安：太白文艺出版社，1995：184.

第三节　逼真写实的叙事新变

《老残游记》主旨的新颖与独特固然给现代读者留下了深刻印象，但最令人拍案叫绝而交口称赞的还是其逼真写实的内容之俗。特别是明清世情小说，与神魔、历史、英雄、侠义、公案等小说相比，其内容的现实性、写实性大大增强，拉近了与读者及现实生活的距离，实现了从写神到写英雄豪杰再到写普通人的真正转变。在《老残游记》之前，以《金瓶梅》《红楼梦》等为代表的现实主义杰作，无不紧扣普通人的日常生活，以其主旨的高雅化、内容的世俗化、表达的写实化，通过雅俗有机整合，已经取得了很高的思想与艺术成就，而处于西风东渐、古今嬗变之际的刘鹗，凭着自己中西兼备的双重文学修养，硬是在小说创作的雅俗结合上又取得了新的突破，而成为中国现代小说的伟大先声之一。

首先，是叙述视角的客观化与真实化。中国白话小说本源于说书人的话本，全知叙事自然成为传统小说的主要叙事模式，演绎复杂故事的宏大叙事用这一叙述视角比较方便，只是人工痕迹过于刺眼而使得叙事的真实性大打折扣，而在中国传统小说中比较少见的限制叙事则是西方现代小说的主要叙事模式，这是西方现代科学与理性精神在小说创作中的必然反映，所以当中国近代翻译者在面对运用讲究客观性与真实性的限制叙事的西方小说时，都很不适应而有点不知所措，比如林纾在翻译《巴黎茶花女遗事》时就把作品中的“我”改为“小仲马”，以避免读者把作品中的“我”误认为译者，可对西学情有独钟的刘鹗，则很容易认同、接受西方小说的限制叙事，而在《老残游记》中一展身手。如果说《老残游记》运用寓言笔法是虚，那么选择第三人称的限制叙事则是实，这样虚实相生，就使得作品既真实又厚重。刘鹗之所以选择游记的形式来结构全篇，就是有意要使用限制叙事来增强作品的真实性，虽然没有使用第一人称而是第三人称，但主角老残几乎就是作者的替身，所以也就等同于使用“我”的第一人称限制叙事了。

刘鹗是晚清较早的却是最好的自觉使用限制叙事的小说家，即使《老残游记》后面的“老残探案”部分又使用了全知视角，而有没能将限制叙事贯彻到底的遗憾，其实那也是作者根据内容变化的一种灵活处置，而不是作者初学使用限制叙事时的粗心或不熟练，因为作品中比比皆是的严格的限制叙事，已经证明了作者对这一新的叙事方式的谙熟。比如第6回中写老残与申东造在曹州相遇，就是典型的限制叙事的写法，先写两人碰了面，老残觉得眼熟，但想不起是谁，后写第二次遇见，申东造先认出了老残，而主动邀老残说话，至此，老残才“恍然想起，这人就是文案上委员申东造。因虽会过两三次，未曾多余接谈，故记不得了”，这样的情节在全知叙事看来简直就是冗笔与废话，直接写两人相遇相见就可以完事，根本不需要绕这么大的圈子，而在限制叙事看来，只有这样写才显得真实。再比如“桃花山论道”中写申子平夜宿玙姑家，虽与玙姑接触、交谈了许久，但因还不知道玙姑的姓名，所以叙述时就只能以“女子”相称，直到后来黄龙子加入时喊了玙姑的姓名，之后才正式用玙姑的名字来叙述，显然这样的情况是很难出现在全知叙事的作品中的。还有《续集》第2回中写老残一行登泰山看日出，其中有一大段描写老残的所见与所想，可谓限制叙事的典范：

行不甚远，老残在后，一少年穿库灰搭连，布棉袍，青布坎肩，头上戴了一顶新褐色毡帽，一个大辫子，漆黑漆黑拖在后边，辫穗子有一尺长，却同环翠的轿子并行。后面虽看不见面貌，那个雪白的颈项，却是很显豁的。老残心里诧异，山路上那有这种人？留心再看，不但与环翠轿子并行，并且在那与环翠谈心。山轿本来离地甚近，走路的人比坐轿子的人，不过低一头的光景，所以走着说话甚为便当。又见那少年指手画脚，一面指，一面说，又见环翠在轿子上也用手指着，向那少年说话，仿佛像同他很熟似的。心中正在不解什么缘故，忽见前面德夫人也回头用手向东指着，对那少年说话；又见那少年赶走了几步，到德夫人轿子眼前说了两句，见那轿子就渐渐走得慢了。老残正在纳闷，想不出这个少年是个何人，见前面轿子已停，后面轿子也一齐放下。……①

像这样精彩的限制叙事段落，在传统小说中简直就是难以想像的，看似跟故事情节没什么关联，却是引人入胜的生花妙笔，赋予了作品浓厚的生活气息。《老残游记》正是凭借诸如此类细致、生动、逼真的限制叙事，才使得作品虽有寓言意味，却不显得飘忽、玄虚，而是原汁原味的小说味道。

① 刘鹗著；李小梅，艾克利注：《老残游记》，西安：太白文艺出版社，1995：207-208.

其次，是描写的工笔化、写实化。中国传统小说除了语言描写，其它的肖像描写、动作描写、心理描写、景物描写等都有写意化的倾向，即使像《红楼梦》中那样生动的外貌与心理描写，也依然有着写意的痕迹，这与重形而上之“道”而轻形而下之“器”的中国文化特色有着很大的关系，在文学艺术中自然就重神韵而轻外表，写意化的表现主义成为中国艺术家共同的追求与标准。西方现代文化重科学、实证与理性，在文学艺术中相应地表现为强调客观与再现，在小说创作中就以各种细致的描写见长，而使得作品具备了层次丰富的现实性与真实性，与中国传统小说易于雷同的写意化描写形成了强烈的反差，所以当习惯了中国传统小说中写意化描写的读者，突然看到《老残游记》中的西式工笔写实性描写时，都眼前一亮，赞不绝口。鲁迅在《中国小说史略》中对《老残游记》有“叙景状物，时有可观”①评价，胡适在《<老残游记>序》中写道：

> 《老残游记》在中国文学史上的最大贡献却不在于作者的思想，而在于作者描写风景人物的能力。②

刘鹗受西学的影响很大，自然就形成了细致观察事物的习惯，而在小说创作时种种工笔描写也就信手拈来了。如果说第 2 回“一路秋山红叶，老圃黄花，颇不寂寞。到了济南府，进得城来，家家泉水，户户垂杨，比那江南风景，觉得更为有趣”③这样的景物描写还有传统写意的痕迹，当然刘鹗这几句写意的景物描写是相当传神而非常著名的，那么接下去老残畅游大明湖时就是非常工笔的写实描写了：

> 到了铁公祠前，朝南一望，只见对面千佛山上，梵字僧楼，与那苍松翠柏，高下相间，红的火红，白的雪白，青的靛青，绿的碧绿，更有那一株半株的丹枫夹在里面，仿佛宋人赵千里的一幅大画，做了一架数十里长的屏风。正在叹赏不绝，忽听一声渔唱，低头看去，谁知那明湖业已澄净的同镜子一般。那千佛山的倒影映在湖里，显得明明白白，那楼台树木，格外光彩，觉得比上头的一个千沸山还要好看，还要清楚。这湖的南岸，上去便是街市，却有一层芦苇，密密遮住。现在正是开花的时候，一片白花映着带水气的斜阳，

① 刘德隆编．刘鹗及老残游记资料 [M]. 成都：四川人民出版社，1985：352.

② 刘德隆编．刘鹗及老残游记资料 [M]. 成都：四川人民出版社，1985：383.

③ 刘鹗著；李小梅，艾克利注：《老残游记》，西安：太白文艺出版社，1995：9.

好似一条粉红绒毯，做了上下两个山的垫子，实在奇绝。[①]

而第12回那两段关于黄河冬景的描写更是堪为工笔景物描写的典范了：

再望上游走了一二百步，只见那上流的冰，还一块一块的漫漫价来，到此地，被前头的拦住，走不动就站住了。那后来的冰赶上他，只挤得“嗤嗤”价响。后冰被这溜水逼的紧了，就窜到前冰上头去；前冰被压，就渐渐低下去了。看那河身不过百十丈宽，当中大溜约莫不过二三十丈，两边俱是平水。这平水之上早已有冰结满，冰面却是平的，被吹来的尘土盖住，却像沙滩一般。中间的一道大溜，却仍然奔腾澎湃，有声有势，将那走不过去的冰挤的两边乱窜。那两边平水上的冰，被当中乱冰挤破了，往岸上跑，那冰能挤到岸上有五六尺远。许多碎冰被挤的站起来，像个叫、插屏似的。看了有点把钟工夫，这一截子的冰又挤死不动了。……抬起头来，看那南面的山，一条雪白，映着月光分外好看。一层一层的山岭，却不大分辨得出，又有几片白云夹在里面，所以看不出是云是山。及至定神看去，方才看出那是云、那是山来。虽然云也是白的，山也是白的，云也有亮光，山也有亮光，只因为月在云上，云在月下，所以云的亮光是从背面透过来的。那山却不然，山上的亮光是由月光照到山上，被那山上的雪反射过来，所以光是两样子的。然只就稍近的地方如此，那山往东去，越望越远，渐渐的天也是白的，山也是白的，云也是白的，就分辨不出甚么来了。[②]

音乐描写前有第2回的王小玉唱书，后有第10回的桃花山弹琴，前者尤为绝妙：

王小玉便启朱唇，发皓齿，唱了几句书儿。声音初不甚大，只觉入耳有说不出来的妙境：五脏六腑里，像熨斗熨过，无一处不伏贴；三万六千个毛孔，像吃了人参果，无一个毛孔不畅快。唱了十数句之后，渐渐的越唱越高，忽然拔了一个尖儿，像一线钢丝抛入天际，不禁暗暗叫绝。那知他于那极高的地方，尚能回环转折。几啭之后，又高一层，接连有三四叠，节节高起。恍如由傲来峰西面攀登泰山的景象：初看傲来峰削壁千仞，以为上与天通；及至翻到傲来峰顶，才见扇子崖更在傲来峰上；及至翻到扇子崖，又见南天

① 刘鹗著；李小梅，艾克利注：《老残游记》，西安：太白文艺出版社，1995：10.

② 刘鹗著；李小梅，艾克利注：《老残游记》，西安：太白文艺出版社，1995：103-104.

门更在扇子崖上：愈翻愈险，愈险愈奇。那王小玉唱到极高的三四叠后，陡然一落，又极力骋其千回百析的精神，如一条飞蛇在黄山三十六峰半中腰里盘旋穿插。顷刻之间，周匝数遍。从此以后，愈唱愈低，愈低愈细，那声音渐渐的就听不见了。满园子的人都屏气凝神，不敢少动。约有两三分钟之久，仿佛有一点声音从地底下发出。这一出之后，忽又扬起，像放那东洋烟火，一个弹子上天，随化作千百道五色火光，纵横散乱。这一声飞起，即有无限声音俱来并发。那弹弦子的亦全用轮指，忽大忽小，同他那声音相和相合，有如花坞春晓，好鸟乱鸣。耳朵忙不过来，不晓得听那一声的为是。正在撩乱之际，忽听霍然一声，人弦俱寂。这时台下叫好之声，轰然雷动。①

肖像描写如王小玉姐妹、玙姑、逸云等主要人物都有不俗的刻画；心理描写首推《续集》第 3 至第 5 回中关于逸云对任三爷动了恋情之后的种种妄念的铺写，这一长篇心理描写不仅在中国小说史上是绝无仅有的，而且在世界文学史上恐怕也是罕见的。其它如第 6 回老残那段触景生情的心理描写也相当真实感人：

站在房门口朝外一看，只见大小树枝，仿佛都用簇新的棉花裹着似的，树上有几个老鸦，缩着颈项避寒，不住的抖擞翎毛，怕雪堆在身上。又见许多麻雀儿，躲在屋檐底下，也把头缩着怕冷，其饥寒之状殊觉可悯。因想："这些鸟雀，无非靠着草木上结的实，并些小虫蚁儿充饥度命。现在各样虫蚁自然是都入蛰，见不着的了。就是那草木之实，经这雪一盖，那里还有呢，倘若明天晴了，雪略为化一化，西北风一吹，雪又变做了冰，仍然是找不着，岂不要饿到明春吗？"想到这里，觉得替这些鸟雀愁苦的受不得。转念又想："这些鸟雀虽然冻饿，却没有人放枪伤害他，又没有什么网罗来捉他，不过暂时饥寒，撑到明年开春，便快活不尽了。若像这曹州府的百姓呢，近几年的年岁，也就很不好。又有这么一个酷虐的父母官，动不动就捉了去当强盗待，用站笼站杀，吓的连一句话也说不出来，于饥寒之外，又多一层惧怕，岂不比这鸟雀还要苦吗！"想到这里，不觉落下泪来。又见那老鸦有一阵"刮刮"的叫了几声，仿佛他不是号寒啼饥，却是为有言论自由的乐趣，来骄这曹州府百姓似的。想到此处，不觉怒发冲冠，恨不得立刻将玉贤杀掉，方出

① 刘鹗著；李小梅，艾克利注：《老残游记》，西安：太白文艺出版社，1995：14–15.

心头之恨。[1]

另外第17回中关于翠环忐忑不安的一段心理描写也非常细致、传神。

最后，是聚焦现实社会与普通百姓的日常生活。《老残游记》的主角老残虽然“是个肝胆男子，学问极其渊博，性情又极其平易”（第18回）[2]，但英雄无用武之地，也只能走街串巷摇铃行医，充其量偶尔打抱不平而已，并不能真正有所作为，这其实就是晚清像刘鹗那样空怀济世之心的普通知识分子命运的缩影。黄患、酷吏以及北拳南革等晚清社会的重大问题在作者的笔下都得到了不同程度的反映，于朝栋一家的冤死、翠环的因黄河水灾而落火坑、魏老儿一家的奇冤等普通百姓的不幸遭遇，牵动着作者那颗慈悯之心，也频频震撼着读者的心灵。

总之，第三人称的限制叙事、描写的工笔化以及对现实的直击性可谓《老残游记》最大的亮点，开辟了中国小说写实的崭新境界，业余作家刘鹗在不经意间就完成了对中国传统小说内容与表现手法的诸多突破，恐怕不是“无心插柳柳成荫”所能涵盖的，而或所谓“江山不幸诗家幸”，或所谓“诗穷而后工”亦可。

刘鹗一生所作所为大多不被时人理解，其《老残游记》也一度遭遇了相似的命运。《老残游记》是刘鹗心灵的哭泣之作，为国家的前途，为百姓的苦难，为自己的遭际，也是为自己所信奉的太谷学派，正如其《自序》所云：

棋局已残，吾人将老，欲不哭泣也得乎？[3]

而正是这样的“哭泣之作”才使得中国传统小说的雅俗整合达到了一个新的高度，这是当今那些无病呻吟的畅销作品所无法比拟的，其雅俗新变的斐然业绩不仅为后来五四新文学作家的创作奠定了坚实的基础，而且其本身也成了中国小说古今演变过程中一座极其重要的里程碑。相信随着研究的深入，刘鹗《老残游记》的思想与艺术价值将会有更多精彩的呈现，而带动整个刘鹗学研究的积极开展。

---

① 刘鹗著；李小梅，艾克利注：《老残游记》，西安：太白文艺出版社，1995：48-49.

② 刘鹗著；李小梅，艾克利注：《老残游记》，西安：太白文艺出版社，165.

③ 刘鹗著；李小梅，艾克利注：《老残游记》，西安：太白文艺出版社，1995：2.

第七章　李伯元《文明小史》的济世情怀

从正面真实记录、反映“三千年未有之大变局”下清末改革维新浪潮的长篇社会小说，当自《文明小史》始，可这一思想内涵颇有新质的世情小说，从鲁迅的《中国小说史略》始，就基本上被李伯元的另一作品《官场现形记》遮蔽了。

虽然也早有人为《文明小史》打抱不平，如阿英 1935 年在郑伯奇主编的《新小说》第一卷第 5 期上发表的《文明小史——名著研究之一》一文中这样开头道：

> 李伯元的《文明小史》，在维新运动期间，是一部最出色的小说。……《官场现形记》诚然是一部杰作，但就整然的反映一个变动的时代说，《文明小史》是应该给予更高的估价的。[①]

而 1945 年杨世骥更是语出惊人：

> 李宝嘉的《文明小史》，凡六十回，载《绣像小说》，这是晚清最伟大的一部小说……我们研究近代法国小说若不知道小仲马的《茶花女》，我们研究近代俄国小说若不知道托尔斯泰的《复活》，岂是能原谅的疏忽吗？因此我们研究近代中国小说只知道李宝嘉的《官场现形记》，而忽略了他的《文明小史》，那实在是一个重大的缺憾！[②]

建国后阿英在《晚清小说史》中还是基本坚持自己对《文明小史》的评价：

> 就表现一个变革的动乱时代来说，李伯元的小说，如其举《官场现形记》，是不如举《文明小史》更恰当的，《官场现形记》虽也反映了这个时代，是不如《文明小史》写得更广泛、更清晰。[③]

当代学界也有人开始注意《文明小史》：

> 为什么说《文明小史》更值得注意呢？这主要取决于小说本身对中国现代性发生时段的社会转型状况的全面而生动的描绘，尤其是注重庚子以后几

① 魏绍昌编：《李伯元研究资料》，上海：上海古籍出版社，1980：123.

② 魏绍昌编：《李伯元研究资料》，上海：上海古籍出版社，1980：142.

③ 阿英：《晚清小说史》，北京：东方出版社，1996：9.

年间中国日常生活中出现“新文明”的情形。[①]

只是这些异样的声音也一样基本上被鲁迅的强势话语所淹没，而难以撼动业已形成的研究格局。事实上，《官场现形记》固然触到了晚清的痛处，可聚焦维新这一晚清最大国情的《文明小史》因其史诗意味，显得更为厚重、深刻，而成功实现了明清世情小说主旨的重大转变，其浓郁的上海叙事更是别出心裁，意蕴深远。

第一节　文明话语的转换与文明进程的实录

中国人一直处于华夷之辨的优越地位，而且以天下唯一的文明自居，可近代以来，西风东渐，在历经一次次的碰撞与失败之后，中国人走过了一条从不承认西方文明到承认中西文明并立，再到认识到自身的落后与野蛮，而最终只以西方文明为文明的屈辱的心路历程。人类社会是从野蛮走向文明，可近代中国人却经历了从文明向野蛮的心灵阵痛。其实中西本来就是两种迥异的文明，中国文明是形而上倾向重“道”的道德伦理文明，而西方文明是形而下倾向主“器”的科技文明，从人类“道”与“器”均衡发展的终极目标来说，中国文明要高于西方文明，同时两种文明又都是“道”与“器”片面发展的畸形文明。在现实世界中，两种文明一碰撞，重“道”轻“器”的中国文明在西方的坚船利炮面前必然是一败涂地，但这本来并不能证明中国文明的落后，可一旦西方文明话语占了统治地位，中国就只能一夜间从“文明”降为“野蛮”，而图维新以自强救国。

当然，中国新的“文明”之旅毕竟是一个漫长的历史过程，清末新政只能是其中的一段过渡时期，梁启超在清末新政之始就撰文分析道：

故今日中国之现状，实如驾一扁舟，初离海岸线，而放于中流，即俗语所谓两头不到岸之时也。语其大者，则人民既愤独夫民贼愚民专制之政，而未能组织新政体以代之，是政治上之过渡时代也；士子既鄙考据词章庸恶陋劣之学，而未能开辟新学界以代之，是学问上之过渡时代也；社会既厌三纲

① 王一川：《中国现代性体验的发生》，北京：北京师范大学出版社，2001：84.

压抑虚文缛节之俗，而未能研究新道德以代之，是理想风俗上过渡时代也。语其小者，则例案已烧矣，而无新法典；科举议变矣，而无新教育；元凶处刑矣，而无新人才；北京残破矣，而无新都城。数月以来，凡百举措，无论属于自动力者，属于他动力者，殆无一而非过渡时代也。①

晚清维新的呼声历来已久，可自上而下的真正维新还是源自庚子事变之痛，两年前的戊戌变法只能算是一次维新预演，《文明小史》就是针对清末新政初期几年的一段历史，所以称“小史”。

《文明小史》从1903年6月在《绣像小说》刊登起，至1905年8月连载完毕，历时两年有余，反映的则是1901——1905年之间的“文明小史”，也就是说，后两年多一些刚出炉的鲜活事件就被作者及时地嵌进了《文明小史》。按理说，得风气之先的上海是描写“文明小史”的最佳蓝本，可是一方面是作者不满意上海的“文明”现状，另一方面上海并不能代表全国的维新实际，所以作品的时间跨度虽有限，空间视野则远及偏僻地区乃至海外，全景式描绘维新历程，正如阿英所概括的那样：

首先就是这一部书，是全面的反映了中国维新运动期的那个时代，从维新党一直到守旧党，从官宪一直到人民，从内政一直外交。所描写的地带，不是某一个省或者某一个镇，而是可以代表中国的各个地方，从湖南写到湖北，从湖北写到吴江，从吴江到苏州，到上海，再由上海到浙江，到北京，到山东，由山东回到南京，更从南京发展到安徽、香港、日本、美洲，然后回到南北两京。全书所涉及的地域如此广阔，而每一个地方，除日、美外，全部都写的是维新运动的事。②

人们一般把《文明小史》视为谴责小说，可《文明小史》的维新叙事实在不是一个“谴责”所能涵盖的。作者对维新与文明的态度是相当理性的，首先作者是赞成维新与文明的，可是反对一味地模仿西方文明，更反对假维新、假文明，虽然究竟什么是真文明，作者心中也没底。更为可贵的是，作者能以历史的眼光、乐观的态度来面对维新乱象，在大力揭露、讽刺种种假维新、假文明之时，依然对文明的前程充满了信心，对假维新也能待以宽容，这样的辩证眼光在清末作家

① 梁启超：《梁启超文集》，北京：线装书局，2009：76.

② 阿英：《晚清小说史》，北京：东方出版社，1996：10.

中实属不易，对此欧阳健很有感触：

《文明小史》的伟大价值，不仅在于及时而形象地传达出在改革形势下，“人心鼓舞，上下奋兴”，对未来充满憧憬的历史势态，而且在于以写实的手法，深刻地揭示出引进西方文明的曲折繁复，引进与反弹相互交错的复杂矛盾，从而显示了作者高于时人的深邃的洞察力和卓越的预见性。[①]

《文明小史》以直笔的写实主义态度处理纷繁复杂的维新世情与文明进程：

谤书自昔轻司马，
直笔于今笑董狐；
腐朽神奇随变化，
聊将此语祝前途。[②]

作者深知维新大业远非一朝一夕之事，其间的反复更是难免，作者在第一回就借姚老先生之口明示了维新方略与远景：

总之，我们有所兴造，有所革除，第一须用上些水磨工夫，叫他们潜移默化，断不可操切从事，以致打草惊蛇，反为不美。老弟，你记好我一句话，以愚兄所见，我们中国大局，将来有得反复哩！[③]

作者相信维新终会成功，但肯定会有曲折，才有“腐朽神奇随变化，聊将此语祝前途”之预言，而我们现在看来，中国现代史上无论是革命还是改革，经历了多少反复，但其实都属于文明的前奏。所以楔子中所举的“海上日出”与“雨前大风”这两个比方并无甚深的寓意，只是通过这两件寻常的自然现象来说明清末正处于文明的过渡期与前夜，而真正的文明社会终将会降临中国，这是一种符合事物发展规律的必然趋势：

现在的光景，却非老大，亦非幼稚，大约离着那太阳要出，大雨要下的时候，也就不远了。何以见得？你看这几年，新政新学，早已闹得沸反盈天，也有办得好的，也有办不好的，也有学得成的，也有学不成的。现在无论他好不好，到底先有人肯办，无论他成不成，到底先有人肯学。加以人心鼓舞，上

① 欧阳健：《晚清小说简史》，山西：山西人民出版社，2005：60.

② （清）李伯元：《文明小史》，江西：百花洲文艺出版社，2010：2.

③ （清）李伯元：《文明小史》，江西百花洲文艺出版社，2010：4.

下奋兴，这个风潮，不同那太阳要出，大雨要下的风潮一样么？①

《文明小史》的目的就是如实地记录“日出”或“大雨”即“文明”之前的维新百态与轨迹，便于后人评说是非功过：

所以这一干人，且不管他是成是败，是废是兴，是公是私，是真是假，将来总要算是文明世界上一个功臣。所以在下特特做这一部书，将他们表扬一番，庶不负他们这一片苦心孤诣也。②

显然，有人谓“日出”与“大雨”是寓意相反的意象，而且认为作者这里表扬假维新是反讽，③其实都有过度阐释之嫌，因为这样的解释均有违作品直笔的风格。作者对假维新的双重态度看似矛盾，其实作者是从现实眼光来批判假维新，同时又从历史的眼光来肯定假维新，因为事物的存在与发展确实都是辩证的，没有假就没有真，真文明的到来不可能离开假文明的兴风作浪，从这个意义上来说，是应该肯定假维新、假文明的，正如佚名《官场维新记》所言：

即如目下爱谈维新的这些时髦朋友，满口里都是维新的话头，一面孔都是维新的气概，只少了额角上挂上一块招牌，写着“维新”两个字。然而说他不是维新，他却老大冤枉；但究其实在，却在形式上的维新。要说是发于热诚，出于血性，实事求是，干那维新事业的人，恐怕一百个当中，寻不出一两个来。虽然，莫说是这班假维新的人，于时局上毫无稗益；要晓得照着中国已往的情形，没有这些假维新的人出来，把他改头换面，起个根基，就是一万年之后，也还是一个老大帝国。所以这些假维新的人，也是断乎不可少的。④

明清世情小说大多秉承劝惩的创作宗旨，晚清时期道德叙事依然是世情小说的主旋律，如吴趼人等作家，但也出现了《文明小史》这样及时捕捉并表现社会最新动向、最大世情的作品，而使得中国历史上前所未有的晚清大变局在清末世情小说中得到了充分而深刻的反映，表现了李伯元等晚清作家过人的思想境界与艺术胆量。

---

① （清）李伯元：《文明小史》，江西：百花洲文艺出版社，2010：1.

② （清）李伯元：《文明小史》，江西：百花洲文艺出版社，2010：2.

③ 陈文新，王同舟：《李伯元 < 文明小史 > 解读》，贵州：贵州社会科学，2002（2）：73.

④ （清）佚名：《官场维新记》，上海：上海古典文学出版社，1956：1–2.

第二节 中西结合的维新理念

首先，李伯元是赞成学习西方文明的，主张吸取西方文明的精华，而不是一味的照搬，或者肤浅的模仿。第23回黎定辉这样开导他的那些沉溺玩耍的同学：

至于说是文明国也有顽耍的事，虽然不错，只是我们那一样学问及得到人家？单单学他这样，想想合人家争什么强弱呢？①

第26回方立夫谈到法制的重要：

官府以法治人，自家也要守定法律，人家自然不议论他，这才是维新的要诀，文明国度也不过如此，如今还早哩。②

对于晚清国人吸引力最大的西方现代文明两个关键词当属"平等"与"自由"，李伯元在《文明小史》中也对这两个当时最时髦的词语作了详细的探讨与抒写。首先，李伯元赞成真正的人格平等，如第25回王济川对他的仆人所讲的一番话就是这种精神的体现：

你也不犯着这般怕我。论理你也是个人，我也是个人，不过你生在小户人家，比我穷些，所以才做我的家童。我不过比你多两个钱，你同为一样的人，又不是父母生下来应该做奴才的，……我如今看你一般是个六尺之躯，未必就做一世的奴才，如来说诸佛众生一切平等，我要与你讲那平等的道理，怕你不懂，只不要见了我拘定主人奴才的分儿就是了。③

而不是滥用平等，如第56回留学日本的余小琴对他父亲所说的那样：

论起名分来，我和你是父子，论起权限来，我和你是平等。你知道英国的风俗么？人家儿子，只要过了二十一岁，父母就得听他自己作主了。我现在已经二十四岁了，你还能够把强硬手段压制我吗？④

同样李伯元也反对种种借"自由"之名的胡作非为与腐朽堕落，如第17回

① （清）李伯元：《文明小史》，江西：百花洲文艺出版社，2010：141.
② （清）李伯元：《文明小史》，江西：百花洲文艺出版社，2010：158.
③ （清）李伯元：《文明小史》，江西：百花洲文艺出版社，2010：152.
④ （清）李伯元：《文明小史》，江西：百花洲文艺出版社，2010：336.

姚文通儿子对父亲管教的抗议就是对自由的肆意歪曲：

我的脚长在我的身上，我要到那里去，就得到那里去。天地生人，既然生了两只脚给我，原是叫我自由的。各人有各人的权限，他的压力虽大，怎么能够压得住我呢？①

再如第18回郭之问为自己抽大烟的一段辩词：

论理呢，我们这新学家就抽不得这种烟，因为这烟原是害人的。起先兄弟也想戒掉，后来想到为人在世，总得有点自由之乐，我的吃烟就是我的自由权，虽父母亦不能干预的。……你倘若不吃，便是你自己放弃你的自由权，新学家所最不取的。②

第三节　维新渊薮的上海抒写

自1843年开埠以来，占尽了天时地利人和的上海很快就由一个很不起眼的小镇一跃成为全国乃至远东第一大商业都市，成为中国"文明"的渊薮。晚清尤其是清末的上海是一个名副其实的文明怪胎，西方世界最新的科技成果不久就会在上海出现，从西方文明而论，上海当然是中国最"文明"的一隅，可从传统文明视角来看，物欲横流、道德沦丧的上海又是中国最"野蛮"的一角，对此吴趼人《二十年目睹之怪现状》开头曾有生动的概括：

上海地方，为商贾麇集之区，中外杂处，人烟稠密，轮舶往来，百货输转。……于是乎把六十年前的一片芦苇滩头，变做了中国第一个热闹的所在。唉！繁华到极，便容易沦于虚浮。……所讲的不是嫖经，便是赌局，花天酒地，闹个不休，车水马龙，日无暇答。……还有许多骗局、拐局、赌局，一切希奇古怪，梦想不到的事，都在上海出现——于是乎又把六十年前民风淳朴的地方，变了个轻浮险作的逋逃薮。③

《文明小史》中作者也借贾氏三兄弟母亲之口表达了上海在当时国人心目中

① （清）李伯元：《文明小史》，江西：百花洲文艺出版社，2010：105.
② （清）李伯元：《文明小史》，江西：百花洲文艺出版社，2010：108-109.
③ （清）吴趼人：《二十年目睹之怪现状》，北京：大众文艺出版社，1999：1.

的印象：

上海不是什么好地方，我虽没有到过，老一辈的人常常题起，少年子弟一到上海，没有不学坏的。而且那里的浑帐女人极多，化了钱不算，还要上当。[①]

而清末的上海又新添了一层维新的气象，其独特的政治环境使得上海俨然成为全国维新的大本营：

原来那时候，上海地方几乎做了维新党的巢穴，有本钱有本事的办报，没本钱有本事的译书，没本钱没本事的，全靠带着维新党的幌子，到处煽骗。弄着几文的，便高车加马，阔得发昏；弄不了几文的，便筚路蓝缕，穷的淌屎。[②]

以李伯元为首的晚清报人与作家当然属于维新阵营了，只是像他们这样真维新的不多，倒是种种假维新甚嚣尘上。

《文明小史》虽然不是专门针对上海文明进程的文学抒写，而是以空间的转换来表现文明史的时间维度，按照由内地到上海又从上海辐射开来的空间顺序，展示了清末光怪陆离的维新历程，但是有关假维新的诸多叙事又基本上是围绕上海而渐次展开，这显然也是符合当时的历史实际的。作品第一次关于上海的叙事却是发生在武昌，洋教士原本想送刘伯骥等十几个生员去上海游学，可路过武昌时就被制台就地安置了，原来上海在制台心中早已声名狼藉了：

现在把这几个人送往上海，上海洋人更多，倘若被他们再沾染些习气，将来愈加为害。我外面虽然优礼洋人，乃为时事所迫，不得不然，并非有意敬重他们。……这些人倘若叫他们到了上海，将来认得的鬼子多了，无论什么无法无天的事都做得出，那时贻患正复无穷，如何是好？[③]

第14回吴江的贾氏三兄弟读了些上海的书报，加之被一些西洋器具惑动了心，要去逛上海，也是被他们的母亲力阻，这些关于上海的间接描写，看似闲笔，其实正显示了作者的独具匠心，作品是要反映上海的维新与文明的乱象，可偏偏却从遥远的内地写起，直到第16回随着贾氏三兄弟的上海之行，上海才真正进入了读者的眼帘，诚可谓千呼万唤始出来。

---

① （清）李伯元：《文明小史》，江西：百花洲文艺出版社，2010：87.

② （清）蘧园等著：《负曝闲谈·文明小史》，北京：中国文联出版公司，1996：64.

③ （清）李伯元：《文明小史》，江西：百花洲文艺出版社，2010：80–83.

从第16至20回，作者花了整整5回的篇幅来铺写贾氏三兄弟眼中的“文明”世界。虽然贾子猷（假自由）、贾平泉（假平权）、贾葛民（假革命）兄弟三人的名字与上海的种种假维新、假文明现象相契合，但他们并不是作品着意要刻画的人物，作者主要是借他们的眼睛去表现上海的文明世相，当然他们这样的名字也有助于取得更好的表达效果。这一大出“文明”闹剧首先上场的是一对轧姘头的男女闹分手，这种表面上近似于西方婚姻自由的同居现象在上海已经是屡见不鲜，可却让贾氏兄弟及姚文通儿子大开眼界，因为在内地是绝对没有这样的事的。接着上场的就是魏榜贤（为帮闲）、黄国民（亡国民）、刘学深（留学生）等一帮假洋鬼子，魏榜贤标榜饮食起居处处学外国人，可就是天天洗澡换新衣服学不来，称是怕感冒而不洗澡，其实是手头困窘；黄国民不常剪发，也说是怕伤风，其实跟魏榜贤是一样的毛病；刘齐礼从日本回来，自称是为了革命起来容易些而剪去了辫子，实际上是睡着了被人铰的，并嫌家里的房子小了，不通空气，菜也不如番菜馆的好吃，并执意要找上海的文明女子做老婆，哪怕是妓女，只要合意就行，对此他还有一番关于“平等”的高论：

良家是人，妓女亦是人，托业虽卑，当初天地生人，却是一样。我们若小看她，便大背了平等的宗旨。所以她们虽是妓女，小弟总拿他当良家一般看待。只要被我挑选上了，两情相悦，我就同他做亲，有何不可？[①]

他们一方面大讲天足，一方面当一个小脚妓女走过来时又个个看得走了神，真可谓洋相百出。贾氏一行逛书店一段，意在揭发一些留学生标举新学，所翻译的却是《男女交合大改良》《传种新问题》等名目的书，让人瞠目。办学堂是维新的重要内容，可上海学堂的高额收费却让学子却步，孔监督的一番诉苦更是暴露了其借办学堂敛财的丑恶嘴脸：

现在上海地方，题到趁钱二字，总觉烦难。……总是我们的中国人心不齐，一个做的好点，大家都要学样，总得禀清上头准我们一家专利，不准别人再开才好。[②]

写贾氏等人在茶楼遭遇野鸡的拉客，进一步反映了上海世风的堕落，而魏榜贤等以组织演讲为名捞钱也被贾氏兄弟看破：

---

① （清）李伯元：《文明小史》，江西：百花洲文艺出版社，2010：115.

② （清）李伯元：《文明小史》，江西；百花洲文艺出版社，2010：111.

贾家兄弟，至此方悟刘学深、魏榜贤几个人的学问，原来不过如此，看来也不是什么有道理的人，以后倒要留心。看他们两天，如果不对，还是远避他们为是，看来没有什么好收场的。①

至此，“文明世界”的轧姘头、假洋鬼子、翻译新书、办学堂、演讲等“维新”的名堂一一亮相，这样的“文明”真是怎一个假字了得。

《文明小史》除了这一部分关于上海文明的集中叙事，作者意犹未尽，后面讲述其它地方的故事时又时不时地扯回到上海。第 23 回黎定辉陪万公子进京赶考途径上海，他的几个同学竟用外国的爱情小说为自己的堕落辩护：

我们又不是真正嫖婊子，不过叫几个局，摆台把酒聚聚，几个同志这些小节，原可以不拘的。再者英雄儿女，本是化分不开的情肠，文明国何尝没有这样的事？不然那《茶花女》小说为什么做呢？老同学太古板了！②

第 25 至 26 回写瞿先生借办女学堂为名骗取学生王济川家的钱，而天真的王济川又上了那些演讲者的当：

他们这班人是任了自己的性乱闹的，又不是真正做什么事业，只借点名目，议论一回，上上报，做几回书，贪图生意好些，多销几分儿。明仗着在上海，一时没人奈何他，故敢如此。③

再一次揭露了这些维新演讲者的真面目。

第 47、48 两回写在香港做了几年律师且稍有点名气的劳航芥，被安徽巡抚聘为顾问官，途径上海时，他故意盘桓了几日，因为他觉得：

中国地方，只有上海经过外国人一番陶育，还有点文明气象，过此以往，一入内地，便是野蛮所居，这种好世界是没了。④

原本“每逢见了人，倘是白种，你看他那副胁肩谄笑的样子，真是描也描他不出，倘是黄种，除日本人同欧洲人一样接待外，如是中国人，无论你是谁，只是要拖辫子的，你瞧他那副倨傲样子，比谁还大”的劳航芥，为了赢得妓女张媛媛的好感，竟然“返本归真”，一改自己的形象，头上装了条假辫子，身上的洋

---

① （清）李伯元：《文明小史》，江西：百花洲文艺出版社，2010：122.

② （清）李伯元：《文明小史》，江西：百花洲文艺出版社，2010：140–141.

③ （清）李伯元：《文明小史》，江西：百花洲文艺出版社，2010：155.

④ （清）李伯元：《文明小史》，江西：百花洲文艺出版社，2010：279.

装换成了时派的中国款式，上海的一场温柔梦显出了他假洋鬼子的原型。第55回写到上海订购办矿机器的秦凤梧在十里洋场大肆挥霍，又屡屡遭骗而陷入窘境，最后只得落荒而逃，一方面谴责了中国人办事的荒唐，另一方面也暴露了上海这一“文明世界”的险恶世情。

李伯元对清末的上海是熟悉的，显然他对这个晚清中国“文明”的典范很是不满，他只是觉得真正的文明世界不应该是上海这样的，西方的平等、自由也不是那些“假维新”们所理解的那样，但他放眼全国，除了张之洞、袁世凯等人之外，看不到更多维新的希望与文明的亮点。与老牌文明的上海相比，中国其它地方的清末维新只能算是处于蹒跚学步阶段，而《文明小史》之所以没有局限于上海，而是以上海为中心的全景展现，一方面是要为全国的维新大局树立一个反面的典型，而以上海为鉴，另一方面通过对全国各地维新乱象的描绘，宏观地勾勒清末维新的历史进程，而得以表现作者发自内心的民族自强与救亡的思想情感。

《文明小史》只是反映了以上海为中心的清末新政的一小段历史，虽说满纸尽是假维新、假文明，但作者以为这些维新与文明乱象也不是一无是处，他的《文明小史》也自有其独特的思想价值，正如佚名《官场维新记》末尾所总结的那样：

> 一二个假维新提倡于前，必有千百真维新踵起于后。现在讲兴学的，也晓得精神教育；讲练兵的，也注重军人资格；讲理财的，也不敢一味格克聚敛；渐知以农、工、商、矿为致富之原。至于直省大吏之中，也有奏请改用立宪政体，奏请出洋考察政治，把维新两字看得分外认真的。然而推原其本，还是全仗一班假维新的人导其先路，所以才有真维新的步其后尘。①

虽然眼前的维新乱象还要继续，但李伯元相信，文明世界终究会在中国诞生。

“书生一掬伤时泪，誓洒大千救众生”②，李伯元紧跟大变革时代的脉络，其《文明小史》的维新叙事突破了明清世情小说道德劝惩的一贯主题，从作品主旨上成功实现了中国古典小说的现代转型与雅俗新变，而在其夺目的现代叙事的背后，跃动着的依然是作者那颗赤诚的济世之心。

① （清）佚名：《官场维新记》，上海：上海古典文学出版社，1956：110.

② （清）李伯元著：《以柔标点・活地狱》，上海：上海古籍出版社，1997：2.

第八章 曾朴《孽海花》的现代追求

翻译与创作是晚清小说齐头并进的两大潮流，晚清作家或多或少都会受到西方现代小说的影响。在四大谴责小说作家中，曾朴无疑是最“现代”的作家，因为他不仅精通法文，而且还翻译了大量的法国文学作品。曾朴天生浪漫的气质，与法国现代浪漫主义可谓一拍即合，而强化了其思想的现代性色彩，其创作自然也带有鲜明的西方现代小说因子，而成为中国现代小说最早的开拓者之一，无怪乎郁达夫称其为：

> 中国新旧文学交替时代的这一道大桥梁，中国二十世纪所产生的诸新文学家中的这一位最大的先驱者。[①]

五四新文学兴盛于20年代，可是我们不应该忽视像曾朴那样的更早的中国现代文学的先驱，正如王德威所言：“没有晚清，何来五四？”[王德威：《被压抑的现代性》，北京大学出版社，2005年：1.] 五四文学不是突然从石头缝里迸出来的，没有晚清文学的长期孕育，五四新文学的产生简直就是不可思议的。

第一节 曾朴的浪漫气质与现代思想

大凡文学家皆有浪漫气质，只是浓淡不同而已。浪漫是灵魂的一种向上的冲动，而与庸俗为敌，浪漫者重想象与情感，活在自己圣洁的精神王国里，而与世俗难以融洽甚至格格不入，更重要的是，浪漫是一种先天性气质，而不是后天习得的。从古代的屈原、李白、龚自珍到现代的郭沫若、郁达夫、徐志摩，再到西方的雨果、歌德、普希金，浪漫气质造就了一个个天才般的伟大诗人与作家，照亮了古今中外文学的天空，成为人类文明的脊梁。《诗法源流》云：“诗者，原于德性，发于才情，心声不同，有如其面，故法度可学而神意不可学。”[②] 所以，

① 时萌：《曾朴及虞山作家群》，上海：上海文化出版社，2001：50.

② （清）吴乔：《围炉诗话》（1-2册），北京：中华书局出版社，1985：40.

前人感叹杜诗可学，而李诗不可学，其关键的一点就是李白难以复制的浪漫气质。同样富有浪漫气质的郁达夫可谓曾朴难得的知音，虽然他们交往不多，但曾朴的浪漫天性却给郁达夫留下了深刻的印象：

曾先生所特有的一种爱娇，是当人在他面前谈起他自己的译著的时候的那一脸欢笑。脸上的线条，当他微笑的时候，表现得十分的温和，十分的柔热，使在他面前的人，都能够从他的笑里，感受到一种说不出的像春风似的慰抚。有一次记得是张若谷先生，提起了他的《鲁男子》里的某一节记叙，先生就露现了这一种笑容；当时在他左右的人，大约都不曾注意及此，我从侧面看见了他的这一脸笑，觉得立时就掉入了别一个世界，觉得他的笑眼里的光芒，是能于夏日发放清风，暗夜散播光明似的；这一种感想，我不知道别人是不是和我一样。[①]

曾朴虽然也是一个传统文士，可他自小就展示出与众不同的浪漫个性与气质，正如他晚年所自我总结的那样：

我的一生完全给感情支配着，给幻想包围着。在幻想包围中，我决不能满意眼前的环境；在感情支配下，我就充实了冲破籓笼的勇气。[②]

首先，少时的曾朴就不喜欢读枯燥的四书五经，而嗜好形象化的小说。《曾朴年谱》记云：

十三四岁时，经名儒潘子昭先生的指导，开始课艺的研讨，然先生笃好文艺，每背人窃读名家说部以及笔记杂集，当时目为斫丧性灵的书籍，虽师长叱责不顾焉。实则先生的文学基础，就在这种偷偷摸摸的行动中打定的，可是师长都不知道。[③]

在曾朴的自传体小说《鲁男子》中，作者这样描写自己早年的读书情景：

鲁男子生性十分聪明，只是十分淘气，记性很好，只是有些贪多嚼不烂，悟性也还可以，只是常常见异思迁。开首读《大学》、《中庸》时候，糊糊涂涂不过依着先生教的腔调，并不是读，是唱；读到《论语》、《孟子》，便觉厌烦；后来换上《易经》、《尚书》，越读越不懂，不是厌烦，简直怨

① 时萌：《曾朴及虞山作家群》，上海：上海文化出版社，2001：49.

② 时萌：《曾朴及虞山作家群》，上海：上海文化出版社，2001：72–73.

③ 魏绍昌编：《孽海花资料》，上海：上海古籍出版社，1982：49.

恨，心里不自觉的起了反抗，不愿意依头顺脑做鹦哥般学舌了。……在那时候的鲁男子，惟一痛苦是读书，然惟一快乐却是听书。……鲁男子渐渐地觉得听人讲书不大满足了，要自己看书，不免在他祖母书桌里偷了几种他看得下的像《来生福》等类的唱本，藏在书桌抽屉里，得空就偷偷看。后来唱本看腻烦了，进一步换看平话；从《封神榜》，《列国志》，《西游记》，《镜花缘》，一直看到半文言半白话的《三国演义》。①

再然后就是偷看他父亲收藏的《红楼梦》与《野叟曝言》而被父亲训斥，爱听书，爱看小说，这一切还只是曾朴浪漫天性的初步体现。

重感情与好想象是浪漫气质的两个最重要的特征。《曾朴年谱》有云：

先生诚挚的热情，已找到了一位恋爱的对象——是他一生最倾心爱慕的恋人，是他到六十多岁暮年时还惓惓需於怀的爱宠——不幸宗法的社会，不容许他那种奔放热情的流露，结果，他是被斥为狂妄，为浮薄，而遭受了恋爱上没世难忘的创痛。这个创痛，他永远隐忍着，直到五十多岁创办真美善书店的时候，才借着《鲁男子》第一部《恋》，以小说的形态，尽情宣露了出来。所以这一部小说，可以算他青年时期的自传，也可以算他晚年回忆的忏悔录。②

曾朴自己后来也在日记中回忆道：

我幼年时，感情极丰富，性欲也极强烈，我和 T 的恋爱，只为尊重她，始终保守着醇洁，没有犯她的童贞，这是真的，但我的受苦是大了。……后来我和 T 婚姻问题，已绝了望，我病了一场，精神颓唐到万分。③

而只有读了《鲁男子》之后，我们才能真切地感受到曾朴感情真挚而强烈的程度，跟歌德的自传体小说《少年维特之烦恼》有着异曲同工之妙。曾朴对自己的情感与想象力也深以为然：

鲁男子的同情心是极丰富的，讲到《岳传》，自己便认做岳武穆，讲到《征东传》，自己便算是薛仁贵，唱着《天雨花》，好像就是左维明，唱到《安邦志》，好像就是赵安。……鲁男子的想像力本来非常强盛。他把几年来偷

① 曾朴：《鲁男子》，北京：人民文学出版社，1989：13-14.

② 魏绍昌编：《孽海花资料》，上海：上海古籍出版社，1982：152.

③ 曾朴：《曾朴日记》，http://eltonzeng.blog.hexun.com/9202954_d.html.

看的书得到的印象，从前是想拿动作来表现的，现在却集中起来，搅合在“自我”的范畴里，只想拿想象来在脑海里逐日一段一段的表现了。[①]

充满真诚与热情乃至激情，重感性而轻理性，可谓浪漫气质的重要标签，曾朴的为人处世无疑是这种浪漫个性的生动注脚，曾虚白这样描写父亲：

这是先生性格中的一个特点，对事对人总是十万分的专，十万分的诚。凭着他一股热情，凡是他爱好的，他可以舍弃一切，牺牲一切，非得到他自己的满足，不肯罢休。在这一点上，他是勇敢迈进，绝对没有妥洽性的。[②]

比如曾朴对法国文学特别是对雨果的迷恋，在阅读、翻译雨果等法国作家的作品时，他异常投入，如痴如醉，乃至大病一场：

我因此发了文学狂，昼夜不眠，弄成了一场大病，一病就病了五年。[③]

再比如他当年进总理衙门受挫被侮，而愤然出京，《曾朴年谱》这样写道：

连夜套车襆被出都，悻悻之情，不能自已也。出东便门，行若干里，适值永定河发水，田野漫溢，不辨轨迹，乃弃车乘马，宁颠踬以前，不愿迴辔再入都门矣，当时先生的愤懑如此。一日行程，时云暮矣，行抵杨村附近，先生实已困惫不堪，据鞍朦胧，不觉竟打起盹来，翻下马鞍，跌在一二尺深的水滹里。[④]

像曾朴这样的举动显然就不仅仅是年轻气盛的问题了，而主要是性格使然。曾朴从仕途卸任后还到上海创办真善美书店与杂志，其目的并非是要赚钱，而是其浪漫的文学天性所致：

开书店的目的，一方面想借此发表一些自己的作品，一方面也可借此结纳一些文艺界的朋友，朝夕盘桓，造成一种法国式沙龙的空气。……先生於著述之余总喜欢邀集一班爱好文艺的朋友，作一种不拘形迹的谈话会。那时候他的寓所中，常常是高朋满座，一大半都是比他小上二十岁三十岁的青年，可是先生乐此不疲，自觉只对着青年人谈话反可以精神百倍，所以一般友好，都取笑他是一个老少年。[⑤]

---

① 曾朴：《鲁男子》，北京：人民文学出版社，1989：14–16.

② 魏绍昌编：《孽海花资料》，上海：上海古籍出版社，1982：152–153.

③ 时萌：《曾朴及虞山作家群》，上海：上海文化出版社，2001：15.

④ 魏绍昌编：《孽海花资料》，上海：上海古籍出版社，1982：163.

⑤ 魏绍昌编：《孽海花资料》，上海：上海古籍出版社，1982：160.

而晚年经常生病的曾朴又以种花怡情。总之，无论是为人处世，还是创作翻译，曾朴身上始终都洋溢着浓郁的浪漫气质。

浪漫气质还有一个重要的特征，就是对世俗的反抗与决裂，表现在曾朴的身上就是其鲜明的现代思想。从屈原“举世混浊而我独清，众人皆醉而我独醒”的自放，到李白“安能摧眉折腰事权贵，使我不得开心颜”的自傲，再到龚自珍“一箫一剑平生意，负尽狂名十五年”的狂狷，无不是其浪漫气质的自然流露，而一致地表现为与世俗毫不妥协的战斗精神与叛逆人格。诗言志，从曾朴青年时期的诗歌中，我们可以倾听到他与屈原、李白心声的强烈共鸣。曾朴虽然迫于父命，也曾屡入科场，但他对封建科举制度却是发自内心的反感与厌恶，而有会试时故意泼墨污卷，写下《试卷被墨污投笔慨然题二律》后昂然离场这样的惊世骇俗之举，诗中“功名不合此中求”之句更是明白地宣告了自己跟传统与世俗的彻底决裂。他在《赴试学院放歌》中就表示了对汲汲于功名的士子的鄙视和自己的无奈：

文夫生不能腰佩六国玺，死当头颅行万里，
胡为碌碌记姓名，日夜埋头事文史！
文章于道本未尊，况又揣摩取金紫，
笑我今亦逐队来，未能免俗聊复尔。①

曾朴对传统的反抗，有着多重的原因，浪漫气质只是内因，晚清腐败的时代大环境和宗法社会对他初恋的扼杀则是两个重要的外因，而西风东渐则让几乎窒息的曾朴找到了新的精神出口。

曾朴特别反对封建迷信，居家守孝期间，曾因办学而与地方守旧势力发生过冲突，据《曾朴年谱》记载：

常熟素称文风最盛的一邑，据父老传说，文化的所以盛自有它风水的关系，因为在城东有一座方塔，这是激发文风绵绵不绝的建筑，这座塔不坏，常熟的文人是不会断的，一旦崩坏，文风歇绝，可以预卜，凡是老辈多确信之，所以修塔就有了指定的专款。孟朴先生当然不信这些迷信的谰言，以为办学校才是真正振兴文风的事业，这一笔无稽的浪费，正可移来补充经济十分拮据的小学经费，於是据理力争而引起了老辈们群起的排击，甚至联名电请省

① 时萌：《曾朴研究》，上海：上海古籍出版社，1982：107.

当局，驱逐先生出境，说先生是一个只会做小说的浮薄少年，怎可叫他担当办教育的重任。①

而《孽海花》开篇就直斥中国封建社会的落后与野蛮：

因是养成一种崇拜强权、献媚异族的性格，传下来一种什么运命，什么因果的迷信。②

《鲁男子》中借云凤之口继续抨击祖宗及因果报应等迷信的荒谬：

祖宗不是已死去的人吗？是失去了意志，消灭了思想，腐烂了血肉，人们永看不见的一具骨架，怎么会来管我们活人的闲帐？拆穿西洋镜，不过古来几个聪明人的暗弄玄虚，和如来，天主一样，造成一种无形的偶像，来做驯服子孙的一架永不开栅的鸟笼。③

不仅如此，还进一步以现代科学精神来重新定义人的姓氏：

我不懂什么叫做姓，一个姓不过人群里一种分别的符号，和一、二、三的数目字一样的用法，没有重大意义。譬如开一爿店，挂一块招牌，便由主顾的辨认，至于店的本身，有招牌也是店，没有招牌，还是店，换一句话说，有姓是这个人，没有姓还是这个人，丝毫没有变动。后来姓的尊重，就像开店一样，有了资本和声名，一有这些，便成了物质的传授，所以姓也有了遗产和族望的遗传。像我呢，根本就不需要遗产和族望，只知道保有我的意志，做强盗也是我，做圣贤也是我，若讲到女性，我要做做娼妓也可以，我要做做修女或童贞也可以，都不干人家一点儿事；人们偏要把竖、画、点、劈，构成没灵魂的姓字，来拘束我的自由，我实在死也不懂。④

虽然曾朴后来研究佛经后也能从佛教的视角来阐释自己的作品：

我如今且把佛说来做我书的注脚，我说的外现环境，就是五蕴里的色蕴，内在环境，就是五蕴里的受和想二蕴，善恶的行为，就是五蕴里的行蕴，人生的认识，就是识蕴，人生跳不出五蕴，所以也跳不出环境。无论你大英雄，大奸慝，惊天动地的干，费尽气力，只得到苦谛，无论你大哲学家，大破坏家，

① 魏绍昌编：《孽海花资料》，上海：上海古籍出版社，1982：179-180.

② 曾朴：《孽海花》，天津：天津古籍出版社，2005 年：1.

③ 曾朴：《鲁男子》，北京：人民文学出版社，1989：192-193.

④ 曾朴：《鲁男子》，北京：人民文学出版社，1989：193-194.

翻江倒海的说，绞尽脑筋，还是遍计所执；本来整个的人生，全是承苦器，我不过把《鲁男子》来做苦器的总模型，在这苦器里渗漏出来点点滴滴的血泪罢了。①

但他反对迷信的态度依然没有改变，面对胡适指责小说林本《孽海花》第8回有关烟台孽报含有迷信意味的批评，曾朴的《孽海花》真善美版本不仅删去了相关的迷信描写，将原版的"耳鬓厮磨的端相的不了，正在出神，忽然见彩云粉颈中一线红圈，明若胭脂，细若丝缕，不禁诧异道：'你颈上红丝一条，是染的么？'彩云笑道：'这是我胎里带来的，擦也擦不掉，染的哪里有如此鲜明呢？'雯青听了，垂下头去，颜色渐渐惨淡，不知不觉两股热泪，从眼眶中直滚下来"直接删为真善美本的"耳鬓厮磨的端相的不了，不知不觉两股热泪，从眼眶中直滚下来"，②而且还在《修改后要说的几句话》的序文中用西方文学的话语专门对此作了回应：

我以为小说中对于这种含有神秘的事是常有的。……近代象征主义的作品，迷离神怪的描写，更数见不鲜，似不能概斥它做迷信。只要作品的精神上，并非真有引起此观念的印感就是了。③

可见，曾朴一直都是站在现代科学与西方文学的立场上反对封建迷信的，而体现了其一以贯之的现代文明姿态。

法国浪漫主义文学充满着揭露与批判封建社会的离经叛道的现代精神，曾朴主要就是被这一点所吸引而迷恋法国现代文学的，他选译雨果的戏剧代表作《欧那尼》，正是因为该作对封建统治阶级大胆的批判，而对雨果另一戏剧名著《吕伯兰》的翻译，也是如此：

那时我正服务于南京，我时时感觉着执政的贪黩，军阀的专横，比起西班牙查理第二时代很有几分相像。我被这种思想驱迫，再拿吕伯兰特拉姆反复的诵读，觉得它上头的话句句是我心里要说的。④

对曾朴的浪漫人格与现代思想，他的亲人们其实最有发言权。曾朴去世后，

① 时萌：《曾朴及虞山作家群》，上海：上海文化出版社，2001：34.

② 魏绍昌编：《孽海花资料》，上海：上海古籍出版社，1982：165.

③ 时萌：《曾朴及虞山作家群》，上海：上海文化出版社，2001：37.

④ 病夫：《吕伯兰自叙》，《真美善》，1930年第6卷第3号.

他的儿子曾虚白等一起做了一篇情真意切、感人至深的长篇祭文《哀父》，其中有一段文字可谓曾朴一生的生动写照：

爸爸，人家说您是政治家，是理财家，可是我始终认定您是一个文学家，是现代文坛最纯粹最伟大的浪漫文学的宗匠；您思想的超越现实，您热情的弥纶万象，再加上处事待人的专悫诚挚，对于物质享受的淡漠寡欢，遇到危难时的勇往直前，爸爸，您的一生是浸淫在自己幻想所结构的天地中，您的生活是包裹在自己热情所打起的浪潮里；这一切浪漫文学必具的特殊色彩，您有生时就挟之以俱来，求之世界文坛，只有法国的嚣俄（雨果）可以跟您作并肩的比拟，这就难怪您恋恋于这大文豪的生活和作品，备致您倾倒之忱了。①

曾朴，诚可谓中国的雨果。

第二节 《孽海花》：中国现代小说的先声

1905 年小说林本《孽海花》问世后，好评如潮，一时轰动，正如曾朴自己所描述的那样：

我说这书实在是个幸运儿，一出版后，意外的得了社会上大多数的欢迎，再版至十五次，行销不下五万部，赞扬的赞扬，考证的考证，模仿的、继续的，不知糟了多少笔墨，祸了多少梨枣。②

以真人真事为原型而且又以名妓赛金花为主人公的历史小说《孽海花》，无疑是清末小说大潮中的一颗耀眼的明星，而赢得时人频频叫好，“近人所著小说，以东亚病夫《孽海花》为最著”③“近年新撰小说风起云涌，无虑千百种，固自不乏佳构。而才情纵逸，寓意深远者，以《孽海花》为巨擘”④。到了五四时期，胡适一反常论，大谈《孽海花》的短处，而后来鲁迅《中国小说史略》对《孽海

① 时萌：《曾朴及虞山作家群》，上海：上海文化出版社，2001：74.

② 时萌：《曾朴及虞山作家群》，上海：上海文化出版社，2001：36.

③ 时萌：《曾朴及虞山作家群》，上海：上海文化出版社，2001：84.

④ 时萌：《曾朴及虞山作家群》，上海：上海文化出版社，2001：80.

花》的评判则更为理智与冷静，将它归入谴责小说之流，只是加上了“结构工巧，文采斐然”的赞语。事实上，无论是褒的还是贬的，都没有涉及要点，而有误读之嫌，原因是曾朴的现代文学思想远远超出了当时一般读者的接受水平，而胡适、鲁迅等评论《孽海花》时又不甚清楚曾朴的法国文学背景。除了其法国文学老师陈季同，曾朴可以算是晚清真正了解西方文学的第一人，林纾虽翻译颇早，但因其不懂外文，对西方文学实际上是不甚了了，所以当年以法文研习西方文学的曾朴，自然就经历了长期没有知音的苦恼：

> 我辛辛苦苦读了许多书，知道了许多向来不知道的事情，却只好学着李太白的赏月喝酒，对影成三，自问自答，竟找不到一个同调的朋友。那时候，大家很兴奋的崇拜西洋人，但只崇拜他们的声光化电，船坚炮利；我有时谈到外国诗，大家无不瞠目挢舌，以为诗是中国的专有品，蟹行蚓书，如何能扶轮大雅，认为说神话罢了；有时讲到小说戏剧的地位，大家另有一种见解，以为西洋人的程度低，没有别种文章好推崇，只好推崇小说戏剧；讲到圣西门和孚利爱的社会学，以为扰乱治安；讲到尼采的超人哲理，以为离经叛道。[①]

所以其带有强烈的西方文学色彩的《孽海花》虽一时洛阳纸贵，但真正的读者却迟迟没能出现。

金松岑愿意写一本政治小说，经过曾朴之手后，却变为一部历史小说，而且跟吴趼人《痛史》等传统历史演义小说不同的是，《孽海花》基本上是按照西方现代历史小说的模式来进行创作的，正如学者杨联芬分析的那样：

> 《孽海花》历史叙事的现代性体现在：它是一种“风俗史”的叙述，而且是一段“无道德”“非英雄”的叙述。[②]

而这一点恰恰是当时读者一致的盲区。欧洲现代历史小说由英国司各特首开先河，形成了以虚构的故事来再现历史的创作模式，而风行于19世纪法国浪漫主义文学中。继大仲马的《三个火枪手》风靡欧洲之后，雨果的一批具有强烈当代意识与社会关怀的法国现代历史小说《巴黎圣母院》《九三年》《悲惨世界》等相继问世，创造了法国浪漫主义历史小说的辉煌。与法国文学有着不解之缘的曾朴，自然深受法国浪漫主义历史小说特别是雨果作品的影响，但他毕竟没有完

---

① 时萌：《曾朴及虞山作家群》，上海：上海文化出版社，2001：16-17.

② 杨联芬：《<孽海花>与中国历史小说模式的现代转变》，《四川师范大学学报（社科版）》,2002（4）：65.

全抛开中国传统历史演义小说的写法，所以与雨果小说重虚构不同的是，《孽海花》更强调史实的严谨：

> 这种强调写实的创作理念，使得曾朴的小说能很好地把清末民初日常生活叙事与宏大历史叙事同时纳入小说文本中，生动映现了社会的历史政治变迁和文化转移。这是借鉴了西方、尤其是法国 19 世纪历史小说的模式。①

为了防止人们误读，曾朴不得不撰文说明《孽海花》的创作方式与宗旨：

> 这书的主干的意义，只为我看着这三十年，是我中国由旧到新的一个大转关，一方面文化的推移，一方面政治的变动，可惊可喜的现象，都在这一时期内飞也似的进行。我就想把这些现象，合拢了它的侧影或远景和相连系的一些细事，收摄在我笔头的摄影机上，叫他自然地一幕一幕的展现，印象上不啻目击了大事的全景一般。②

也就是说，《孽海花》不像传统的历史演义小说那样，通过塑造英雄人物等方式从正面进行历史的宏大叙事，而是像法国浪漫主义历史小说那样，通过对普通人物命运的抒写从侧面去展现广阔的历史画面，只不过《孽海花》更注重人物与情节的真实性。《孽海花》大到历史事件，小到人物安排，无不讲究真实，作者在小说第 21 回开头也明确表达了这样的艺术追求：

> 在下这部《孽海花》却不同别的小说，空中楼阁，可以随意起灭，逞笔翻腾，一句假不来，一语谎不得，只能将文机御事实，不能把事实起文情。③

时人爱读《孽海花》，其独特的真实性应该是主要原因，正如蔡元培所分析的那样：

> 《孽海花》出版后，觉得最配合我的胃口了，他不但影射的人物与轶事的多，为从前小说所没有，就是可疑的故事，可笑的迷信，也都根据当时一种传说，并非作者捏造的。加以书中的人物，大半是我所见过的，书中的事实，大半是我所习闻的，所以读起来更有趣。④

1928 年曾朴之所以要修改小说林本《孽海花》，原因之一就是原本《孽海花》

---

① 吴舜华：《曾朴与晚清小说的现代性萌芽》，《小说评论》，2010（3）：84.

② 时萌：《曾朴及虞山作家群》，上海：上海文化出版社，2001：37-38.

③ 曾朴：《孽海花》，天津：天津古籍出版社，2005 年：169.

④ 时萌：《曾朴及虞山作家群》，上海：上海文化出版社，2001：40.

部分内容不符史实：

雯青中状元，书中说明是同治戊辰年，与乙未相差几至三十年，虽说小说非历史，时期可以作者随意伸缩，然亦不宜违背过甚，所以不得不把它按照事实移到中日战争以后。[①]

曾朴曾想续完《孽海花》，可是一方面是年老精力不济，另一方面是他这样征实风格的写作太费事，只坚持续写了几回就不得不放弃了：

病夫的《孽海花》在这一期里出现了。可是抱歉得很，还只有半回。理由很简单，只因这一回太费事。这里所叙的是甲午后把台湾割让给日本人时吾国民族的反抗事实。看看不过几千字，作者却翻遍了十几部书，再加上自己的经验做成的。他常说做《鲁男子》乐，做《孽海花》苦，做历史小说不容易，令人不能不佩服大仲马的伟大。[②]

胡适曾因结构等问题对《孽海花》颇有微词：

《孽海花》一书，适以为但可居第二流，不当与钱先生所举他五书同列，此书写近年史事，何尝不佳？然布局太牵强，材料太多，但适于札记文体（如近人《春冰室野乘》之类），而不得为佳小说也。……适以为以小说论《孽海花》尚远不如《品花宝鉴》。[③]

不仅胡适，包括鲁迅都曾指责晚清谴责小说一味模仿《儒林外史》的连环式结构，其实这有点冤枉晚清作家了，因为他们之所以不约而同地选择这样的小说结构模式，主要是为了适合报刊连载的需要，而不是有意要重复《儒林外史》。事实上，《孽海花》则更为冤枉，因为它的结构显然比《儒林外史》的连环式结构精致、复杂，尽管事隔了十多年，曾朴还是针对胡适的批评作了回应与辩护：

他说我的结构和《儒林外史》一样，这句话，却不敢承认，只为虽然同是联缀多数短篇成长篇的方式，然组织法彼此截然不同。譬如穿珠，《儒林外史》等是直穿的，拿着一根线，穿一颗算一颗，一直穿到底，是一根珠线；我是蟠曲回旋着穿的，时收时放，东西交错，不离中心，是一朵珠花。譬如植物学里说的花序，《儒林外史》等是上升花序或下降花序，从头开去，谢

---

① 时萌：《曾朴及虞山作家群》，上海：上海文化出版社，2001：38.

② 时萌：《曾朴研究》，上海：上海古籍出版社，1982：121.

③ 胡适：《致钱玄同书》，《新青年》第3卷第4期.

了一朵，再开一朵，开到末一朵为止；我是伞形花序，从中心干部一层一层的推展出各种形象来，互相连结，开成一朵球一般的大花。《儒林外史》等是谈话式，谈乙事不管甲事，就渡到丙事，又把乙事丢了，可以随便进止；我是波浪有起伏，前后有照应，有擒纵，有顺逆，不过不是整个不可分的组织，却不能说他没有复杂的结构。①

与其它谴责小说不同的是，曾朴的《孽海花》不是先连载后出版，而是20回一气呵成，直接出书的，它不仅与李伯元《官场现形记》标准的连环式结构不同，而且与吴趼人《二十年目睹之怪现状》以“九死一生”来串联全书的结构也不相同，因为“九死一生”在作品中主要是起着连缀话柄的作用，而《孽海花》中的金雯青与赛金花的命运故事既结构了全篇，同时更是作品的主人公，而有着法国浪漫主义历史小说常见结构的痕迹。显然，胡适与鲁迅对《孽海花》的批评都显得有点草率而欠妥。

四大谴责小说作家中，曾朴的思想无疑是最激进与现代的。李伯元、吴趼人、刘鹗虽然都对西方文明抱有好感，其中刘鹗又特别热衷于西方的科技与经济文明，积极提倡实业救国，可是他们都反对在中国搞西方激进式的资产阶级革命，而力主较温和的维新与改良，这在他们的作品中都有所体现。《老残游记》《文明小史》中有关革命者的叙事基本上都是负面的，而吴趼人则始终强调道德救国，只有曾朴因其浪漫的个性而倾向于西方的资产阶级革命，不仅在《孽海花》中有所表现，而且在现实生活中他也是一个充满反抗精神的民主斗士。曾朴曾积极参与梁启超、谭嗣同等人变法的筹划活动，只因回家料理父亲丧葬才逃过一劫，在常熟居家期间，不仅竭力解救富有革命精神的朋友沈鹏，而且还热情款待日本革命亡命者金井雄，在办教育时又与地方传统势力进行斗争。在上海从事文艺与出版事业的同时，曾朴就积极参加民众运动，颇有建树，自民国进入政界后，曾朴廉洁奉公，刚正不阿，屡屡与军阀黑暗势力交锋，表现了他一贯正直与抗争的本色。

《孽海花》虽写的是陈年旧事，却表达了作者先进的政治思想，对此阿英的分析可谓一针见血：

此书所表现的思想，其进步是超越了当时一切被目为第一流的作家而上

① 时萌：《曾朴及虞山作家群》，上海：上海文化出版社，2001：36-37.

的，即李伯元、吴研人亦不得不屈居其下。盖李伯元与吴研人之思想，虽代表了一种进步的倾向，但始终不能跳出“老新党”范畴，拥护清廷，反对革命。而《孽海花》则表示了一种很强的革命倾向。①

作品一方面暴露封建制度的腐朽与晚清社会的糜烂，另一方面为革命大唱赞歌。《孽海花》使得革命党人第一次以正面的形象出现在晚清小说中，第 29 回勾勒了诸革命党人“个个精神焕发，神采飞扬，气吞全球，目无此虏”的伟岸风姿，其中对孙中山的描写更是光彩夺目：“一位眉宇轩昂、神情活泼的伟大人物”“面目英秀，辩才无碍”“当时走进来，只见会场中一片欢迎拍掌之声，如雷而起”[曾朴：《孽海花》，天津古籍出版社，2005 年：254.]，而且还借杨云衢之口赤裸裸地宣扬了民主革命思想：

诸君晓得，现在欧洲各国，是经着革命一次，国权发达一次的了。诸君亦晓得，现在中国是少不得革命的了。但是不能用着从前野蛮的革命，无知识的革命。从前的革命，扑了专制政府，又添一个专制政府。现在的革命，要组织我黄帝子孙民族共和的政府。②

另外，小说安排了相当的篇幅进行俄国虚无党叙事，看似冗笔，而实际却蕴含着启发中国革命的深意。还有作品中对赛金花和夏雅丽这两位新女性敢作敢为性格的刻画，无疑又为作品增添了几多现代色彩，而与一般晚清小说的传统叙事进一步拉开了距离。

《孽海花》能自觉地运用现代小说手法，在清末小说中也是首屈一指的。首先，曾朴能娴熟地运用倒叙、插叙、补叙等西方小说常用的叙述技巧，而一改中国小说千篇一律的顺叙面目，这样的叙述革新在今天看来是极平常的，可在清末还是让读者耳目一新，饶有趣味。其次，《孽海花》虽主要还是传统第三人称的全知叙事，但作者也尝试融进了西方小说的限制叙事，而更加贴近真实。如第 3 回就进行了一段限制叙事：

雯青坐着马车回寓，走进寓门，见无数行李堆着一地。尚有两个好象家丁模样，打着京话，指挥众人。雯青走进账房，取了钥匙，因问这行李的主人。账房启道：“是京里下来，听得要出洋的，这都是随员呢。”雯青无话，

① 阿英：《晚清小说史》，北京：东方出版社，1996 年：25.

② 阿英：《晚清小说史》，北京：东方出版社，1996 年：25.

回至房中，一宿无语。……雯青听着，暗忖："怪道刚才栈房里来许多官员，说是出洋的。"心里暗自羡慕。[a]

最后，就是描写手法上的现代突破。中国传统的小说描写大多是写意的，注重神似，即使白描也是最经济的写实，而西方小说的描写受科技文明的影响更强调形似，注重细腻逼真的写实，中西小说这一显著的差别引起了不少晚清作家的注意，并且由此开始了中国小说艺术表现上的现代化进程。谙熟法国文学的曾朴当然会在创作中尝试西式的描写手法，《孽海花》中主要表现在心理描写与景物描写上。比如第12回傅彩云初见德国军官瓦德西，其时有这样一段精彩的心理描写：

彩云独自在房，心里暗忖那个少年不知是谁，倒想不到外国人有如此美貌的！我们中国的潘安、宋玉，想当时就算有这样的丰神，断没有这般的英武。看他神情，见了我也非常留意，可见好色之心，中外是一样的了。[②]

《孽海花》中也多次出现了西方现代小说中常见的那种大段写实的环境描写，如第12回中关于沙老顿布士宫的景物描写：

彩云一到，迎面就见一座六角的文石台，台上立着个骑马英雄的大石象，中央一条很长的甬道，两面石栏，栏外植着整整齐齐高的塔形低的钟形的常绿树。从那甬道一层高似一层，一直到大殿，殿前一排十二座穹形窗，中间是凸出的圆形屋。[③]

其它如肖像描写等也有明显西方化的痕迹，而这样的写实描写在中国古典小说中是绝对看不到的。

总之，从思想内容到艺术形式，《孽海花》都充溢着强烈的现代性，其雅俗整合的前卫性不仅超越了一般晚清读者的视野，即使放在五四文学的背景上，它也毫不逊色，而成为中国现代小说真正的伟大开端。

曾朴虽然一度从政，可他骨子里还是一介书生，一个浪漫到视文学为生命的赤子：

我不但信任文学的高尚，我看着文字，就是我的生命，就是我的宗教，

① 曾朴：《孽海花》，天津：天津古籍出版社，2005年：12-13.

② 曾朴：《孽海花》，天津：天津古籍出版社，2005年：89.

③ 曾朴：《孽海花》，天津：天津古籍出版社，2005年：93.

只希望将来文坛上，提得到我的名，就是我最后的荣誉。[①]

他不愿生活在灯红酒绿的上海，可是为了心仪的文学艺术，他只能牺牲自己：

上海是个商场，我在商业上是个惊弓之鸟，不愿再做冯妇的了。何必住上海？上海是政治的策源地，我于对政治，是厌倦的了，决定在五年内没有谈政治的可能，何必住上海？上海是个游乐场，我既不想嫖，又不好赌，京戏令我头痛，大餐也叫我倒胃，跳舞我不会，游戏场我怕闹，何必住上海？我所以舍不得上海的缘故，只为了一件事。上海是我国艺术的中心，人才总萃，交换广博，知觉灵敏，流布捷便，是个艺术的皇都；既想做艺术国里的臣隶，要贡献他的忠诚，厚集他的羽翼，发挥他的功业，光大他的荣誉，怎能离开那妙史的金阙呢？[②]

如果说《孽海花》主要是展现了作者一腔积极入世的报国之心，那么《鲁男子》则袒露了曾朴矢志追求真善美的浪漫情怀，这两本小说虽都是未竟之作，但足以表现曾朴那非凡的思想境界与艺术才能。曾朴在论述文学作品的真善美标准时这样讲道：

文学作品的目的，是希望未来的，不是苟安现在的；是改进的，不是保守的；是试验品，不是成绩品；是冒险的，不是安分的。[③]

其实，这也是曾朴其人其文现代精神的具体写照，他的一生就是一曲真善美的华丽乐章。

---

① 时萌：《曾朴及虞山作家群》，上海：上海文化出版社，2001：31.

② 时萌：《曾朴及虞山作家群》，上海：上海文化出版社，2001：10.

③ 时萌：《曾朴及虞山作家群》，上海：上海文化出版社，2001：22-23.

下篇　明清世情小说的现代余脉

世情小说在明清一度繁荣，近现代以来，人们觉得世情小说似乎衰落了，甚至销声敛迹了。其实只要仔细梳理，还是能够发现近现代以来世情小说的演变轨迹。冯梦龙以“三言”掀起了明清世情小说的浪潮，200多年后的晚清，这股浪潮已平息多时，20世纪初，梁启超再度发起了“小说界革命”，提出了“小说为文学之最上乘”的响亮口号，与小说革命的先驱冯梦龙比起来，有过之而无不及：

今宜专用俚语，广著群书，上之可以借阐圣教，下之可以杂述史事，近之可以激发国耻，远之可以旁及彝情，乃至宦途丑态，试场恶趣，鸦片顽癖，缠足虐刑，皆可穷极异形，振厉末俗。其为补益，岂有量耶！(梁启超：《变法通议·论幼学》)①

梁启超小说革命的理论资源虽主要来自西方现代文学，但其小说主张其实只是中国传统“文以载道”的现代翻版，只不过他所要弘扬的“道”不是儒家的伦理道德，而是资产阶级的维新大业：

今日欲改良群治，必自小说界革命始，欲新民，必自新小说始。（梁启超：《论小说与群治的关系》）②

梁启超将小说的教化功能夸张到极致，而催生了一些政治图解式小说，其思想成就当然可想而知。在梁启超的鼓动等原因之下，一波小说创作的狂澜骤然兴起，虽然其数量可观，品种繁多，但其质量大多平平，被鲁迅称为“谴责小说”的《官场现形记》《二十年目睹之怪现状》《老残游记》《孽海花》可算其中的上乘之作，它们少有梁启超推崇的政治图解的痕迹，而多了世情小说的味道，在对丑陋的世道人心的抨击中，寄予着作者强烈的济世情怀。晚清的谴责小说可看作是明清世情小说的余脉，其骨子里还是沿袭着中国“文以载道”的文学传统，又带着鲜明的时代特色。物极必反，过后不久的“鸳鸯蝴蝶派”小说又彻底放弃了小说的教化功能，其中虽有《啼笑姻缘》之类的可圈可点之作，但大多数作品只能属于世情小说的末流，抑或可归入才子佳人小说与艳情小说的行列。

在中国现代文学史上，从“文学革命”到“革命文学”，小说的地位与功能虽没有梁启超所吹嘘的那样夸张，但说它显赫一时当不为过。文学过去往往只活

① 陈平原，夏晓红编：《中国小说理论资料》（第一卷），北京：北京大学出版社，1989：12.

② 陈平原，夏晓红编：《中国小说理论资料》（第一卷），北京：北京大学出版社，1989：33

跃在社会的后台，新文学则直接跳到了社会的前台，小说更是由旧文学时代的边缘性地位迅速成为文学的中心，进而产生了鲁迅、茅盾、巴金、老舍、张爱玲、沈从文等一批小说大家。无论是五四新文学，还是之后的革命文学，无论是现实主义，还是浪漫主义，无论是文学研究会的“为人生文学”，还是周作人的“人的文学”，也无论是鲁迅的“国民性批判”，还是沈从文的“人性挽歌”，都一样强调文学的教育感化功能，都一样关注现实、陶冶人心、匡时济世，这同样可看作是儒家“文以载道”文学传统的再次升级版，只不过它们各自所弘扬的“道”的具体内涵有所差别。

虽然它们都一致反对旧文学的“文以载道”，其实它们所反对的并不是文学的“文以载道”的教化功能，而是旧文学所载的儒家之“道”，因为在充满了苦难与斗争的中国现代史上，文学“文以载道”的教化功能已经被发挥得淋漓尽致，而作为现代文学的主角与急先锋的小说，自然承担了这一重任，鲁迅的《阿Q正传》、茅盾的《子夜》、巴金的《家》、老舍的《四世同堂》、张爱玲的《传奇》、沈从文的《边城》这些曾经轰动一时的高雅、严肃的经典作品都可看作是现代版的“世情小说”。在中国现代文学中，小说特别是严肃小说的创作取得了骄人的业绩，小说的地位被抬高到了无以复加的地步，这是明清小说包括清末小说都无法比拟的，这里面固然有政治的、时代的原因，然而其更是传统的世情小说在中国现代史上的一次辉煌呈现与精彩演绎，显示了世情小说强大的生命力，谁能说中国现代文学中没有世情小说的身影？

由于时代的变迁，原来处于社会前台的文学在中国当代经历了逐渐边缘化的命运，笼罩在文学身上的神圣的政治光环逐步消隐，文学的教化功能也一落千丈，这其实是文学向其本位的回归。诗歌等文学样式经历了20世纪80年代短暂的热潮之后，基本上都归于沉寂，只有小说一花独放，当代文坛几乎越来越成为小说的独角戏，梁启超的“小说为文学之最上乘”的主张在当代文坛似乎才真正变为现实。在当代社会，总体来说，文学是越来越边缘化了，可相对于其它文学样式而言，独占鳌头的小说还是幸运的，勉力支撑起当代文学的一片天空。当代小说经历了从宏大叙事到躲避崇高的转型，从一个极端走向了另一个极端，过分强调小说的教育教化功能必然导致政治图解式创作、“假大空”写作、“高大全”写作，而忽略甚至无视小说的教化功能，又必然导致无病呻吟式写作、身体写作，产生了大量的小说垃圾。当然，一批批优秀的作家作品还是脱颖而出，闪耀在当代文学的天空，陆文夫、贾平凹、苏童、铁凝、王安忆、莫言、余华、陈忠实、严歌苓等作家无不关注现实、思考人性，而写出了像《美食家》《废都》《米》《大浴女》《长恨歌》《红高粱》《活着》《白鹿原》《第九个寡妇》之类的现实主义力作。

世情小说可以说是明清小说的主旋律，因为它融现实性与劝世性于一体而品味、成就自高。当代小说数量惊人，题材风格多样，流派纷呈，可堪称当代小说主旋律的还是上述这些充满世情小说意味的现实主义力作。优秀作家之所以是超越时代的，因为他们在本质上是一致的，即通过作品来关注现实世态、人心、人情，一展其匡时济世之志。古代作家立足于博大精深的传统文化，而能写出《红楼梦》那样的世情小说巨作，当代作家因为自身精神资源的局限等多种原因，其作品水准当然难以与《红楼梦》相提并论，但在深广人性的探索与抒写上不断有新的开拓，同样显示了世情小说永恒的活力与魅力，谱写了世情小说的崭新篇章，开辟了世情小说的新纪元。

明清时期，世情小说的创作主要集中于江南，明末清初的短篇世情小说几乎成为江南的特产，世情小说的巅峰之作《红楼梦》虽不是在江南创作的，但其思想内容与生活气息基本上是以江南社会为蓝本的，具体而言，明清江南世情小说的创作演变又经历了由苏杭至南京再至上海的空间转换。其次是齐鲁，先后贡献了《金瓶梅》《醒世姻缘传》《绿野仙踪》等长篇世情杰作，成为明清世情小说的伟大摇篮与重要源泉。另外，北京的《林兰香》、中原的《歧路灯》也为明清世情小说的百花园增色不少。现代以来，小说创作的地域分布呈现逐步扩散的趋势，江南地区继续保持强劲的创作势头，鲁迅、郁达夫、茅盾、钱钟书、张爱玲、余华、苏童等一大批江南现当代作家相继亮相。同时，北京、齐鲁、东北、湖南、四川等地也蓬勃出现不少小说名家，老舍、萧红、巴金、李劼人、沈从文等现代作家争奇斗艳，特别是当代以来，随着“陕军”的突起，小说创作在中国大地更是遍地开花，路遥、贾平凹、陈忠实、莫言、王安忆、铁凝等重量级当代作家纷纷登场，百舸争流的中国当代小说创作可以说是进入了繁荣的“战国”时代。

第九章 中国现代小说的雅俗新变

对人性的描摹与揭示，可谓中国现代小说最亮丽的一道风景线。由于时代的原因，大多数中国现代作家的目光几乎都无一例外地集中在政治与社会的层面，但即使像茅盾《子夜》那样的“社会剖析派”小说，也离不开浓重的人性抒写，更不用说废名、沈从文等那些专注人性的另类作家了，所以无论是侧重现实的文学研究会，还是标榜浪漫的创造社，无论是海派抑或京派，也无论是“人的文学”，还是“为艺术而艺术”，人性抒写成为中国现代小说的共同宣言与最显著标志，同时也是中国新旧小说的一大根本分野，把中国古典世情小说雅俗整合的艺术追求推向了一个新的高度与境地。

人性是真善美与假丑恶共生共存的极其复杂的结合体，而作家的秉性、思想等又千差万别，所以对人性的表达自然会呈现出多种风格，但大致离不开以下两种典型模式，一是侧重于从反面揭露丑陋人性，二是致力于从正面讴歌美好人性，当然还有正反结合、有破有立的第三种模式，但显然其只是两种典型模式的衍化而已，本文对之不展开分析。现代小说这两种人性抒写的典型模式，各有优劣，分别蕴含着不同的文化底蕴、精神诉求、价值取向与艺术趣味，而使得中国现代小说的百花园一度出现了争奇斗艳的繁荣局面。

第一节 众声喧哗：反面揭露型

人心早已是不古，而20世纪上半叶的中国社会现实则更是满目凄凉，面对这样不堪的世道人情，中国现代作家为了拯时救世，唤醒国民，启蒙大众，都不约而同地走上了以反面揭露型为主的人性抒写的小说创作道路，而鲁迅无疑是这一类型小说的旗手。

人性有共性与个性之分，鲁迅对国民性的批判显然是从共性着手的，但这并不说明鲁迅只重视共性而忽视个性，事实上，鲁迅对国民劣根性批判的触发点正是西方方兴未艾的个性主义思潮，且其对中国人种种陋性批判的主要目的，就是要“立人”，这个“人”就是要有个性的新人。在鲁迅的文学世界里，人的个性与共性就这样有机地融为一体。在鲁迅眼中，西方文明有很多地方值得中国学习，其中他特别推崇的就是西方现代文化对个人、个性的肯定与尊重：

是故将生存两间，角逐列国是务，其首在立人，人立而后凡事举；若其道术，乃必尊个性而张精神。假不如是，槁丧且不俟夫一世。[①]

因为“人各有己，而群之大觉近矣”[②]而中国人的生存现实是，不仅没有个性，甚至连人的资格也尚未争取到：“中国人向来没有争到过‘人’的价格，至多不过是奴隶。”[③]这迫使鲁迅去寻找导致中国人这种生存窘境的根源，而把批判的锋芒直指几千年来的中国封建文化与制度，这是鲁迅的过人与伟大之处。鲁迅通过孔乙己、阿Q、祥林嫂、闰土等一个个典型人物的成功塑造，揭示了中国人身上普遍带有的自私、狭隘、麻木、愚昧、奴性等负面的人性品质，就是要打破中国传统封建思想观念的“铁屋子”，使自我意识觉醒后的中国人能“立”起来，成为真正意义上的“个人”，也即鲁迅在《摩罗诗力说》中所颂扬的“立意在反抗，指归在动作”“大都不为顺世和乐之音，动吭一呼，闻者兴起，争天拒俗，而精神复深感后世之心，绵延至于无已”[④]的“精神界之战士”“哀其不幸，怒其不争”，在鲁迅的心中，中国人的国民性并非一无是处，中国传统文化也不全是糟粕，但如果要从正面来赞美中国人或中国文化固有的一些优点，在鲁迅看来，那是于事无补的，也是不合时宜的，更不符合鲁迅的性格，当务之急是“打破铁屋子”，而不是大唱赞歌。

年轻时候的张爱玲就写过一句与她的年龄极不相称的惊人之语：“生命是一袭华美的袍，爬满了蚤子。”[⑤]自认为天才的张爱玲凭其对人生的独特感悟，发现小说有两种写法，一种是强烈对照的写法，如大红大绿的配色，就是那种“采

① 鲁迅：《鲁迅全集》（第一卷），北京：人民文学出版社，2005：58.

② 鲁迅：《鲁迅全集》（第八卷），北京：人民文学出版社，2005：26.

③ 鲁迅：《鲁迅全集》（第一卷），北京：人民文学出版社，2005：224.

④ 鲁迅：《鲁迅全集》（第一卷），北京：人民文学出版社，2005：68.

⑤ 《张爱玲作品集》，兰州：敦煌文艺出版社，1997：396.

取善与恶、灵与肉的斩钉截铁的冲突那种古典的写法”，为悲剧和新文学所常用，一种是参差对照的写法，就像葱绿配桃红，就是那种好中有坏、美中有丑、善中有恶的写法，她说：

我喜欢参差的对照的写法，因为它是较近事实的。……因之柳原与流苏的结局，虽然多少是健康的，仍旧是庸俗；就事论事，他们也只能如此。……所以我的小说里，除了《金锁记》里的曹七巧，全是些不彻底的人物。他们不是英雄，他们可是这时代的广大的负荷者。（《自己的文章》）[①]

显然，鲁迅的那些主观意识明显、批判色彩强烈的小说当属前者，鲁迅在塑造人物形象时，眼睛始终紧盯在国民劣根性上，而会选择性忽略或遮蔽人物的其他特性，这样高度类型化的结果必然是人物形象特征鲜明，成功地给读者留下深刻印象，但同时我们也应该看到，这样的典型化创作手法是以部分地牺牲人物的真实度为代价的。其实，在小说写法的运用上，作家是没有选择的，因为作家的个性已经基本决定了其创作方法的趋向，像鲁迅这样爱憎分明、性情刚烈的作家，自然会选择强烈对照的小说写法，而不可能像张爱玲那样去写。当然张爱玲虽说是坚持“华美的袍”与“蚤”并举的参差对照的写法，但她的写作重心显然还是放在“蚤”上而不是“袍”上，这是张爱玲的个性与生命观所决定的，只是她没有走到像鲁迅那样偏至的地步。

张爱玲与鲁迅虽风格迥异，但也确有相似之处，比如对丑陋人性的入木三分的刻画。与鲁迅的理性型、思索型作家不同，张爱玲对世态人情的把握主要是直觉式、感悟式的。张爱玲不是思想家、哲学家，她硬是凭着过人的文学禀赋和对生命的超常感悟，用她的很随性的文字直达生命“美丽而苍凉”的底子，而凸显其与鲁迅作品不一样的深刻。对此，一度被张爱玲视为知己的胡兰成在《论张爱玲》一文中曾这样分析道：

鲁迅是尖锐地面对着政治的，所以讽刺、谴责。张爱玲不这样，到了她手上，文学从政治走回人间，因而也成为更亲切的。……鲁迅的个人主义是凄厉的，而她的个人主义则是柔和的，明净的。[②]

胡兰成当时的评说虽有贬鲁崇张之嫌，但也确实切到了张爱玲其人其文的脉

---

① 《张爱玲作品集》，兰州：敦煌文艺出版社，1997：344.

② 陈子善编，《张爱玲的风气：1949年前张爱玲评说》，济南：山东画报出版社，2004：30-32.

搏。鲁迅关注的是“国民性”，而张爱玲关注的是“人性”，二者的焦点似乎是一致的，但细究起来却又大相径庭。鲁迅主要是从政治、社会、历史、文化等层面来考察“国民性”的，他认为近代中国落后的根本原因在于中国人的劣根性，而丑陋的“国民性”又源于千百年来封建礼教对正常人性的戕害，所以他愤激，他呼号，他要打破“铁屋子”，他要“立人”，凭借《狂人日记》《阿Q正传》等作品的宏大叙事，来完成启蒙救国大业。张爱玲则轻轻地撩去了政治的、社会的、历史的乃至文化的这些沉重的帷幕，“点上一炉沉香屑”，漫不经心、絮絮叨叨地讲述那些“美丽而苍凉”的市井故事，她认为人性中本来就有着自私、贪婪、虚荣等众多难以克服的弱点，而注定了人生的无奈与悲哀，所以张爱玲没有鲁迅的“哀其不幸，怒其不争”，而是“因为懂得，所以慈悲”，她说：

> 我写到的那些人，他们有什么不好我都能原谅，有时候还有喜爱，就因为他们存在，他们是真的。(《我看苏青》)①

鲁迅的世界总是黑白分明，充满了火药味，而张爱玲却将美与丑、真与假、善与恶混杂的人生归结为一个永恒的“美丽而苍凉的手势”，淡淡地书写着她的关于人性的独特的文学“传奇”，对此学者王晓明曾有一段精辟的概括：

> 她非但对人生怀有深深的绝望，而且一开始她就摆出了一个背向历史的姿态。她写人性，却绝少滑入揭发“国民性”的轨道；她也有讽刺，但那每每与社会批判无关；她似乎是写实的，你不会想到说她是现实主义作家；她有时候甚至会令你记起“控诉”这个词，但她这控诉的指向是那样模糊，你根本就无法将它坐实。②

以上主要以鲁迅和张爱玲为例，阐述了中国现代小说反面揭露型人性抒写的创作机理与艺术特色，其实这一创作类型的作家作品还有许多，像郁达夫的《沉沦》、巴金的《家》、钱钟书的《围城》，等等都是其中的上乘之作，本文就不作一一详析。总之，以鲁迅和张爱玲为代表的反面揭露型人性抒写小说显然占据了中国现代小说的主流位置，创作业绩斐然，当然其重“破”轻“立”的局限性也在所难免。

---

① 《张爱玲作品集》，兰州：敦煌文艺出版社，1997：524.

② 王晓明：《张爱玲文学模式的意义及其影响》，《明报月刊》，1995年第10期。

第二节 “少数人的星光”：正面讴歌型

自近代西风东渐以来，中国原有的宗法制社会在现代文明侵蚀下逐步土崩瓦解。对几千年的古老中国来说，西方文明的入侵，固然是千载难逢的发展机遇，但首先得经受西方列强的欺侮和自身社会转型阵痛的双重洗礼，可谓中华民族前所未有的一次浴火重生。原有的一切基本上都被打破了，可新的规则与秩序还无法及时有效地建立起来，社会纷乱不堪，在这样特殊的历史时期，人性中恶的成分更是普遍容易得到滋长，世风江河日下成为必然，这就是近现代中国最大的国情。面对这样的社会现实，愤世嫉俗的文人、作家，会产生两种截然不同的创作倾向，一种是像鲁迅那样直面当前残酷的社会与人性现实，大胆抨击，积极斗争，以警醒国人；另一种则是像废名、沈从文等京派作家那样，回避惨淡的社会现实，甚至拒绝现代文明，而是以他们青少年时期所经历过的古朴的故乡生活为参照，从正面讴歌那一方未被现代文明侵染的精神净土，来营造自己心目中理想的人性王国。在当时看来，后者的创作显得非常另类，而成为中国现代小说的支流甚至末流，可是新时期以来，他们的作品却得到人们越来越多的关注与肯定，其文学价值正日益凸显。

身处大致相似的社会环境，却有着与众不同的创作态度，作家的内因显然起了决定性的作用。同样是对现实社会的不满与抗争，废名没有像大多数现代作家那样拿起笔来去揭露社会与人性的种种丑恶，以期警醒世人，改良甚至变革社会，而是选择了相反的艺术方式，看似软弱到不敢正视现实，甚至有厌世之嫌，可事实并非如此。一个作家的理想如果在现实生活中得不到实现，那么他可以选择在自己的艺术世界中去建造自己的理想王国，但这必须具备三个条件，一是作家所拥有的理想不是世俗层面的，应该具有超越性，二是作家富有超越性的思想与精神诉求，三是作家具备一定的带有理想色彩的生活积累，而废名恰恰就是这样的一个作家。废名读书广泛，但最让他心仪的还是中国传统的文化与文学：

废名在北大读莎士比亚，读哈代，转过来读杜甫，李商隐，《诗经》《论语》《老子》《庄子》渐及佛经。①

中国传统文化的儒道释精神已慢慢融入了废名的骨髓，而使得他渐渐具备了超越性的思想与理想。废名的家乡黄梅曾经是禅宗兴盛之地，古风长存，生于斯长于斯的废名，对故乡的风土人情留下了极其美好而深刻的印象，这成为他后来创作的重要源泉与动力。初入文坛的废名一开始也是一个“很热心政治的人”②，《讲究的信封》表达的是对军阀镇压学生运动的不满，《少年阮仁的失踪》描写了五四运动退潮后青年知识分子的苦闷，可在编选《竹林的故事》小说集时，废名却不打算要这两篇小说了，他自己也惊讶：“相隔不过两年，竟漠然至此。”③种种机缘成熟之后，废名义无反顾地走上了自己独特的文学之路。

延续了几千年的中国宗法制度及封建伦理文化固然有着以鲁迅为代表的现代作家所竭力声讨的种种沉疴弊端，但也并非一无是处，当然在那样的时代背景下为行将灭亡的封建宗法制社会大唱挽歌也是极不明智的，而废名就敢冒天下之大不韪，接连创作了《竹林的故事》《菱荡》《桥》等正面展现中国宗法制农村社会美好图景的诗性小说，充满了唯美、恋旧的色彩，还带着淡淡的哀愁，从问世以来自然饱受争议。废名的这种“倒行逆施”并非盲目之举，而是有着明确的价值标准与美学追求。现代文学固然需要大量的鲁迅式的反面揭露型人性抒写作品，以警醒世人，但同时也需要废名式的正面讴歌型作品，以激发人们追求美好理想的信心，就像今天的媒体一样，如果总是充斥着负面的，而缺少正能量的信息，那就会诱发、滋长整个社会的负面性情绪，所以废名的创作也可以称之为正能量写作，有着其独特的价值与地位，这正如刘小枫所论述的那样：

所谓审美现象，实际上就是生活在世界中的人自己给出的一个意义世界，一个与现实给定的世界截然不同的世界。只有居住在、生活在这个富有意义的审美世界中，人才不致于被愚蠢、疯狂、荒诞置于死地。④

家乡的风土人情在废名的笔下是那样恬静、和谐，充满着儒道意味乃至禅意，似乎成了世外桃源，那里的一草一木，一山一水，无不灵气盎然，生活在其中的

① 药堂：《怀废名》，见《新诗十二讲》，沈阳：辽宁教育出版社，2006：161.

② 废名：《序》，见《废名小说选》，北京：人民文学出版社，1957.

③ 废名：《竹林的故事·自序》，见《竹林的故事》，桂林：广西师范大学出版社，2003.

④ 刘小枫：《诗化哲学》，转引邓芳《对苦难的双重超越——在当代意义上解读废名的<竹林的故事>》，《当代文坛》，2007（7）.

人们更是至纯至朴，像《菱荡》的陈聋子、《竹林的故事》中的三姑娘、《桥》里的琴子、细竹等这些普通男女无一不是真善美的化身，而令人神往。废名的家乡叙事首先是写实的，但同时更是写意的，他说：

> 创作的时候应该是反刍。这样才能成为一个梦。是梦，所以与当初的实际生活隔了模糊的界。艺术的成功就在这里。①

故乡滋养了废名的心灵，反过来废名又创造了文学维度的故乡，这也是他精神与审美的乌托邦，废名对自己这样的创作充满了自信：

> 我此刻继续写《无题》（指《桥》），我还要写《张先生与张太太》这类东西。就艺术的寿命来说，前者当然要长过后者，而且不知要长过几百千年哩。②

显然，废名致力于营造人性的理想王国，这既不是逃避现实，更不是欲粉饰封建宗法制社会而开历史的倒车，而是意在从正面给人以希望与理想：

> 审美的乌托邦虽然不可能完成变革社会的任务，但它的功能在于超越具体革命行为而有助于加强人的建设，指向人的发展这一更为持久、永恒的目的。③

废名反常的创作路数，注定了其人其文寂寞的命运，可谓知音寥寥，在中国现代作家中真正能得其真传的恐怕只有沈从文一人而已，而再传弟子汪曾祺因之大器晚成，已属当代作家行列了。应该说，废名的作品对沈从文讴歌优美人性创作观的最终确立与成熟是起了很大的推动作用的，这从同是作家的沈从文对废名惺惺相惜的评语中可以看得出来：

> 不但那农村少女动人清朗的笑声，那聪明的姿态，小小的一条河，一株孤零零的长在菜园一角的葵树，我们可以从作品中接近，就是那略带牛粪气味与略带稻草气味的乡村空气，也是仿佛把书拿来就可以嗅出的。作者显示的神奇，是静中的动，是平凡的人性美。④

受到废名创作的启示，沈从文终于摆脱了其早期创作总是在表现都市与乡村这两极之间徘徊、挣扎的尴尬局面，彻底回归到自己“乡下人”的本真身份，而

---

① 废名：《说梦》，见《废名文集》，北京：东方出版社，2000：55.

② 废名：《说梦》，见《废名文集》，北京：东方出版社，2000：53.

③ 单世联：《反抗现代性：从德国到中国》，广州：广东教育出版社，1998：246.

④ 沈从文：《心与物游》，西安：陕西师范大学出版社，2007：207.

将目光自觉地聚焦到了自己魂牵梦绕的故乡湘西，才渐入佳境，《边城》《长河》等佳作叠出，并最终凝练成了自己别具一格的创作理念：

这世界或有在沙基或水面上建造崇楼杰阁的人，那可不是我，我只想造希腊小庙。选小地作基础，用坚硬石头堆砌它。精致，结实、对称，形体虽小而不纤巧，是我理想的建筑，这庙供奉的是‘人性’。①

他进一步概括道：“我要表现的本是一种‘人生形式’，一种‘优美，健康，自然，而又不悖乎人性的人生形式’。”② 显然，沈从文的创作宗旨是要关注、表现人性，而且是重在表现优美、健康、自然的人性，是标准的正能量写作，而未被现代文明侵染前的湘西正好为沈从文旨在建造“人性小庙”的文学努力提供了不竭的源泉与动力。“兵卒纯善如平民，与人无侮无扰。农民皆勇敢而安分，且莫不敬神守法。……一切事保持一种淳朴习惯，遵从古礼”③“每个人民皆正直而安分，永远想尽力帮助到比邻熟人，永远皆只见到他们互相微笑，……向善为一种自然的努力”④，这就是沈从文眼中的故乡。在他的记忆中，湘西似乎永远是一方美德的净土，以致于他笔下的男女老少、各色人等，无不像湘西的山水一样，清新自然，灵动秀美，俨然一幅幅湘西版世外桃源，留给读者无尽的遐想。代表作《边城》可谓沈从文“人性小庙”中一粒最耀眼的明珠，而其主人公翠翠简直就是一个美的精灵，一位如梦如幻的湘西女神，“一对眸子清明如水晶”的她不仅外表乖巧，天真活泼，更有着一颗水晶般透彻的心，乃至于“从不想到残忍事情，从不发愁，从不动气”。既是湘西绝美的山水与淳朴的民风滋养、哺育了翠翠，也是湘西的赤子沈从文创造了她，使她成为一尊人性真善美化身的文学雕塑，永远屹立在湘西的山水之上，更永远屹立在世人的心中。

跟废名一样，沈从文对自己的文字也是颇具信心的：

说句公道话，我实在是比某些时下所谓作家高一筹的。我的工作行将超越一切而上。我的作品会比这些人的作品更传得久，播得远。我没有方法拒绝。⑤

① 沈从文：《习作选集代序》，见刘洪涛、杨瑞仁编《沈从文研究资料》（上），天津：天津人民出版社，2006年：51.
② 沈从文：《习作选集代序》，见刘洪涛、杨瑞仁编《沈从文研究资料》（上），天津：天津人民出版社，2006年：53.
③ 沈从文：《凤子》，见《沈从文全集》（第7卷），太原：北岳文艺出版社，2002：107.
④ 沈从文：《凤子》，见《沈从文全集》（第7卷），太原：北岳文艺出版社，2002：138.
⑤ 沈从文：《横石和九溪》，见《湘行散记》，太原：北岳文出版社，2002：76-77.

他甚至公开表达了对一般读者误读的不满与遗憾：

我作品能够在市场上流行，实际上等于买椟还珠，你们能欣赏我故事的清新，照例那作品背后蕴藏的热情却忽略了，你们能欣赏我文字的朴实，照例那作品背后隐伏的悲痛也忽略了。[①]

沈从文真是诚实得可爱，他从不自欺，更不会骗人，时间已经证明了一切，“赤子其人，星斗其文”，张充和的这句挽联也许是对三姐夫沈从文最中肯的评价了。

沈从文没有废名身上明显的道禅风骨，但在对美好人性的深刻感悟与执著追求上，他们是完全一致的。无法想象的是，如果中国现代小说缺少了废名与沈从文，该是多么单调、晦涩。他们虽是少数，却能持久地照亮中国现代文学的天空，他们的文学自信，某种程度上就是中国现代文学的自信。这就是正面抒写人性小说的独特而巨大的价值所在，这样的作家与作品可遇而不可求，且大多时候只能是“少数人的星光”。

当然，除了以上两种典型的小说人性抒写模式之外，确实还存在第三种情况，就是作家既不热心于对社会与人性假丑恶一面的抨击，也不沉醉于理想世界的文学营造，而是将作家的主观意识尽量隐藏起来，不动声色地描摹生活与人性的本来样子，这样的写法也一样能出精品，甚至是很伟大的作品，比如老舍的《骆驼祥子》、李劼人的《死水微澜》等就是这样的例子，但这样的作品也不会成为中国现代小说的主流。20世纪上半叶是中华民族浴火重生的时代，中国现代文学最需要的当然是富有战斗性的、警示性的、启蒙性的作品，反面揭露型小说无疑成了时代的及时雨、最强音，可谓振臂一呼，八方响应，声势浩大，可也正由于其过于强烈的时代性，而在某种程度上削弱了其文学性，因为时过境迁，很可能已风光不再。相反，正面讴歌型人性抒写小说，在那个苦难深重的黑暗年代，确实没有多少生存的理由与空间，可是随着时间的流逝，其文学价值却逐步地得到放大，因为积极向上、追求真善美是人类永恒的主题，而这一类型的作品正好成为人们所渴求的真正的精神与文化大餐，这其实也就是废名、沈从文对自己的写作充满自信的根本原因所在。

---

① 沈从文：《习作选集代序》，见刘洪涛、杨瑞仁编《沈从文研究资料》（上），天津：天津人民出版社，2006年：52-53.

中国现代文学处于一个特殊的历史巨变时期，因而诞生了这两种截然相反的非常态的小说创作模式，这是历史与文学互动的必然结果，所以在今天这样稳定的和平年代，文学的主流就不会再是这两种极端的形态了，而是恢复到常态，即不偏不倚的写实主义流行的时代。中国现代小说的人性抒写既是西方现代小说中国化的必然结果，也是中国古典世情小说雅俗整合这一传统艺术精神的一次精彩的现代演绎与突破，这使其成为中国现代小说最成功的一环。

第十章 鲁迅的“破”“立”思想

“立人”是鲁迅一生战斗的主要目的，而“破”则是他“立人”的主要手段，且其在“破”上的建树远高于“立人”，“破”多“立”少，“破”深“立”浅，巧于“破”而拙于“立”，更为重要的是，这一切都跟鲁迅偏激的性格有着密切的关系。偏激是鲁迅之所以成为鲁迅的根本点，是区别于其他文学家、思想家的最显著标志，可以说不承认鲁迅的偏激或不理解鲁迅的偏激，就不可能真正走近鲁迅，所以偏激反而成了解读鲁迅的一把至为关键的钥匙。

第一节 鲁迅与传统文化

鲁迅“破”的主要对象是中国传统文化，准确地说应该是中国传统文化的糟粕，但事实上由于鲁迅及时代的偏激，打倒“孔家店”也殃及了中国传统文化的精髓，这是矫枉过正的必然后果。

在人类文明史上，“破”与“立”一直是社会发展的动力与方式。我们就以中国传统文化为例，先谈儒家的“破”与“立”。孔子不满春秋时期的“礼崩乐坏”，但他主要的作为不是“破”，而是“立”，主张“仁”与“礼”，强调“为政以德”，这是“立国”，又反复论及“君子”，就是“立人”。一部区区不过两万字左右《论语》，其中“君子”一词就出现了110次之多，与《论语》的另一个核心范畴“仁”同为出现频率最高的词之一，可见孔子对“立人”的重视，而且大多是在既“立”且“破”中阐述的，比如“君子喻于义，小人喻于利”“君子怀德，小人怀土。君子怀刑，小人怀惠”“君子和而不同，小人同而不和”“君子周而不比，小人比而不周”等等，而以《卫灵公第十五》中的概括最为代表：“君子义以为质，礼以行之，孙以出之，信以成之。君子哉！”孔子更为重要的

“立”是提出了中庸这一儒家的核心范畴。中庸的思想不始于孔子，但正是孔子第一次也是仅有的一次在《论语》中使用了中庸一词：“中庸之为德也，其至矣乎，民鲜久矣。”（《论语·雍也》）虽然只一次用到中庸一词，但孔子在《论语》中多处论及了中庸的涵义，比如“过犹不及”（《论语·先进》）“质胜文则野，文胜质则史；文质彬彬，然后君子”（《论语·雍也》）“不得中行而与之，必也狂狷乎。狂者进取，狷者有所不为也”（《论语·子路》）等等。孔子在《论语》中奠定了中庸思想的基础，而中庸思想的真正展开、完善是《中庸》及后儒对《中庸》的不断阐释，如《中庸》开篇写道：“天命之谓性，率性之谓道，修道之谓教。”这里已开始赋予中庸形而上的意义了，其后儒面对道释的挑战，不断吸收了道释的长处，而大力提升了中庸概念的层次，如理学家程颐指出：“中者，天下之正道，庸者，天下之定理。”这里中庸被这位理学大师看作是天上人间的最终真理而达本体论高度。“天不生仲尼，万古长如夜”，没有孔子的“立”，是无法想象中华民族悠久灿烂的文明史的。中庸就是道，就是自然，就是和谐，本文这里之所以花不少笔墨谈儒家的中庸思想，因为鲁迅是不大接受中庸的，虽然他抨击的是中庸的庸俗化变体——折衷主义，但同时他也的确没有真正领悟中庸的圣义的。

然后谈道家的“破”与“立”。我们知道，道家“破”的对象正是儒家思想，儒家坚信“有为”，坚持“知其不可为而为之”，格物、致知、修身、齐家、治国、平天下，而老庄强调“无为”，道家所“立”的是“道”：“道生一，一生二，二生三，三生万物。万物负阴而抱阳，冲气以为和。”“人法地，地法天，天法道，道法自然。”而其“立人”则一样玄虚：“至人无己，神人无功，圣人无名。”前面讲孔子多么伟大，而现在道家又否定了儒家，这不令人费解吗？其实，这并不矛盾，因为二者所处的层面不同，在我们看来，儒家的境界已经很高了，几乎遥不可及，这不能怪儒家的要求高，而是我们太俗不可耐了，所以我们更难以理解又超越了儒家的道家境界了，觉得老庄的话不可理喻，即使有接受的，又大多是误读，如消极、苟且偷生、玩世不恭之流，这当然是鲁迅所要批判的，但同时鲁迅也一样与道家的真谛擦肩而过。比如鲁迅在《写在<坟>后面》中如实写道：

> 就是思想上，也何尝不中些庄周韩非的毒，时而很随便，时而很峻急。

孔孟的书我读得最早，最熟，然而倒似乎和我不相干。[①]

再提一下释家的“破”与“立”。佛陀不仅“破”了积极入世的儒家，而且把超脱的老庄也“破”了，因为道家的境界也未究竟。佛教“立”的“三法印”“四圣谛”“八正道”等教义，宣扬六道轮回、因果报应、解脱成佛，强调“凡所有相，皆是虚妄”，即“万法唯心造”，教人不要分别、执著、妄想，而应看破、放下、自在。鲁迅在佛学上是下过很大功夫的，其大量地购读佛经主要是在1914至1916这三年，钻研后鲁迅也由衷叹服：

释迦牟尼真是大哲，我平常对人生有许多难以解决的问题，而他居然大部分早已明白启示了，真是大哲！[②]

鲁迅好像也接受了佛教，其实他更多的是对佛教的“破”：

做人有“作”就是动作（＝造孽），下地狱却只有报（＝报应）了……我却不大相信这一类鬼画符。[③]

又说：

我常常感叹，印度小乘教的方法何等厉害：它立了地狱之说，借着和尚，尼姑，念佛老妪的嘴来宣扬，恐吓异端，使心意不坚定者害怕。那诀窍是在说报应并非眼前，却在将来百年之后，至少也须到锐气脱尽之时。这时候你已经不能动弹了，只好听别人摆布，流下鬼泪，深悔生前之妄出锋头；而且这时候，这才认识阎罗大王的尊严和伟大。[④]

鲁迅认为：

这些信仰，也许是迷信罢……这些老玩意，也只好骗骗极端老实人。[⑤]

所以鲁迅下了这样的结论：

佛教和孔教一样，都已经死亡，永不会复活了。[⑥]

可见鲁迅只是接受了佛教的一些哲理智慧，而不会相信佛教的那些迷信的，正如他的好友许寿裳所说：

---

① 鲁迅.鲁迅全集（第一卷）〔M〕.北京：人民文学出版社，2005：301.

② 许寿棠著，马会芹编.挚友的怀念：许寿棠忆鲁迅〔M〕.石家庄：河北教育出版社，2001：26.

③ 鲁迅.鲁迅全集（第三卷）〔M〕.北京：人民文学出版社，2005：211.

④ 鲁迅.鲁迅全集（第三卷）〔M〕.北京：人民文学出版社，2005：214.

⑤ 鲁迅.鲁迅全集（第三卷）〔M〕.北京：人民文学出版社，2005：214..

⑥ 许寿棠著，马会芹编.挚友的怀念：许寿棠忆鲁迅〔M〕.石家庄：河北教育出版社，2001：26.

鲁迅对于佛经只当做人类思想发达的史料看，借以研究其人生观罢了。别人读佛经，容易趋于消极，而他独不然，始终是积极的。他的信仰是在科学，不是在宗教。①

又说：

鲁迅读佛经，当然是章先生的影响……先生与鲁迅师弟二人，对于佛教的思想，归结是不同的：先生主张以佛法救中国，鲁迅则以战斗精神的新文艺救中国。②

其实鲁迅早期曾一度肯定过宗教信仰，他在发表于1908年12月的《破恶声论》一文中说：

人心必有所冯依，非信无以立，宗教之作，不可已矣。③

而且对佛教尤抱有好感：

夫佛教崇高，凡有识者所同可，何怨于震旦，而汲汲灭其法。④

其实当时的鲁迅还未真正接触、了解佛教，可是相隔八年当他深入钻研佛经之后，却反而不相信佛教了，可以说鲁迅与佛教有缘没份，终其一生，鲁迅是没有信仰的。

中国传统文化的主干儒道释三家的思想与境界虽有高下之分，但“三教归一”，彼此并没有实质性的冲突，同是宇宙人生本质的不同层面的展开与体现，在现实生活中均有其不可替代的作用，所谓“以儒治世，以道治身，以释治心”，千百年年来，无数中国人，尤其是文人士大夫，都以自己的生命体验、诠释了这一真理，所以中国人的人生境界是西方文明难以想象的。

鲁迅对儒道释的态度是一以贯之的，就是以“破”为主：

晋以来的名流，每一个人总有三种小玩意，一是《论语》和《孝经》，二是《老子》，三是《维摩诘经》，不但采作谈资，并且常常做一点注解。⑤

从鲁迅的这段话中我们不难看出他对中国传统文化的感受与倾向。

---

① 许寿棠著，马会芹编．挚友的怀念：许寿棠忆鲁迅〔M〕．石家庄：河北教育出版社，2001：26.

② 许寿棠著，马会芹编．挚友的怀念：许寿棠忆鲁迅〔M〕．石家庄：河北教育出版社，2001：27.

③ 鲁迅．鲁迅全集（第八卷）〔M〕．北京：人民文学出版社，2005：29.

④ 鲁迅．鲁迅全集（第八卷）〔M〕．北京：人民文学出版社，2005：31.

⑤ 鲁迅．鲁迅全集（第五卷）〔M〕．北京：人民文学出版社，2005：328.

第二节 鲁迅的“立人”

大致归纳了中国传统文化的“破”与“立”之后，我们现在来分析鲁迅的“破”及“立”就有了参照，便于展开与深入。我们先勾勒一下鲁迅“破”与“立”的时代背景。鸦片战争以来，国门洞开，西风东渐，中西文明的碰撞、融合拉开了序幕。有人曾形象地说，希腊人在爱琴海边上思考着人与物的关系，印度人在恒河边上思考着人与神的关系，而中国人则在黄河边上思考着人与人的关系，这个比方形象地反映了以中国为代表的东方文明与西方文明的深层内核及其差异。总的来说，中国文明是道德本位与和合文化，儒家思想的修身、齐家、治国就是以道德来统帅个人、家庭、社会，具体表现为仁义礼智信等范畴，注重个人、家庭、社会的和谐，重精神轻物质，重群体轻个人，融合了道释精神后更是如此，在人类精神文明的发展层面上应是比较高级的阶段，所以中国文明又被称为早熟的文明。这一文明发展到近代已经烂熟了，就是说其文明的精髓日益枯萎，而糟粕经过千百年的发酵，已弥漫、浸透到社会有机体的每个角落，如龚自珍等人就早已觉察到当时社会祥和表象下隐藏的巨大危机，更可怕的是其社会已基本丧失了自我纠偏和革新的机能，幸好这时候另一个“面目可憎”的老师——西方文明来给中国上课了。西方文明总体上是商业物质本位与斗争文化，西方人推崇理性科学，努力探索征服自然，特别是近代以来，科学技术日新月异，创造了大量物质财富。西方虽有宗教信仰及丰富的哲学资源，但总体上还是重物质轻精神，重个人轻群体，正好是中国文明的反面。所以论物质文明西方强于中国，可论精神文明中国高于西方，因而东西文明应该是互补的，而不仅仅是对立的，由此我们就可以理解 20 世纪 70 年代出版的《展望二十一世纪——汤因比和池田大作对话录》一书中英国著名历史学家汤恩比博士所作的“拯救二十一世纪人类社会的只有中国的儒家思想和大乘佛法”的惊人预言，以及晚清张之洞“中学为体，西学为用”主张的真知灼见和今天的中国大力发展科技和经济的原因了，就是取长补短，都是中庸的具体表现。

当中国文明和西方文明屡撞屡败的时候，中国人的反省也渐渐上升到文化的层面上了。在对待中西文化上，无非有三种方案，其中两个是极端的，或激进派如陈独秀、李大钊等，或保守派如王国维等，还有一个就是中庸派如梁启超（先激进后中庸）等，当然保守和中庸都是没有什么市场的，激进派明显占了上风，而有了狂飙突进的新文化运动。鲁迅当然属于激进派，而且有他自己独特而深入的思考。鲁迅认为，中国落后的主要根源就是腐朽的封建文化，对中国传统文化的绝望，迫使他“别求新声于异邦”。从求学南京到留学日本，从学医到从文，从 1903 年发表《中国地质略论》一文提出科学救国和实业救国的思想，到 1908 年发表的《文化偏至论》等 5 篇论文提出“立人”的主张，青年鲁迅的思想几经转变而初步成熟。特别从他 1907、1908 两年当中连续撰写、发表的 5 篇论文《人之历史》《摩罗诗力说》《科学史教篇》《文化偏至论》以及《破恶声论》当中，我们能看到青年鲁迅对西方现代文明的进化论、科学、民主等重要特征的敏锐洞察与批判性吸收，这五篇文章虽为文言文，但字里行间洋溢着的鲁迅作为一个思想家的天才与锋芒，令人折服。

同样是向西方学习，鲁迅对晚清时期的“兴业振兵”和“立宪国会”这样的机械移植西方科学与民主的救国举动却不以为然，斥之为“抱枝拾叶”，这样的异端思想不用说在当时，就是在 100 年后的今天都是少有人能相信和接受的，可见鲁迅眼光的独特与超越。一方面由于鲁迅看到了近代中国人实验西方的科学与民主这两大法宝的相继失败，另一方面更为重要的是，鲁迅已经看到了当时西方 19 世纪文明“唯物质”“重众数”的偏颇，这确是鲁迅的深刻之处，所以鲁迅要“别立新宗”，而这时尼采、叔本华、雪莱等具有反抗精神的西方斗士进入了鲁迅的视线，让鲁迅看到了中国的希望，最终鲁迅得出这样的结论：

> 然欧美之强，莫不以是炫天下者，则根柢在人，而此特现象之末，本原深而难见，荣华昭而易识也。是故将生存两间，角逐列国是务，其首在立人，人立而后凡事举；若其道术，乃必尊个性而张精神。假不如是，槁丧且不俟夫一世。①

在鲁迅看来，无论是“整顿武备”“富国强兵”，还是“立宪国会”，都不是救国的“根本之图”，中国也不应该走西方已经走过的“唯物质”“重众数”

① 鲁迅．鲁迅全集（第一卷）〔M〕．北京：人民文学出版社，2005：58.

的偏至道路，如果人没有“立”起来，那么无论是科学还是民主，都不能真正挽救中国。所以鲁迅认为在当时的中国“立人”是当务之急和重中之重，青年鲁迅对自己久经思考后的这一重大发现深信不疑。

那么鲁迅究竟是要在中国“立”什么样的“人”呢？这是鲁迅思想最特立独行而让人百思不解的地方，因为他所要立的既不是儒家的君子，也不是道家的真人，更不是释家的解脱之人，所以某种意义上理解鲁迅比理解孔子、老子乃至佛陀还要难。我们先看鲁迅在《文化偏至论》中是怎样介绍他心仪的几位西方“个人主义”思想家的——

施蒂纳：

> 人必发扬自性，而脱观念世界之执持。惟此自性，即造物主，惟有此我，本属自由……意盖谓凡一个人，其思想行为，必以己为中枢，亦以己为终极：即立我性为绝对之自由者也。[①]

叔本华：

> 又见夫盲瞽鄙倍之众，充塞两间，乃视之与至劣之动物并等，愈益主我扬己而尊天才也。[②]

克尔凯廓尔：

> 谓惟发挥个性，为至高之道德。[③]

易卜生：

> 往往反社会民主之倾向。[④]

尼采：

> 斯个人主义之至雄桀者矣，希望所寄，惟在大士天才，而以愚民为本位，则恶之不殊蛇蝎。[⑤]

由此看来，鲁迅的“尊个性而张精神”式“立人”，就是要唤醒人们的“自性”“个性”，将人们从“观念世界的执持”下解放出来。就中国而言，就是要打破中国传统封建思想观念的“铁屋子”，使自我意识觉醒后的中国人能“立”起来，成

---

① 鲁迅．鲁迅全集（第一卷）〔M〕．北京：人民文学出版社，2005：52.

② 鲁迅．鲁迅全集（第一卷）〔M〕．北京：人民文学出版社，2005：52.

③ 鲁迅．鲁迅全集（第一卷）〔M〕．北京：人民文学出版社，2005：52.

④ 鲁迅．鲁迅全集（第一卷）〔M〕．北京：人民文学出版社，2005：52.

⑤ 鲁迅．鲁迅全集（第一卷）〔M〕．北京：人民文学出版社，2005：53.

为真正意义上的“个人”，也即鲁迅在《摩罗诗力说》中所颂扬的“立意在反抗，指归在动作”“大都不为顺世和乐之音，动吭一呼，闻者兴起，争天拒俗，而精神复深感后世之心，绵延至于无已”[鲁迅．鲁迅全集（第一卷）〔M〕．北京：人民文学出版社，2005：68.]的“精神界之战士”，而这样的“个人”在旧中国是不会出现的，因为都被封建社会的“仁义道德”吃掉了，只有鲁迅是个例外。

鲁迅后来在《灯下漫笔》中又进一步思考道：

中国人向来没有争到过“人”的价格，至多不过是奴隶。[①]

鲁迅呼唤这样的“个人”的出现：

故今之所贵所望，在有不和众嚣，独具我见之士，……弗与妄惑者同其是非，惟向所信是诣，举世誉之而不加劝，举世毁之而不加沮，……则庶几烛幽暗以天光，发国人之内曜，人各有己，不随风波，而中国亦以立。（《破恶声论》）[②]

事实上中国近现代以来，像鲁迅这样的具有独立性、反抗性、创造性的“个人”“精神界之战士”，实在难找第二个。

奉“立人”为圭臬的“精神界之战士”的鲁迅，其自身的精神也充满了矛盾、困惑，很多时候“战士”自己都“立”不起来，遑论“立”别人，而使得鲁迅“立人”的效果大打折扣，究其原因，主要还是出在“战士”自己身上。鲁迅的“立人”思想主要是受到尼采的超人哲学和易卜生的“独战多数”的个性主义思想的启发，而把启蒙的希望寄托在先觉的“精神界之战士”或“大士、天才”身上，想“毕其功于一役”，希望从根本上解决中国的问题，这看似深刻的天才想法，实际上是极其偏激而不可能实现的。首先，整个社会的“立人”即马克思主义的人性解放的命题是一个长期的历史的过程，整个社会大众的“人的自觉”即国民素质的提高是不可能一蹴而就的。如果“人”是那么好“立”的，那么只一个孔子就解决问题了，连老庄、佛陀都是多余的。事实上，在中国历史上，虽是儒道释三管齐下，真正被“立”的人还是少数，因为任何社会教育的普及率同样有一个发展的过程，而像鲁迅所冀求的“人各有己，而群之大觉近矣”[③]的境况其实

① 鲁迅．鲁迅全集（第一卷）〔M〕．北京：人民文学出版社，2005：224.
② 鲁迅．鲁迅全集（第一卷）〔M〕．北京：人民文学出版社，2005：27.
③ 鲁迅．鲁迅全集（第八卷）〔M〕．北京：人民文学出版社，2005：26.

已经接近于马克思主义的共产主义社会阶段了，怎么可能在短期内实现呢？所以鲁迅“立人”思想的初衷是好的，也是深刻的，可又带有明显的好高骛远、不切实际的痕迹。

由此我们就能看清鲁迅“掊物质而张灵明，任个人而排众数”的启蒙战斗口号的偏激。尼采、易卜生们提出的“价值重估”和“偶像破坏”的理论和思想是对19世纪西方资本主义社会“唯物质”“重众数”的偏至道路的批判和否定，是针对资本主义国家大工业生产及科学技术的迅速发展对人的精神的扭曲和个性意志的摧残而生发的，而鲁迅所面对的则是一个与西方迥然不同的前资本主义的半封建半殖民地的中国社会，这个社会固然因为封建文化对人们思想的长期束缚和毒害而使民众精神普遍呈现落后、愚昧、麻木的状态，需要精神上的唤醒与提升，但对当时中国来说更迫切需要的其实就是西方的科学与民主，要补上发展经济、科技及民主的课，来矫正中国文化向来重道德精神而轻物质科学和重社会等级而轻个性自由的缺陷，特别是要根除封建文化专制主义，就必须倡导而不是批判和抛弃尼采、易卜生们所否定的科学理性和民主精神，这应该是鲁迅“立人”思想的主要误区和盲点。从人类长远的眼光看来，“立人”不仅仅是救国的手段，而且“立人”本身就是人类发展的终极目的，即共产主义社会人类的全面发展和终极解放，所以“立人”虽是“根本之图”，但远水救不了近火，不能切实解决当时中国最紧迫的落后、挨打乃至亡国的问题。不是说不要“立人”，而是不能像鲁迅那样一味地只强调、夸大“立人”的功效而忽视科学、民主对中国现状更为有用的事实，理智的选择应该是既要“立人”，更要科学与民主，而不是“掊物质而张灵明，任个人而排众数”。

鲁迅“立人”思想的偏激还体现在他把“立人”与其它社会事务割裂开来的形而上思维上。青年思想者鲁迅认为，中国要“生存两间，角逐列国”“其首在立人，人立而后凡事举”，特别是在辛亥革命失败后，他更坚持这种看法：

> 此后最要紧的是改革国民性，否则，无论是专制、是共和，是什么什么，招牌随换，货色照旧全不行的。[①]

应当承认，鲁迅揭示辛亥革命失败的原因是没有启发广大群众特别是农民群

① 鲁迅．鲁迅全集（第十一卷）〔M〕．北京：人民文学出版社，2005：470.

众的觉醒，这是极为重要和深刻的，但由此就得出只有等启蒙任务完成后才能进行社会变革的结论却又是极其片面的。在鲁迅看来，只有先“立人”，完成启蒙任务之后，才能进行其它社会事务的改革，否则什么事都是不能达成的，而幻想“人立而后凡事举”，但显然这只能是一厢情愿的。任何一个社会、国家的发展都是其内在诸本质内涵如政治、经济、科技、文化等相互制约、共同进步的一个极其复杂的系统过程，是不可能先把某一因素发展到位，再去发展其它的。同样道理，个人自身的发展与社会的其它发展基本上是保持同步的，也就是说“立人”能促进社会其它事务的发展，反过来社会其它事务的发展也会促进“立人”的发展的，社会的健康发展最好是均衡的发展，而不应该是有“先后”的畸形发展。鲁迅的这一偏见在其后期的“立人”斗争中得到了一些纠正，马克思主义的思想指导使鲁迅逐步学会了辩证法，明白了自己的片面，知道了“立人”启蒙的任务绝不是一朝一夕就可以完成的，也决不是仅靠少数“大士、天才”去振臂一呼的，更不应该有“先后”问题，这从鲁迅后期主动放弃自己得心应手的小说创作，而以杂文为主要文学形式，自觉地将“立人”与变革现实的社会革命斗争紧密结合，以及百忙之中花费了大量的时间和精力热情地去发现、培养、扶植青年作家等在上海文化战线所进行的各种活动均能得到反映。毛泽东说：

> 鲁迅后期的杂文最深刻有力，并没有片面性，因为这时候他学会了辩证法。①

总之，鲁迅结合当时中西文明的现状，认识到了“立人”对社会发展尤其是对当时中国的重要性，这是鲁迅的深刻和过人之处，但他没能看清对人类发展而言“立人”大业的长期性、复杂性和目的性，又片面夸大了“立人”的作用，而忽视了中国对科学理性和民主精神需要的极端迫切性，人为割裂了“立人”与其它社会发展因子的有机联系，过于执著于“立人”和打破“铁屋子”，加之其所立的“超人”式“精神界之战士”形象内涵的模糊性、与“庸众”的对立性以及行事的极端性，造成鲁迅“立人”思想的先天不足与致命缺陷。这不仅导致了鲁迅自身内在精神的高度紧张和沉重阴暗，虽然他没像尼采那样最后疯了，但他精神的长期矛盾、苦闷、痛苦是一般人难以承受的，而缺乏孔子、老庄“立人”时

① 瞿秋白等．红色光环下的鲁迅〔M〕．石家庄：河北教育出版社，2001：62.

的从容与理性，更重要的是使鲁迅的“立人”流于空洞的、狂妄的呼号和极端的否定、破坏，不具备儒道释三家“立人”的具体性、可操作性、普遍性，而实际成效不大。

鲁迅曾经为了批判国民性的中庸消极而写文称赞被一些中国人讥为“书呆子”的堂·吉诃德的执著、偏激的性格，其实鲁迅的一生又何尝不是堂·吉诃德式的。堂·吉诃德硬要学古代的游侠，穿一身破甲，骑一匹瘦马，带一个跟丁，游来游去，想斩妖服怪，除暴安良，闹了许多笑话，吃了不少苦，最后狼狈回来了，临死才知道自己不过是一个平常人，并非什么侠客。鲁迅硬要“立人”救国，匕首投枪，冲锋陷阵，浴血奋战，以为登高一呼，就会万民响应，打破了“铁屋子”“人立而后凡事举”，一切搞定，殊不知“立人”即一个社会的人的普遍自觉和彻底解放是一个漫长的历史过程，那个文化的、人性的“铁屋子”是那么容易好打破的吗？看着鲁迅昔日的文字，俨然写的是今天的中国现实，虽然现在物质丰富、社会进步了，可中国人不是依然住在那换了点花样的“铁屋子”里吗？而且还将长久的住下去，鲁迅的那点折腾是丝毫也没有动摇“铁屋子”的，可见鲁迅不就是中国现代版的“堂·吉诃德”吗？鲁迅是最勇敢的，也是最悲哀的。这里不是要否定鲁迅“破”的价值与意义，因为鲁迅所讲的虽然刺耳甚至偏激，但毕竟是真话，而中国也确实缺少这样的真的声音，所以鲁迅的巨大意义就在于让中国人第一次真正全面审视自身的弱点，虽然人们改正错误很难，但知错毕竟是改错的开始，这是鲁迅对中华民族发展的独特贡献，少有人能比肩。说鲁迅的悲哀，是说偏执的他竟然想凭一己微薄的力量去改变社会历史的进程，这无异于螳螂当车，更何况当初孔子、老庄、马克思他们“立人”时，也没有指望他们的理想能够很快变为现实，而只能作为人们追求的一个遥远的目标和方向而已，当然鲁迅这种孔子式“明知不可为而为之”的执著举动也正是其“我以我血荐轩辕”挚热爱国心的生动诠释，而“留取丹心照汗青”，令人肃然起敬。

第三节 鲁迅的“破”

我们先梳理一下鲁迅“立人”的“动作”史，即“破”的历史。鲁迅认为，经过“圣人之徒”“伪士”的作践，使得中国的“朴素之民”堕落成了庸俗的“众庶”，而几千年没能“立”起来，都在“铁屋子”里“昏睡”，而导致了近代中国的落后、被动的局面，只有打破“铁屋子”，让成为奴隶甚至想做奴隶而不得的中国人“立”起来，争得“人”的资格，中国才有救，所以作为“精神界之战士”的鲁迅一生的主要“动作”就是不遗余力地打破这“铁屋子”，以“破”为“立”，但他的“动作”的历程也不是一帆风顺的。青年鲁迅一开始对“立人”大业充满信心，以为中国只有多出现一些尼采那样的“精神界之战士”，他们振臂一呼，就能唤醒“众庶”：

凡人之心，无不有诗，……无之何以能解？惟有而未能言，诗人为之语，则握拨一弹，心弦立应，其声澈于灵府，……益为之美伟强力高尚发扬，而污浊之平和，以之将破。①

人各有己，而群之大觉近矣。②

似乎“立人”救国大业指日可成，可是鲁迅刚起步就被泼了一盆冷水，《新生》杂志的夭折和《域外小说集》遭受的冷遇使鲁迅认识到，“精神界之战士”与“愚昧的国民”在精神上几乎是无法沟通的，国人不是那么好唤醒的，雄心万丈的鲁迅不得不停止了“动作”，而有了他留日归国后近十年的沉默。五四新文化运动又重新点燃了鲁迅“立人”的希望与信心，但从五四初期《呐喊》的兴奋、助威，到五四高潮时《彷徨》的无奈、痛苦，再到《野草》的苦闷、绝望，鲁迅的“动作”是越来越小了，“立人”事业又几至停顿，好在这一次僵局为时较短，到上海后中国共产党和马列主义的介入，使鲁迅的“立人”事业得以起死回生，且渐入佳境。

现在我们来盘点鲁迅跟“铁屋子”战斗的伟业及偏激之处。鲁迅称自己“立

① 鲁迅．鲁迅全集（第一卷）〔M〕．北京：人民文学出版社，2005：70.

② 鲁迅．鲁迅全集（第八卷）〔M〕．北京：人民文学出版社，2005：26.

人”的“道术”是“任个性而张精神”，可是究竟怎么“任个性而张精神”，鲁迅语焉不详，也没真正付诸行动，也就是说他不是从正面来“立人”的，而是以“破”为“立”，认为只要毁坏了“铁屋子”，那么“个人”就自然“立”了，所以鲁迅“立人”真正的“道术”是“破”。鲁迅也确实是“破”的高手，可谓战功卓著，捷报频传，相继揪出了奴性、守旧、健忘、迷信、敷衍、献媚、无特操等以阿Q精神为代表的一大批国民劣根性，而其最辉煌的战绩则是“礼教吃人”与“中国人至多莫过是奴隶”的两大惊人发现，这是鲁迅撕破了千百年来遮在中国人和中国社会身上的温情脉脉的面纱，而看到的中国“铁屋子”里的悲惨景象。鲁迅的目光是犀利的，他打破了一件件披着美好外衣的“圣物”，高明的中庸其实是折衷主义，士大夫们的三教合一其实是无特操，优雅的礼教其实是吃人者，中国悠久灿烂的历史其实就是想做奴隶而不得的时代与暂时做稳了奴隶的时代的循环，古老辉煌的中国文明其实也就是安排给阔人享用的人肉的筵宴，而中国其实不过是安排这人肉的筵宴的厨房。鲁迅对“铁屋子”的描绘显然过于悲观，可是对打破这“铁屋子”又显然过于乐观：

而创造这中国历史上未曾有过的第三样时代，则是现在的青年的使命！①

扫荡这些食人者，掀掉这筵席，毁坏这厨房，则是现在的青年的使命！②

事实上，毁坏一个“非人”的世界，创造一个真正的“人”的时代，又岂止是一代青年的使命，而应该是无数代青年的使命。

诚然，在中国历史上，没有一个人能像鲁迅这样抡着一把“立人”的斧头痛快淋漓地将中国传统文化砍得如此体无完肤、狼狈不堪、惨不忍睹的，也难怪毛泽东要连用七个最字来褒奖鲁迅，鲁迅确实说出了别人说不出或不敢说的话，如此叛逆且深刻，千百年来，唯鲁迅一人而已，他自己也承认：

又因为从旧垒中来，情形看得较为分明，反戈一击，易制强敌的死命。③

又说：

我的取材，多采自病态社会的不幸的人们中，意思是在揭出病苦，引起

① 鲁迅．鲁迅全集（第一卷）〔M〕．北京：人民文学出版社，2005：225.

② 鲁迅．鲁迅全集（第一卷）〔M〕．北京：人民文学出版社，2005：229.

③ 鲁迅．鲁迅全集（第一卷）〔M〕．北京：人民文学出版社，2005：302.

疗救的注意。[①]

可见鲁迅是善于“破”的，善于给社会、民众“看病”，但却拙于“治病”，这也确是鲁迅的心里话，面对自己大刀阔斧砍伐后的中国文化的废墟和中国人精神的废墟，鲁迅确实很茫然，不知道怎么在这满目疮痍的废墟上去“立”一个崭新的民族文化与个体精神，虽然他的“立人”也有独立性、创造性、反抗性的标准，但这标准又太模糊、宽泛了，而近于无了，根本无济于事。

对自己过于负面的心理，鲁迅自己也很烦恼、无奈：

我自己总觉得我的灵魂里有毒气和鬼，我极憎恶他，想除去他，而不能。我虽然竭力遮蔽着，总还恐怕传染给别人，我之所以对于和我往来较多的人有时不免觉得悲哀者，以此。[②]

这里的“毒气和鬼”就是指鲁迅碰到一切事物时潜意识地总喜欢从负面去分析的习惯，这确实也是鲁迅性格心理的重要特征，就是极端的灰色悲观心理，凡事总往坏处想，而较少或不愿注意事物好的一面。所以鲁迅对中国传统文化的大力讨伐除了时代使然，也带有性格的因素，而难免偏激了。比如鲁迅对儒家思想的精髓——中庸的批判就是这样的，虽然鲁迅否定的是中庸的庸俗化变体——折衷主义，但从他批判“三教合流”看来，他确实是过于偏激而不能接受和理解儒家的中庸思想的。前面已分析过，儒道释三家的思想境界高下不同，各有侧重，无论是社会还是个人，各取所需，或并行不悖，或三教合一，这是中国历史上反复证明了的，比如苏轼就是一个典型的三教合一的代表，但鲁迅坚决反对这这种“无特操”的文化现象：

唐有三教辩论，后来变成大家打诨；所谓名儒，做几篇伽蓝碑文也不算什么大事。宋儒道貌岸然，而窃取禅师的语录。清呢，去今不远，我们还可以知道儒者的相信《太上感应篇》和《文昌帝阴骘文》，并且会请和尚到家里来拜忏。[③]

为什么儒者就不能去学道信佛呢？为什么儒道释就一定要斗个你死我活而不能和而不同呢？因为鲁迅天生偏激的性格，所以他对儒家的中庸也是最厌恶和

① 鲁迅．鲁迅全集（第四卷）〔M〕．北京：人民文学出版社，2005：526.
② 鲁迅．鲁迅全集（第十一卷）〔M〕．北京：人民文学出版社，2005：453.
③ 鲁迅．鲁迅全集（第五卷）〔M〕．北京：人民文学出版社，2005：328.

痛恨的，这应该是可以理解的。

任何文化都有精髓与糟粕的一面，延续了几千年的中国传统文化固然有着种种缺陷，但也不至于像鲁迅所批的那样夸张，似乎一无是处。比如封建礼教的庸常化固然有“吃人”的一面，但儒家倡导的仁义礼智信的做人准则对中华民族生存和发展的意义恐怕也是无与伦比的，而且一直占据社会主流思想地位的应该是传统文化的精髓而不是糟粕，否则中华文明早就应该中断了，这一点也是鲁迅没有也不想看到的。再比如，在中国漫长的封建社会中，人的个性确实受到了一定的压制，但换来的是家庭、社会的和睦，这是中国人中庸思想的体现，因为这样总比一味放任个性而导致天下大乱好，而鲁迅却把这样的社会看作是做稳了奴隶甚至是想做奴隶而不得的时代，显然又太偏激了。人的个性的自觉与解放有一个从低到高的历史发展过程，就像一个人小时候的幼稚，本没有什么好责备的，这是一个人长大成熟必须经历的过程，所以鲁迅由于缺乏历史的、辩证的眼光，加之偏激的性格，就放大了过去中国社会的不足。鲁迅的发现咋看起来确实吓人一跳，可放眼世界历史，有哪个国家民族不是如此呢，而中国应还算幸运一些的，因为毕竟有儒道释文化的共同指引。还有鲁迅对国民劣根性的批判，确实一针见血，入木三分，其中有些像圆滑、敷衍等也许是中国人特有的，但更多的是人类普遍的劣根性如自私、冷漠等，而所有的这些毛病都是人类在一定的社会历史发展阶段中所不可避免的，在鲁迅发现之前就已存在，在鲁迅发现之后还将继续存在，要真正根除这些毛病同样是一个漫长的历史过程，而不是哪个思想家一揭露就会消失的，但也正是从这个意义上彰显了鲁迅及其文字不朽的价值，因为在相当长的一段历史时期内鲁迅的文章都将作为人性的一面镜子，促人反省，催人奋进。

鲁迅是中国几千年来文化的一个最大的异数，个人偏激的性格，加之独特的生活经历和对西方文化的抉择，更重要的是“风雨如磐”的中国黑暗现实造就了他的极端，非极端不足以反抗，非极端不足以批判，非极端不足以让人们警醒，所以从对中国传统文化糟粕的“破”的意义上来说，鲁迅的功绩是举世无双的，毛泽东也正是从这个角度把鲁迅尊为“现代圣人”的。

鲁迅一生广闻博览，但他真正吸收的还是最契合自己性格的尼采的“超人”哲学。鲁迅是一个脚踩大地、执著现实的“精神界之战士”，一个最坚决、彻底的现实主义者、唯物主义者，一个摒弃了一切关于绝对、完美、永恒的乌托邦的神话与幻觉世界的“中间物”。鲁迅在《野草·影的告别》中写道：

有我所不乐意的在天堂，我不愿去；有我所不乐意的在地狱，我不愿去；有我所不乐意的在你们将来的黄金世界里，我不愿去。①

鲁迅是不屑诗人、哲学家或宗教徒眼中的过去或将来的如何美好的，他认为其它的一切都是虚妄，只有眼前的现实是真实的，他说：

现在的地上，应该是执着现在，执着地上的人们居住的。②

所以他只愿立足今天的现实，自觉地甘做“进化链子”上的“中间物”，“肩起黑暗的闸门，放青年到光明中去”，而“横眉冷对千夫指，俯首甘为孺子牛”。

在中国历史上，像鲁迅这样执著与偏激的人是罕见的，但恰恰是这样极端的性格成就了鲁迅的伟大与深刻，同时鲁迅的灵魂也必然替中国人承担了太多的超乎我们想象的矛盾、苦闷、挣扎、绝望，“寄意寒星荃不察”，鲁迅到后期其精神的偏激的“铁屋子”才透进了一丝亮光。对鲁迅的态度，郁达夫曾沉重而睿智地提醒过国人：

没有伟大人物的民族，是世界上最可怜的生物之群；有了伟大人物而不知拥有爱戴崇仰的国家，是没有希望的奴隶之邦。③

鲁迅曾希望他的文字“速朽”，在中国人的心中，鲁迅及其文字应是不朽的。

中国是崇尚中庸的国度，中华文明最缺乏的就是像鲁迅这样的“精神界之战士”来清理门户、更新血液，因为偏激，所以深刻，这应该是鲁迅的根本价值所在，中国人没有理由不珍惜。

---

① 鲁迅.鲁迅全集（第二卷）〔M〕.北京：人民文学出版社，2005：129.

② 鲁迅.鲁迅全集（第三卷）〔M〕.北京：人民文学出版社，2005：52.

③ 郁达夫.回忆鲁迅：郁达夫谈鲁迅全编〔M〕.上海：上海文化出版社，2006：104.

第十一章 老舍小说的雅俗探索

老舍虽然与佛教、基督教等均有不解之缘，可是由于各种各样的原因，他对宗教的兴趣、探索总是浅尝辄止，而一次次与宗教的真谛擦肩而过。老舍不以思辨见长，不是思想家，可是他的充满文化意蕴的“京味儿”小说，却尤其耐人寻味；老舍没有成为佛教徒，也不是虔诚的基督教徒，却以但丁的《神曲》为标杆，大力提倡“灵的文学”。

第一节 老舍的“拿来主义”

尽管老舍在青少年时期曾经亲身受到过佛教的恩典，他本人也曾在佛事活动中多次帮过忙，且后来还专门看过一些佛教书籍，然而他却始终没有领悟到佛教的胜义，也没有真正走近佛教。

由于“宗月大师”的鼎力相助，少年老舍才得以上学，所以老舍从小便与佛教结下了因缘。老舍感激“宗月大师”：

> 没有他，我也许一辈子也不会入学读书。没有他，我也许永远想不起帮助别人有什么乐趣与意义。他是不是真的成了佛？我不知道。但是，我的确相信他的居心与言行是与佛相近似的。我在精神上物质上都受过他的好处，现在我的确愿意他真的成了佛，并且盼望他以佛心引领我向善，正像三十五年前，他拉着我入私塾那样！①

老舍亲近“宗月大师”，不是为了接纳精深圆融的佛理，而只是“盼望他以佛心引领我向善”，所以他不能真正理解“宗月大师”的举动：

> 他施舍粮米，我去帮忙调查及散放。在我的心里，我很明白：放粮放钱

① 老舍．宗月大师〔J〕．成都：《华西日报》，1940年1月23日．

不过只是延长贫民的受苦难的日期，而不足以阻拦住死亡。但是，看刘大叔那么热心，那么真诚，我就顾不得和他辩论，而只好也出点力了。即使我和他辩论，我也不会得胜，人情是往往能战败理智的。①

1924年老舍到达英国伦敦之后，与许地山交往较多，一度对佛教兴趣倍增，他后来回忆道：

前十多年的时候，我就很想知道一点佛教的学理。那时候我在英国，最容易见到的中国朋友是许地山……所以我请他替我开张佛学入门必读的经书的简单目录——华英文都可以。结果他给我介绍了八十多部的佛书。据说这是最简要不过，再也不能减少的了。这张目录单子到现在我还保存着，可是，我始终没有照这计划去做过。②

显然，老舍始终没能迈进佛教的门槛。

据史料记载，1923年老舍在北京缸瓦市教堂伦敦教会接受洗礼，成为一名正式的基督教徒。1924年在《中华基督教会年鉴》第7期发表论文《北京缸瓦市伦敦会改建中华教会经过经略》，提出西方基督组织不适合中国情形，认为教会应自立、自治、自养。同年夏，经在燕京大学的艾温士牧师推荐，赴伦敦大学东方神学院任华语讲师。1930年回国后任教于教会学校齐鲁大学，曾在北京神学院和青年会作过讲演。抗战期间，在重庆作过《〈圣经〉与文学》的演讲。

但是，老舍绝不是西方意义上的虔诚的基督教徒，老舍夫人胡絜青曾回忆道：

老舍可是从来没有作过礼拜，吃饭也不祷告……老舍只是崇尚基督与人为善和救世的精神，并不拘于形迹。③

可见，老舍对待佛教和基督教的态度是一致的，即"拿来主义"。为什么老舍只汲取了佛教的向善和基督教的博爱、救世等品质呢？这跟老舍身上带有的满人古典伦理色彩有关。老舍研究专家关纪新在《满族伦理观念赋予老舍作品的精神烙印》一文中认为："自古以来，满族的传统理念崇尚淳朴、忠义、豪爽、正派的品性……满族传统理念格外看重人生在世的自尊度，无论处于盛世还是处于乱世都应有道德自律。满人通过自觉的德行养成来表达对一己名誉的看护，也以

① 老舍．宗月大师〔J〕．成都：《华西日报》，1940年1月23日．

② 老舍．灵的文学与佛教[A]．老舍文集[C]．第15卷．北京：人民文学出版社，1990.

③ 高玉琨，崔恩卿．走近老舍[C]．北京：京华出版社，2002．49

个人操守来支撑对民族声誉的守望。”作为八旗后代的老舍，对异样文化的取舍，自然以自己注重的道德信念为标准。也就是说，老舍是以道德的眼光来评判宗教的，他欣赏佛教、基督教，只是因为二教的劝人为善与救世的宗旨与他的道德理念相吻合而已。因此可以说，老舍对宗教其实还是很隔膜的，老舍一生的思想和文学创作都停留在道德层面，而没有上升到宗教层面，虽然他提倡“灵的文学”，虽然他作品中有不少宗教元素，虽然宗教和道德有着千丝万缕的联系。

第二节 老舍的文学理想：“《神曲》情结”与“灵的文学”

但丁的《神曲》透露了新时代的曙光——人文主义，但这改变不了作品从框架到主旨的浓烈的基督教色彩。初登文坛的老舍，对宗教虽抱有好感而总有隔膜，但读到但丁的《神曲》，却一见如故，且由此形成了对老舍一生文学创作影响至深的“《神曲》情结”。

老舍在发表于 1945 年 7 月的《写与读》一文中回顾了自己 20 多年来的写作与阅读经历，特别提到了自己初次读到《神曲》的情景和《神曲》对自己的影响:“使我受益最大的是但丁的《神曲》。我把所能找到的几种英译本，韵文的散文的，都读了一过儿，并且搜集了许多关于但丁的论著，有一个不短的时期，我成了但丁迷。读了《神曲》，我明白了何谓伟大的文艺。”老舍在 1937 年 7 月 9 日发表的《保卫武汉与文艺学习》一文中感慨：“终生写成的《神曲》与《浮士德》是不能在这儿期望的。我们只有随时的心灵火花的爆发，还没有功夫去堆起柴来，从容的燃起冲天的峰火。”1956 年召开的全国青年文学创作者会议会上，老舍在题为《青年作家应有的修养》的讲话中又提到《神曲》：“我们若是一开始就想写出一部《神曲》或《战争与和平》，一定会使自己失望。《神曲》差不多写了一辈子！”

老舍对《神曲》的妙处心领神会：

论时间，它讲的是永生。论空间，它上了天堂，入了地狱。论人物，它从上帝、圣者、魔王、贤人、英雄一直讲到当时的“军民人等”。它的哲理是一贯的，而它的景物则包罗万象。它的每一景物都是那么生动逼真，使我明白何谓文艺的方法是从图象到图象。天才与努力的极峰便是这部《神曲》，它使我明白了肉体与灵魂的关系，也使我明白了文艺的真正深度。①

老舍读《神曲》很受启发，对《神曲》的接受是全方位的，比如“俗语”的运用，文艺的方法——“从图像到图像”，等等。其中，老舍最大的收获则是“灵的文学”。

1940 年 9 月 4 日，老舍应重庆缙云寺佛教友人之约前去参观汉藏教理院，并作了题为《灵的文学与佛教》的演讲，集中表达了对“灵的文学”的看法：“在古代的文学里，只谈到人世间的事情，舍了人世间以外，是不谈其他的，这所写的范围非常狭小。到了但丁以后，文人眼光放开了不但谈人世间事，而且谈到人世间以外的‘灵魂’，上说天堂，下说地狱，写作的范围扩大了。这一点，对欧洲文化，实在是个最大的贡献，因为说到‘灵魂’自然使人知所恐惧，知所希求。从中世纪一直到今日，西洋文学却离不开灵的生活，这灵的文学就成了欧洲文艺强有力的传统。”这里有必要厘清老舍心目中对“灵的文学”的理解。在西方本来意义上，“灵的文学”是指基督教意味的文学，是信仰的文学，可是老舍却是从他的伦理道德立场来把握的。他所谓的“灵的文学”就是“灵魂的文学”，抑或“道德的文学”，像《神曲》写了人的灵魂，写了天堂、地狱，写了善恶美丑，所以就是“灵的文学”。显然老舍理解的“灵的文学”与西方原意相去甚远，已没有任何宗教信仰色彩。

由是老舍才这样理解中国的文学：“反观中国的文学，专谈人与人的关系，没有一部和《神曲》类似的作品，纵或有一二部涉及灵的生活，但也不深刻。我不晓得，中国的作家为什么忽略了这个，怎样不把灵的生活表现出来？”又说：“谈到中国灵的生活，灵的文学，道教固然够不上——因为他是根据老庄哲学，再渗点佛教等色彩而成的宗教，就是儒家也没有什么，唯有佛才能够得上讲这个；佛陀告诉我们，人不只是这个‘肉体’的东西，除了‘肉体’还有‘灵魂’的存在，既有光明的可求，也有黑暗的可怕。”老舍对中国传统文化的理解基本是正确的，但由于对宗教的隔膜，对道释二家的超越性的认识显然很不到位。中国文学中是一向缺少“灵的文学”，可是像《红楼梦》这样的伟大的真正的“灵

① 老舍。写与读〔A〕. 老舍文集〔C〕. 第 15 卷 . 北京：人民文学出版社，1990 年，541 一 548.

的文学”的作品，却没有引起老舍足够的重视，可见老舍欣赏、追求的“灵的文学”，不是宗教的、超越的，而是停留在理性的、道德伦理的层面。

因而在这次演讲的最后，针对国内社会黑暗现状，老舍呼吁：“中国现在需要一个象但丁这样的人出来，从灵的文学着手，将良心之门打开，使人人都过着灵的生活，使大家都拿出良心来，但并不一定就是迷信。”老舍虽然某种程度上曲解了西方意义上的“灵的文学”，可是他自己却立意要做中国的“但丁”，《离婚》《骆驼祥子》《四世同堂》《茶馆》等“京味儿”力作，原汁原味地袒露、剖析中国人的灵魂。

第三节 中国式《神曲》的精心之作：《四世同堂》

1936年夏天，在妻子胡絜青的支持下，老舍辞去了“山大”的教职，背水一战，专心写成了“一本最使自己满意的作品”——《骆驼祥子》。老舍之所以对这部小说如此自信，是因为作者对造成小说主人公祥子灵魂演变轨迹的社会环境因素了如指掌，从自重自信到自甘堕落，小说不仅触及了人力车夫祥子灵魂的深处，更是对满族及中国传统文化的审视与反省，而达到了老舍心目中的“灵的文学”的高度。《骆驼祥子》可看作是老舍立意创作中国式《神曲》的一个重要的里程碑，并因之奠定了老舍在中国现代文学史上的重要地位。

正当老舍潜心写作，再攀艺术高峰时，中日战争全面爆发，老舍的“灵的文学”的创作也被迫中断了，直到1943年11月胡絜青带着3个孩子，历经艰辛，从北平辗转来到了重庆北碚老舍的住处，情况才有了转机。在这之前，身为中华全国文艺界抗敌协会理事兼总务部主任的老舍，全身心投入抗日宣传工作，写过鼓词、坠子、相声、拉洋片等大众通俗文艺作品，并写过9本话剧，但都找不到感觉，后来再写小说，《不成问题的问题》《火葬》两篇反映沦陷区抗战题材的作品也写得极不顺手。胡絜青来到重庆后，给老舍带来了他渴望知道的抗战以来关于故土北平的大量翔实而鲜活的讯息，有一天老舍激动地对胡絜青说：

谢谢你，你这次九死一生地从北平来，给我带来了一部长篇小说，我从未写过的大部头。[①]

这部大部头小说，就是近百万字的三部曲《四世同堂》。

老舍曾说过：

我生在北平，那里的人、事、风景、味道，和卖酸梅汤、杏儿茶的吆喝的声音，我全熟悉。一闭眼我的北平就完整的像一张彩色鲜明的图画浮立在我的心中。我敢放胆的描画它。它是条清溪，我每一探手，就摸上条活泼泼的鱼儿来。[②]

由此可以理解老舍为什么仅凭妻子的述说，就胆敢写《四世同堂》了。"江山不幸诗家幸"，身在异乡的老舍无时无刻不在关注着沦陷区的北平，他深知抗日战争对老北平人乃至全中国人来说无疑就是一场灵魂的炼狱，一些平时不为人注意的中华民族的优异品质和国民劣根性在这场浩劫中都将一览无余。老舍思考、关注的不仅仅是故土亲朋、熟人的命运，也不仅仅是老北平的盛衰，更重要的是老中国文化经过战火的洗礼能否涅槃新生。胡絜青带来的烽火北平的讯息，验证了老舍的思考，激活了老舍对故土旧人、旧事的记忆，再次激起老舍创作《神曲》式"灵的文学"作品的希望和雄心。

《四世同堂》分上、中、下三部，上卷取名《惶惑》，写于1944年，共34万字；中卷取名《偷生》，写于1945年，共33万字；两卷均写于重庆北碚。下卷取名《饥荒》，写于1947年至1948年，共14万字，在美国纽约完成。这部巨著在主题、结构乃至人物设置方面都深受《神曲》的影响，全景描绘，气度恢弘，意蕴深远。作品以抗战时期北平一个普通的小羊圈胡同作为故事展开的具体环境，以祁家四世同堂的生活为主线，通过几个家庭众多小人物屈辱、悲惨的经历，反映北平市民在八年抗战中惶惑、偷生、苟安的畸形心态，再现他们缓慢、痛苦而又艰难的觉醒历程，进而对中国传统文化中的家族文化所造成的国民劣根性进行了批判性的反思。四世同堂既是传统中国人崇尚的家族理想，也是祁老人惟一可以向他人夸耀的资本，他尽一切可能去保持这个家庭的圆满，享受别人所没有的天伦之乐，然而当儿子因受日本人的侮辱而含恨自杀，孙女被饥饿夺去幼小的生命，他也忍无可忍，终于站起来向日本人发出愤怒的呐喊，可是抗战硝烟刚散去，他就很快

① 老舍．我怎样写《火葬》[J]．收获，1979，(2)．

② 中国当代文学研究资料·老舍研究专集（上），109．

忘掉了自己所遭遇过的苦难，对他的重孙小顺子说："只要咱俩能活下去，打仗不打仗的，有什么要紧！即使我死了，你也得活到我这把年纪，当你那个四世同堂的老宗。"

建国后，老舍依然有写作"灵的文学"的努力，如《茶馆》及未完成的《正红旗下》，特别是《正红旗下》，如果不是意外的"老舍之死"，当是一部《神曲》式"灵的文学"的杰作，也应当是老舍一生创作的总结和最高峰，这已成为中国现代文学史上永远的遗憾了。老舍的语言天赋为他开启了文学的大门，老舍与宗教的若即若离，既成就了其文学的辉煌，也是造成"老舍之死"的一大内因。老舍的"灵的文学"的创作实践，虽达不到但丁的《神曲》的高度，但却开拓了现实主义文学罕见的深度，由此而成经典。

第十二章 张爱玲小说的雅俗传奇

身穿旗袍、面庞微扬而傲然挺立的张爱玲所演绎的“传奇”至今仍未落幕，去年姗姗来迟的《小团圆》又掀起了一波“张爱玲热”，且不说普通的“张迷”读者，一代代被张爱玲的才情所震撼、征服的同样才华横溢的作家、学者的名单就有一大串：周瘦鹃、柯灵、傅雷、胡兰成、夏志清、三毛、贾平凹、王安忆、舒婷、苏童、陈子善、温儒敏、王晓明，等等，不胜枚举，可见绵延难断的“张爱玲热”绝不是一时的起哄、冲动。有人把张爱玲与鲁迅相提并论，又有人称严歌苓为第二个张爱玲，当然也有人冷眼看“张爱玲热”，总地来说是褒多抑少。本文从雅俗的视角来阐释张爱玲小说的思想内涵与艺术特色，以进一步厘清张爱玲小说创作的成就与地位。

第一节 “红楼梦魇”与才女传奇

中国现代文学是在新旧文学的对立中起步、发展的，新文学当然是现代文学的主角，鸳鸯蝴蝶派之流的旧文学只有苟延残喘的份儿，而几乎长期被中国现代文学史所忽视，新旧文学的阵营当然是泾渭分明的，可一炮走红的张爱玲却让人一头雾水，乍一看还以为是鸳鸯蝴蝶派小说，可细看又让人耳目一新，但又肯定这些别样的文字是断不能纳入新文学的，而不折不扣地成了中国现代文学的“异数”。对自己作品难以归类的尴尬，张爱玲早已心知肚明：

> 我的作品，旧派的人看了觉得还轻松，可是嫌它不够舒服。新派的人看了觉得还有些意思，可是嫌它不够严肃。但我只能做到这样，而且自信也并非折衷派。我只求自己能够写得真实些。（《自己的文章》）[①]

① 张爱玲．张爱玲作品集〔M〕．兰州：敦煌文艺出版社，1997：346.

如果必需把女作者特别分作一栏来评论的话，那么，把我同冰心、白薇她们来比较，我实在不能引以为荣，只有和苏青相提并论我是甘心情的。（《我看苏青》）①

显然，如果硬要归类，那么张爱玲还是自觉地远离严肃的新文学，而宁可与鸳鸯蝴蝶派为伍，虽然她很清醒地知道她的小说远不是鸳鸯蝴蝶派所能涵盖的。

《倾城之恋》里有这样的一段话：

香港的陷落成全了她。但是在这不可理喻的世界里，谁知道什么是因，什么是果？谁知道呢？也许就因为要成全她，一个大都市倾覆了。②

事实上，为了成全张爱玲的文学天赋，那“不可理喻的世界里”确实发生了不少不可思议的事情，正如柯灵所分析的那样：

我扳着指头算来算去，偌大的文坛，哪个阶段都安放不下一个张爱玲，……张爱玲的文学生涯、辉煌鼎盛的时期只有两年（1943—1945），是命中注定，千载一时，“过了这村，没有那店”。幸与不幸，难说得很。③

其实，应该说张爱玲太幸运了，可谓占尽了天时地利人和，时势造英雄，末日般的战乱、压抑的“孤岛”上海、几个难得的专家型的知音和一大批鸳鸯蝴蝶派长期培养的市民读者，这三者催生了张爱玲这朵“孤岛文学”的奇葩。江山不幸诗家幸，对战乱时期普通的上海市民而言，是生不逢时，但对一直做着与众不同的文学“天才梦”的张爱玲而言，却是千载难逢的机会，敏感的张爱玲确实抓住了那冥冥之中的转瞬即逝的机遇而一夜成名。虽只名噪一时，随着时势的巨变、外因的消隐，张爱玲手中这朵怒放的“文学之花”无可挽回地迅速枯萎了，但即使将张爱玲后来的种种文学努力都一笔勾销，就凭她走红上海时的巅峰之作《传奇》也已经足以使她跻身中国现代文学名家之列了。

成全文学张爱玲的种种外因固然离奇且代价惨重，但其成功的内因应该更为重要，那就是她的非同寻常的文学天赋。张爱玲出生于封建没落世家，虽童年就遭逢父母离异乃至继母虐待等不幸，但这样的家庭及人生经历就偌大的中国而言，实在还是太平常了，可是因为有了“张看”，硬是在极普通的人生底子上抒写了

---

① 张爱玲．张爱玲作品集〔M〕．兰州：敦煌文艺出版社，1997：522.

② 张爱玲．张爱玲作品集〔M〕．兰州：敦煌文艺出版社，1997：39.

③ 子通，亦清主编．张爱玲评说六十年〔M〕．北京：中国华侨出版社，2001：383.

令人难以置信的“传奇”。张爱玲的特别之处不在于她的家庭，她的经历，她的成长环境，而在于她那颗早熟而奇慧的心灵，那双与她的年龄极不相称的敏锐而深邃的眼睛，她三岁时能背诵唐诗，七岁就写了第一部小说，八岁看《红楼梦》，十四岁写《摩登红楼梦》，对于色彩、音符、字眼极为敏感……这一切都源于她的惊人的直觉与悟性，连她自己都惊异不已：

我是一个古怪的女孩，从小被目为天才，除了发展我的天才外别无生存的目标。……加上一点美国式的宣传，也许我会被誉为神童。(《天才梦》)①

于是年仅20岁的张爱玲就写下了如此惊世骇俗的苍凉之语：“生命是一袭华美的袍，爬满了蚤子。”更为关键的是，这样的连珠妙语皆从张爱玲的笔下自然流出，浑然天成，没有丝毫的做作或作秀之嫌，耐人寻味，更令人叹服而拍案惊奇。

张爱玲一生与《红楼梦》的不解之缘同样可谓是个传奇，从少年就开始表面模仿的习作《摩登红楼梦》，到青年时期惊艳上海的《红楼梦》式小说集《传奇》，再到中年十载考据的《红楼梦魇》，晚岁又有近十年的译注颇具《红楼梦》风格的《海上花》的豪举，张爱玲倾注在《红楼梦》上的心血怎一个“痴”字了得?

我唯一的资格是实在熟读《红楼梦》，不同的本子不用留神看，稍微眼生点的字自会蹦出来。（《红楼梦魇·自序》）②

像张爱玲这样如此熟读《红楼梦》的恐怕难找第二人。

《红楼梦》对张爱玲文学创作的影响之大恐怕怎么强调也不为过，她在《红楼梦魇·自序》中谈到自己读《红楼梦》和《金瓶梅》的一些感想时写道：

这两部书在我是一切的源泉，尤其《红楼梦》。③

很多读者也早已感受到张爱玲小说浓烈的《红楼梦》韵味，当年《紫罗兰》主编周瘦鹃先生在刊首语《写在＜紫罗兰＞前头》中就细致地描摹了他初读张爱玲小说《沉香屑》的感觉：

一壁读，一壁击节，觉得它的风格很像英国名作家Somerset Maughm的

① 张爱玲.张爱玲作品集〔M〕.兰州：敦煌文艺出版社，1997：396.

② 张爱玲.红楼梦魇〔M〕.北京：北京十月文艺出版社，2009：1.

③ 张爱玲.红楼梦魇〔M〕.北京：北京十月文艺出版社，2009：5.

作品，而又受一些《红楼梦》的影响，不管别人读了以为如何，而我却是“深喜之”了。[①]

夏志清在其《中国现代小说史》中也充分注意到了中国古典小说特别是《红楼梦》对张爱玲的重大影响，称赞张爱玲的《金锁记》“是中国自古以来最伟大的中篇小说”。

属于超级“《红楼梦》迷”的三毛在给贾平凹的信中这样深情地写道：

今生阅读三个人的作品，在二十次以上，一位是曹霑，一位是张爱玲，一位是您。深深感谢。[②]

而当代才子贾平凹的《读张爱玲》则可谓惺惺相惜了：

她明显地有曹霑的才情，又有现今人的思考，就和曹氏有了距离，她没有曹氏的气势，浑淳也不及沈从文，但她的作品切入角度，行文的诡谲以及弥漫的一层神气，又是旁人无以类比。[③]

王安忆、苏童等当代作家也有类似的感受。

《红楼梦》是中国古代小说史上的空前绝后的突兀的高峰，对后世文学影响深远，同时也成为衡量一个作家文学天赋高低的一块终极的试金石。中国现代文学作家当中应该没有谁不曾读过《红楼梦》，可是能与《红楼梦》产生强烈的共鸣而真正读懂了的当首推张爱玲，但中国现代文学史上本来是不可能存在滋生《红楼梦》式《传奇》的土壤的，偏偏抗战时期全国绝无仅有的上海“孤岛”又提供了一丝可能，所以从文学史宏观层面来审视，张爱玲的成功实在是太偶然了，而成为中国现代文学史上的异数，然而从张爱玲个人来看又似乎是必然了。

总之，才女张爱玲的文学“传奇”首先决定于内因——其自身过人的文学天赋，然后才归功于外因——《红楼梦》等古典小说的滋润、她的特殊的家庭及其特殊的成长经历，当然浓缩了天时地利人和的上海“孤岛”这一外因同样是不可或缺的，甚至是至关重要的。

---

① 子通，亦清主编．张爱玲评说六十年〔M〕．北京：中国华侨出版社，2001：22.

② 贾平凹．贾平凹散文〔M〕．北京：人民文学出版社，2005：142.

③ 子通，亦清主编．张爱玲评说六十年〔M〕．北京：中国华侨出版社，2001：386.

第二节 “爬满了蚤子”——张爱玲小说的俗

在中国古代文学话语中，“传奇”一词可谓声名显赫，其内涵经历了从唐宋文言小说到明清戏曲的传奇式演变，刚刚惊艳“孤岛”文坛的张爱玲竟给自己的第一部小说集起名“传奇”，足见其不凡的信心、勇气和灵气，她特意在《传奇》初版本卷首这样解释道：“书名叫《传奇》，目的是在传奇里寻找普通人，在普通人里寻找传奇。”在中国传统文学话语中，“奇”与“正”相对，其实是俗的意思，可见张爱玲的《传奇》是难以与严肃文学挂上钩的。朱自清在《低级趣味》一文中认为：

从前论人物，论诗文，常用雅俗两个词来分别。……现在讲平等不大说什么雅俗了，却有了低级趣味这一个语。……“低级趣味”很像是日本名词，现在用在文艺批评上，似乎是指两类作品而言。一类是色情的作品，一类是玩笑的作品。①

这里朱自清所说的低级趣味，就不是指一般的“世俗”了，而是指“恶俗”或“鄙俗”了，这样的阐释其实已经违背了“雅俗”这一传统文学话语中“俗”的本意了。

相比而言，还是张爱玲对“俗”即低级趣味的理解比较到位：

低级趣味不得与色情趣味混作一谈，可是在广大的人群中，低级趣味的存在是不可否认的事实。……要低级趣味，非得从里面打出来。(《论写作》)②

这里张爱玲所肯定、喜爱的“低级趣味”就是指生老病死、喜怒哀乐、善恶美丑等世态人情，或者就如张爱玲所说的“人生安稳的一面”，她说：

我发现弄文学的人向来是注重人生飞扬的一面，而忽视人生安稳的一面。其实，后者正是前者的底子。（《自己的文章》）③

就是说，张爱玲觉得“人生安稳的一面”比“人生飞扬的一面”更重要，因

① 朱自清著；于润琦编选．朱自清〔M〕．北京：华夏出版社，1997：169.

② 张爱玲．张爱玲作品集〔M〕．兰州：敦煌文艺出版社，1997：451.

③ 张爱玲．张爱玲作品集〔M〕．兰州：敦煌文艺出版社，1997：343.

为前者是后者的底子，前者存在于一切时代，可以说是永恒的，而后者往往属于特定的时代，因而是暂时的。对于自己小说中尽是些微不足道的小事情、小人物而没有革命、英雄，她这样解释道：

我知道我的作品里缺少力，但既然是个写小说的，就只能尽量表现小说里人物的力，不能代替他们创造出力来。而且我相信，他们虽然不过是软弱的凡人，不及英雄的有力，但正是这些凡人比英雄更能代表这时代的总量。（《自己的文章》）[①]

张爱玲不是文学理论家，她从自己的人生及创作实践中悟出的文学真谛，世人一时可能会难以接受，但她的作品已经证明了她的文学理念的深刻。

张爱玲的创作一反“五四”新文学从“文学革命”到“革命文学”的宏大叙事的路子，而倾心于自己一地鸡毛式的日常性抒写，她的作品中绝少反映轰轰烈烈、惊天动地的阶级斗争、革命战争的时代风云（《秧歌》《赤地之恋》《色·戒》除外），她身处乱世，她描写的是乱世中的普通人，可是在她的作品中连乱世的背景都模糊甚至消失了，只剩下“沉重累赘的一日三餐”，无非是些平凡琐屑的庸人俗事，这些陈谷子烂芝麻换了任何人都因熟视无睹而不屑一顾，可张爱玲却津津乐道且乐此不疲。

遗老遗少和小资产阶级，全部为男女问题这噩梦所苦，噩猛中是淫雨连绵的秋天，潮腻腻，灰暗，肮脏，窒息与腐烂的气味，象是病人临终时的房间烦恼，焦急，挣扎，全无结果。噩梦没有边际，也就无从逃脱。零星的折磨，生死的苦难，在此只是无名的浪费。青春，幻想，热情，希望，都没有生存的地方。[②]

傅雷《论张爱玲的小说》中的这段文字应该是对张爱玲作品“庸俗”内容的最经典的概括了。

针对张爱玲作品题材单一的问题，傅雷曾建议道：

假如作者的视线改换一下角度的话，也许会摆脱那种淡漠的贫血的感伤情调；或者痛快成为一个彻底的悲观主义者，把人生剥出一个血淋淋的面目来。[③]

① 张爱玲．张爱玲作品集〔M〕．兰州：敦煌文艺出版社，1997：44.

② 子通，亦清主编．张爱玲评说六十年〔M〕．北京：中国华侨出版社，2001：65.

③ 子通，亦清主编．张爱玲评说六十年〔M〕．北京：中国华侨出版社，2001：69.

特立独行的张爱玲对此并没有苟同，而是始终坚持自己的文学理念，她认为小说有两种写法，一种是强烈对照的写法，如大红大绿的配色，就是那种“采取善与恶、灵与肉的斩钉截铁的冲突那种古典的写法”，为悲剧和新文学所常用；另一种是参差对照的写法，就像葱绿配桃红，就是那种好中有坏、美中有丑、善中有恶的写法，她说：

我喜欢参差的对照的写法，因为它是较近事实的。……因之柳原与流苏的结局，虽然多少是健康的，仍旧是庸俗；就事论事，他们也只能如此。……所以我的小说里，除了《金锁记》里的曹七巧，全是些不彻底的人物。他们不是英雄，他们可是这时代的广大的负荷者。（《自己的文章》）[①]

张爱玲的创作理念来源于她的实践与悟性，而对自己的创作风格和“自己的文章”均充满了自信：

只是我不把虚伪与真实写成强烈的对照，却是用参差的对照的手法写出现代人的虚伪之中有真实，浮华之中有素朴，因此容易被人看做我是有所耽溺，流连忘返了。（《自己的文章》）[②]

时间已经证明，张爱玲的选择是独具慧眼的，她的坚持是正确的，中国现代文学史上那么多运用强烈对照写法的作品虽风光一时，可都渐渐趋于沉寂、消亡，反而张爱玲的那一炉炉平淡的“香”却穿越时空，越发沁人心扉，彰显“传奇”。

张爱玲的成名作《沉香屑·第一炉香》就是在当年周瘦鹃主持的鸳鸯蝴蝶派杂志《紫罗兰》上发表的，随后便在《紫罗兰》《万象》《杂志》等通俗文学刊物上轮番上演她的文学“传奇”，凭着与鸳鸯蝴蝶派小说的貌合神离而一举成名，所以也可以说是鸳鸯蝴蝶派杂志成全了张爱玲，当然张爱玲同时也提高了鸳鸯蝴蝶派杂志的声望与经济效益，应该说是双赢。那么张爱玲小说究竟在什么地方超越了鸳鸯蝴蝶派呢？那就是鸳鸯蝴蝶派小说所难以企及的作品主题的雅。

---

① 张爱玲．张爱玲作品集〔M〕．兰州：敦煌文艺出版社，1997：344.

② 张爱玲．张爱玲作品集〔M〕．兰州：敦煌文艺出版社，1997：346.

第三节 “一个美丽而苍凉的手势”——张爱玲小说的雅

张爱玲的《金锁记》被傅雷评为“我们文坛最美的收获之一”，更被夏志清称赞为“中国自古以来最伟大的中篇小说”，文坛内外对张爱玲的评价是逐步升级，给出的理由也林林总总，我觉得还是王晓明对张爱玲的一段分析尤为精辟：

与其他的“出土文物”相比，张爱玲似乎是与那一套主流文学想象距离最远的一个。……她非但对人生怀有深深的绝望，而且一开始她就摆出了一个背向历史的姿态。她写人性，却绝少滑入揭发“国民性”的轨道；她也有讽刺，但那每每与社会批判无关；她似乎是写实的，你不会想到说她是现实主义作家；她有时候甚至会令你记起“控诉”这个词，但她这控诉的指向是那样模糊，你根本就无法将它坐实。①

显然这些细致而准确的描述都指向张爱玲作品的主题，正是因为张爱玲作品深刻的内涵才使她得以进入一流作家的行列。

《红楼梦》的伟大首先在于其主题的丰富性、深刻性，也就是其主题真正的雅俗共赏性，对此本人已有专文论述。《红楼梦》不仅仅是反封建，也不仅仅是歌颂凄美的爱情，建立在政治历史的、审美的层面之上的哲学或宗教文化内涵的揭示，才是作品终极的主题、最高的雅。刘再复对《红楼梦》的终极主题尤为肯定：

《红楼梦》让人琢磨不尽，绝非是世俗眼睛和世俗政治评论所能说明的，原因就在于它本身是一个无始无终、无边无沿、无真无假、无善无恶的多维世界。可惜，二十世纪的中国文学，没有一个作家或一部大作品，具有曹雪芹的想像空间，在整体维度上失落了《红楼梦》的优点。即使是那些着意承继《红楼梦》传统的作家，也只是承继它的现实维度和它的伤感情结，而没有承继它的形而上品格与深广内涵。(《中国现代文学的整体维度及其局限》)②

那么张爱玲有没有多少继承些《红楼梦》的“形而上品格与深广内涵”呢?

---

① 王晓明．张爱玲文学模式的意义及其影响 [J]. 明报月刊，1995（10）：17.

② 刘再复．中国现代文学的整体维度及其局限．再复迷网站：http://www.zaifu.org/z_views.asp?n_id=823&b_id=26

答案应该是肯定的。张爱玲像大多数中国人一样谈不上有宗教信仰，但她20出头写的《中国人的宗教》一文却着实让人大吃一惊，她一开始的关于中国人的宗教与文学主题关系的概括就相当传神：

表面上中国人是没有宗教可言的。中国智识阶级这许多年来一直是无神论者。佛教对于中国哲学的影响又是一个问题，可是佛教在普遍人的教育上似乎留下很少的痕迹。就因为对一切都怀疑，中国文学里弥漫着大的悲哀。……细节往往是和美畅快，引人入胜的，而主题永远悲观。一切对于人生的笼统观察都指向虚无。[①]

张爱玲可谓一语道出了大多数中国人灵魂的真实镜像，这里所说的中国人感知的“虚无”“虚空”并不是佛教所说关于世界本质的“缘起性空”的“空”，而是什么都没有的“恶空”，所以大多数中国人都停留在世俗的物质生活层面，透过浮华的悲观、绝望在中国人的精神谱系里也属罕见，而难以上升到宗教的境界。

年轻的张爱玲向外国人介绍起中国人来似乎比她的偶像林语堂还要老道，虽属“粗浅”的“初级教科书”式的，但字里行间时时不经意间流露出的与作者年龄极不相称的睿智与深刻，让人在震惊之余，而对她耐人寻味的小说若有所悟，那就是其作品“美丽而苍凉”的主题与基调。张爱玲反复强调：

我喜欢悲壮，更喜欢苍凉。……悲壮是一种完成，而苍凉则是一种启示。(《自己的文章》)[②]

张爱玲重视启示性，而使作品有了哲理的高度，她一生没有信仰，其作品当然不可能达到《红楼梦》式的宗教境界，但她用她的生命和作品共同演绎的“美丽而苍凉”的人生画卷，却又是明显的对世俗的超越，不动声色地与鸳鸯蝴蝶派拉开了距离，而向着《红楼梦》的境界靠拢。

张爱玲与鲁迅虽风格迥异，但也确有相似之处，比如对丑陋人性入木三分的刻画。与鲁迅的理性型、思索型作家不同，张爱玲对世态人情的把握主要是直觉式、感悟式的。张爱玲不是思想家、哲学家，她硬是凭着过人的文学禀赋，用她很随性的文字直达生命“美丽而苍凉”的底子，而凸显其与鲁迅作品不一样的深刻。傅雷应该是第一个联系鲁迅的作品来评价张爱玲的：

---

① 张爱玲．张爱玲作品集〔M〕．兰州：敦煌文艺出版社，1997：609.

② 张爱玲．张爱玲作品集〔M〕．兰州：敦煌文艺出版社，1997：580.

毫无疑问，《金锁记》是张女士截止目前的最完满之作，颇有《狂人日记》中某些故事的风味。[①]

傅雷只是点到为止，没有展开，而稍后的胡兰成在《论张爱玲》一文中则刻意地拿鲁迅来说事儿：

鲁迅是尖锐地面对着政治的，所以讽刺、谴责。张爱玲不这样，到了她手上，文学从政治走回人间，因而也成为更亲切的。……鲁迅的个人主义是凄厉的，而她的个人主义则是柔和的，明净的。[②]

胡兰成当时的评说虽有贬鲁崇张之嫌，但作为张爱玲的知音也确实把握到了张爱玲其人其文的脉搏。

鲁迅关注的是“国民性”，而张爱玲关注的是“人性”，二者的焦点似乎是一致的，但细究起来却又大相径庭。鲁迅主要是从政治的、社会的、历史的层面来考察“国民性”的，他认为近代中国落后的根本原因在于中国人的劣根性，而丑陋的“国民性”又源于千百年来封建礼教对正常人性的戕害，所以他愤激，他呼号，他要打破“铁屋子”，他要“立人”，凭借《狂人日记》《阿Q正传》等作品的宏大叙事来完成启蒙救国大业。张爱玲则轻轻地撩去了政治、社会、历史这些沉重的帷幕，“点上一炉沉香屑”，漫不经心、絮絮叨叨地讲述那些“美丽而苍凉”的市井故事，她认为人性中本来就有着自私、贪婪、虚荣等众多难以克服的弱点，而注定了人生的无奈与悲哀，所以张爱玲没有鲁迅的“哀其不幸，怒其不争”，而是“因为懂得，所以慈悲”，她说：

我写到的那些人，他们有什么不好我都能原谅，有时候还有喜爱，就因为他们存在，他们是真的。(《我看苏青》)[③]

鲁迅站在时代潮流的前列，虽也有过彷徨、绝望，但批判、呐喊、斗争一直是他生命的主旋律，张爱玲没有鲁迅的沉重，她始终站在潮流之外，固守着她那“美丽而苍凉”的世界，她也谴责、嘲讽，但更多的是理解与宽容，她也有悲观，但没有反抗绝望，而是出人意料地化美丽与虚无为苍凉。鲁迅的世界总是黑白分明，而张爱玲却将美与丑、真与假、善与恶混杂的人生归结为一个永恒的“美丽

① 子通，亦清主编．张爱玲评说六十年〔M〕．北京：中国华侨出版社，2001：62.

② 陈子善编．张爱玲的风气：1949年前张爱玲评说〔M〕．济南：山东画报出版社，2004：30-32.

③ 张爱玲．张爱玲作品集〔M〕．兰州：敦煌文艺出版社，1997：524.

而苍凉的手势”，淡淡地书写着她那关于人性的独特的文学“传奇”。有人说张爱玲是旧上海最后一个贵族，其实她的雅并不在于她的家庭、出身，而是源于她那颗“美丽而苍凉”的心灵。

傅雷20世纪40年代在《论张爱玲的小说》一文这样结尾道：

一位旅华十年的外侨和我闲谈时说起：“奇迹在中国不算希奇，可是都没有好收场。”但愿这两句话永远扯不到张爱玲女士身上！[①]

如今历史的尘埃已基本落定，张爱玲生前死后的文学命运虽几经起伏，但最终还是没有辜负傅雷的期望，她的文学“传奇”终究有了一个“小团圆”式的“好收场”，虽然她这一“美丽而苍凉”的“传奇”仍在延续。

① 子通，亦清主编．张爱玲评说六十年〔M〕．北京：中国华侨出版社，2001：70.

第十三章 苏童小说的诗性写作

在当代作家中，苏童小说的境界可谓是别具一格的，那就是诗性，其支撑着苏童小说的灵魂。苏童认为：

> 小说应该具备某种境界，或者是朴素空灵，或者是诡谲深奥，或者是人性意义上的，或者是哲学意义上的，它们无所谓高低，它们都支撑小说的灵魂。（苏童《苏童创作自述》）①

在诗性难觅、文学日益边缘化的今天，苏童诗性盎然的小说显然是文坛一道独特的风景线，凸显着苏童写作的意义。从诗性入手，来解读苏童的小说创作，也许能真正走进苏童迷人的小说世界。

第一节 诗性与雅俗

何为诗性？这似乎是一个不言而喻的问题。老子曰：“道可道，非常道；名可名，非常名。”诗性与道家的“道”有着相似的不可言说的一面，但中国人还是力图把握诗性的内涵。从“诗言志”“思无邪”对主体道德、人格的强调，到“诗缘情”对情感、个性的重视，这一转变其实并没有撼动中国儒家的“诗教”传统，因为“志”与“情”是融为一体的，“志”为本，有了“无邪”的“志”，必会产生高雅的“情”，而“志”与“情”共同谱写了诗性的精神本质。

“人之初，性本善”，诗的本质其实就是人原初的精神内涵——真善美，就是雅。从个体来说，人最初的赤子之心天真无暇，就像李贽“童心说”所强调的那样：“夫童心者，真心也。……夫童心者，绝假纯真，最初一念之本心，失却真心，便失却真人。”（李贽《焚书·童心说》）清代诗人张问陶也有类似的吟咏：

① 汪政，何平编．苏童研究资料〔M〕．天津：天津人民出版社，2007：17.

“要从原始传丹诀，万化无非一味真”（《题屠琴坞论诗图》）“尘缘逐处丧天真”（《己未岁末述怀》）。就是说，随着个体的长大与社会化，童心会渐渐丧失殆尽而俗不可耐，故而才有青少年大多都是天生诗人的现象，因为青少年大多童心尚未灭尽，但很快就会诗心不再，极少数童心能长期保存的，如果有，那么就是我们当今社会所极罕见的另类——诗人了。从社会来说，无论是中国还是西方，在人类童年时期，都有着共同的精神特征——诗性智慧，而随着科技、理性的发展，人类背“道”而驰，逐步走向异化，而难以返璞归真了。这种情况在西方表现得尤为突出，特别是近代以来，资产阶级的科技文明在带来了巨大的物质财富的同时，也吹散了人生的诗意，普遍造成了人们心灵的枯竭、人格的异化、人性的丧失等各种精神的危机。在法国，卢梭大声疾呼，主张返归自然，重建那种被现代人所抛弃了的朴素的、与自然和谐相处的古老生活方式。在德国，浪漫派早就提出了对世界进行“诗化”的口号，狄尔泰标举体验美学，他建立的精神科学理论试图为我们解开人类生命价值之谜，他曾断言：“诗向我们揭示了人生之谜”；尼采呼吁酒神精神，赋予人生世界一种审美的意义；海德格尔“诗意地栖居”对生命的本质进行了思考与展望，非理性主义、生命美学、浪漫主义思潮等等，无一不是以唤回人生的诗意为旨归，竭力想挽救被技术洪流所淹没了的人的内在灵性，拯救被理性思维所窒息了的朴素运思方式，纠正日益异化了的人生与世界。诗性精神是中国传统文化的内核，直到近代国门洞开、西风东渐以前，中国一直都是诗性盎然的国度，可是以物质与科技为主导的西方文明很快就吹散了萦绕在古老中国大地上几千年之久的诗意，曾经的诗性国度正日益物质化、庸俗化，国人已经堕落到了不知何为诗性的地步。

20 世纪 90 年代初，中国曾发生过一场持续近两年的关于人文精神的讨论，最终虽不了了之，可面对 10 多年后的中国社会现状，那场讨论的意义就愈加凸显。人文精神的内涵当然很丰富，生命的意义与价值、诗与审美、敬畏之心与崇高感，等等，一言以蔽之，就是诗性，就是精神，就是雅。黑格尔就认为个体的精神取向直接关系到一个民族的生死存亡，他有句名言：“一个民族有一些关注天空的人，他们才有希望；一个民族只是关心脚下的事情，那是没有未来的。”毛泽东在《纪念白求恩》一文中号召人们学习白求恩的毫无自私自利之心的精神，他有一段诗一般的议论：“一个人能力有大小，但只要有这点精神，就是一个高尚的人，一个纯粹的人，一个有道德的人，一个脱离了低级趣味的人，一个有益于人民的人。”后来他又语重心长地告诫全党：“人是要有点精神的。”毛泽东所强调的“精神”，其实就是诗性，就是人生的本质内容。温家宝总理于2007年9月4日在《人民日报》文艺副刊发表了一首题为《仰望星空》的小诗，意味深长。胡锦涛总书记又明确强调要抵制“三俗”（庸俗、低俗、媚俗）之风，一正一反，都是在劝导国人要“有点精神”，要弘扬生命的诗性本色，就雅去俗，提升人生的品味与境界。

有人惊呼“文学死了”“诗人死了”，其实人的诗性本质是不会改变的，世人只因贪求物欲，在无边的欲海里挣扎、沉浮而迷失了真心，所以诗人、文学家就成了社会的良知与灯塔，指引着世人迷途知返，回归本性，彰显生命的诗性本色。在当代文坛上，苏童就是这样的一位典型的诗性作家。

第二节 苏童的诗性小说观

苏童原名童中贵，现在的名字显然更“名”副其实，“名”如其人，富有灵气与诗意。生于苏州的苏童，血脉里自然因袭着古老江南积淀已久的诗性文化基因，离开江南悠久、肥沃的诗性土壤，当代作家苏童几乎就是不可思议的。

苏童非常重视作家自身的天赋与修养，重视自身灵魂的塑造与提升。苏童认为：

> 小说是灵魂的逆光，你把灵魂的一部分注入作品，从而使它有了你的血肉，也就有了艺术的高度。这牵扯到两个问题：其一，作家需要审视自己真实的灵魂状态，要首先塑造你自己；其二，真诚的力量无比巨大，……我想真诚应该是一种生存的态度，尤其对于作家来说。（苏童《苏童创作自述》）[①]

苏童对作家灵魂的“真实”与“真诚”的强调，已然透露出他浓郁的诗人气质，而他对鲁迅的解读也非常契合他的心灵特质：

> 鲁迅对我们而言，值得学习的是他的姿态和胸襟，他的伟大在于，他的

① 汪政，何平编．苏童研究资料〔M〕．天津：天津人民出版社，2007：18．

精神，他在教育我们为人为文的品格。在我的心目中，与创作的影响相比，他更是一座德行的高峰。(周新民 苏童《打开人性的皱褶——苏童访谈录》)[①]

长期的创作实践，使得苏童越发感受到作家自身灵魂的重要性，他的第一部长篇小说《米》还是相当成功的，可他后来却心怀愧疚地反省道：

我自己觉得小说中的某些细节段落尤其是性描写有哗众取宠之心。无论你灵魂的重量如何压住小说的天平，灵魂应该是纯洁的，当然这不仅仅是《米》给我的戒条。（苏童《自序七种》）[②]

就像鲁迅所说的那样，苏童的写作不仅时时刻刻在解剖别人，更多的是更无情面地解剖他自己的灵魂，这也使他更加坚信决定一个作家成功的关键是内因、是灵魂、是精神、是诗性，而不是外因：

文学资源应该分为外部资源和内部资源两类，大体上作家们所拥有的外部文学资源是一样的，……外部文学资源不是创作的关键，关键是那个内部资源，……唯一有意义的文学资源是这个神秘的内部资源……（苏童 汪政《苏童访谈》）[③]

苏童上大学时写过一阵诗，很难想象一个未曾写过诗的人会成为作家，因为一个真正的作家其实是用小说在表达着诗的主题，小说家本质上应该都是诗人，正如米兰·昆德拉在《不能承受的生命之轻》中所写的那样：

小说不是作者的忏悔，而是对于陷入尘世陷阱的人生的探索。[④]

小说应该是关于现实甚至存在的诗性之思，苏童对此有着执着的追求，他说：

我希望达到的境界含有许多层次，我希望自然、单纯、宁静、悠远，我又希望丰富、复杂、多变。它们有一点是共通的，那就是必须是纯粹的艺术的。（苏童《答自己问》）[⑤]

无论是“自然、单纯、宁静、悠远”的境界，还是“纯粹的艺术的”，其本质都是诗性的。面对着滚滚红尘的种种庸俗、丑陋的现实，作家所肩负的使命就尤其沉重而崇高，诗性苏童深感别无选择：

① 汪政，何平编．苏童研究资料〔M〕．天津：天津人民出版社，2007：215.

② 汪政，何平编．苏童研究资料〔M〕．天津：天津人民出版社，2007：42.

③ 汪政，何平编．苏童研究资料〔M〕．天津：天津人民出版社，2007：2.

④ 米兰·昆德拉著，许均译．生命不能承受之轻〔M〕．上海：上海译文出版社，2003：263.

⑤ 汪政，何平编．苏童研究资料〔M〕．天津：天津人民出版社，2007：34.

我们该为读者描绘一个什么样的世界，如何让这个世界的哲理与逻辑并重，忏悔与警醒并重，良知与天真并重，理想与道德并重，如何让这个世界融合每一天的阳光与月光。这是一件艰难的事，但却只能是我们唯一的选择。（苏童《打自己问》）①

2006年9月15日，苏童围绕自己刚完成的长篇小说《碧奴》，在复旦大学作了一场题为《神话是飞翔的现实》的演讲，他说：

说到“孟姜女哭长城”的故事，最大的把我征服的内容是，别看这是一个民间流传的神话传说，它里面有一个非常严肃、巨大的人生命题甚至可以说是哲学命题。……“孟姜女哭长城”故事一个奇特的东西是它还显示了世态人心，因为所有的神话背后都有世态人心支撑，民间传说更是。……孟姜女故事给我的启发，给我的一个角度，就是从世俗出发，一个普通的民间女子怎么成了一位神？她身上如何散发神性的光芒？（苏童《神话是飞翔的现实》）②

世俗与神性往往是对立的，苏童在这次“重述神话”的创作当中却有了新的思考：

神话也好现实也好也不对立，很多时候它们是互为补充、互为映照的。（苏童《神话是飞翔的现实》）③

其实，无论是英国公司在中国选择了苏童加入其“重述神话”计划，还是苏童选择了“孟姜女哭长城”来“交差”，其标准却是一样的，那就是诗性，苏童正是“重述神话”诗性写作的恰当人选，孟姜女也正是从人到神的诗性转变的典范。

苏童曾经明确表达过自己的世界观；

生命中充满了痛苦，快乐和幸福在生命中不是常量，而痛苦则是常量。我倾向于痛苦是人生的标签这种观点。至于对死亡的看法，死亡从某种意义上来说是一种摆脱，所以在我的小说中，死亡要么是兴高采烈的事，要么是非常突兀，带有喜剧性因素。死亡在我的小说里不是可怕的事。（苏童　王

① 汪政，何平编．苏童研究资料〔M〕．天津：天津人民出版社，2007：45.

② 汪政，何平编．苏童研究资料〔M〕．天津：天津人民出版社，2007：71-72.

③ 汪政，何平编．苏童研究资料〔M〕．天津：天津人民出版社，2007：74.

宏图《南方精神》)[①]

这段话似乎透露了苏童世界观的宗教倾向，可他又说：

我对宗教一直抱着敬而远之的态度，我的所有的创作包括小说中流露出的宿命情绪，与宗教是无关的。……实际上我不是从宗教或某种哲学理念去演绎我的小说进程，许多东西我自己要在写作完成后才能圆满地解释。……我的哲学观和宗教观都潜藏在我的小说的演进之中，它不是固定的。（苏童 王宏图《南方精神》)[②]

可见苏童小说有时散发的某些宗教意味虽是自发的、朦胧的，处于萌芽的阶段，但同时也显示了苏童创作不甘于表面化与平庸的努力，他说：

我的创作目标，就是无限利用“人”和人性的分量，无限夸张人和人性力量，打开人生和心灵世界的皱折，轻轻拂去皱折上的灰尘，看清人性自身的面目，来营造一个小说世界。（周新民 苏童《打开人性的皱折——苏童访谈录》）[③]

苏童高举着人性的大旗，凭着“虚构的热情”，挖掘出人性“皱折”深处的无尽的诗意来，从萦绕着童年记忆的“香椿树街”系列到洋溢着怀乡、还乡情结的“枫杨树村”系列，从“新历史”系列再到现实题材系列，无不张扬着同一个主题，那就是展示“人性自身的面目”——诗性。

第三节 苏童小说的诗性内涵

生活中的苏童安分守己，创作中的苏童却喜欢折腾。为了寻找“黑暗中的灯绳”，苏童不断挑战自我，突破自我，创作题材与风格虽几经转变，从“香椿树街”到“枫杨树村”，从童年的记忆到历史的想象，从现实到神话，从意象到白描，但作者的诗心未变，作品主题的诗性内涵未变。

苏童自小生活的“城北地带”，在小说中被处理成“香椿树街”，围绕着亦真亦幻的“香椿树街”，苏童尽情地回味着诗意盎然的童年生活。一个人有关童

① 汪政，何平编．苏童研究资料〔M〕．天津：天津人民出版社，2007：195.

② 同上．

③ 汪政，何平编．苏童研究资料〔M〕．天津：天津人民出版社，2007：203.

年经历的记忆虽然总是残缺不全的，但因为有着童年的特殊视角，一切便都有了文学的意味，正如苏童所概括的那样：

我从小生长在类似“香椿树街”的一条街道上，我知道少年血是黏稠而富有文学意味的，我知道少年血在混乱无序的年月里如何流淌，凡是流淌的事物必有它的轨迹。（苏童《自序七种》）①

《乘滑轮车远去》《刺青时代》《城北地带》《南方的堕落》等作品刻画了倔强的血性少年达生、漂亮乖巧的美琪、粗鲁暴躁的红旗等一个个鲜活的少年形象，回力球鞋、U形铁、滑轮车、工装裤、古巴刀……这些有着鲜明时代烙印的细节，演绎着时代少年的欢乐与哀伤、自由与冲动、憧憬与忧愁。童心难灭的苏童长期沉湎于自己早年的记忆，抹去了政治的、时代的风云，只剩下纯粹的人性风景：

一条狭窄的南方老街（后来我定名为香椿树街），一群处于青春发育期的南方少年，不安定的情感因素，突然降临于黑暗街头的血腥气味，一些在潮湿的空气中发芽溃烂的年轻生命，一些徘徊在青石板路上的扭曲的灵魂。（苏童《自序七种》）②

在这些色彩斑斓的怀旧叙事中，在那些看似平淡无奇的日常书写的背后，隐藏着作者那颗寻觅、探索人生真谛的心。当然，“香椿树街”系列作品同时也如实地描写了六七十年代普通人的日常生活，那些琐屑的、庸常的生活画面在苏童的笔下却有了某种美感，那也是生活给他的灵感与感动：

我从一盆被主人搁置在老虎窗前的枯萎的万年青上，看到了南方生活残存的一点诗意，就那么一点点诗意，已经让我莫名地感动。（苏童《关于现实，或者关于香椿树街》）③

生活给了苏童“一点点诗意”，苏童却给了我们无边的诗意。

苏童探寻的目光终于穿越了童年记忆的碎片，来到了“枫杨树村”，一次次操练着自己精神的怀乡与还乡，《飞跃我的风杨树故乡》《罂粟之家》《1934年的逃亡》《祭奠红马》《祖母的季节》《逃》《外乡人父子》《米》等作品共同营构了苏童扑朔迷离的精神故乡或文学故乡——“枫杨树村”。苏童的祖籍是

① 汪政，何平编．苏童研究资料〔M〕．天津：天津人民出版社，2007：37.

② 汪政，何平编．苏童研究资料〔M〕．天津：天津人民出版社，2007：37.

③ 汪政，何平编．苏童研究资料〔M〕．天津：天津人民出版社，2007：60.

扬中，父辈起才移居苏州谋身，扬中原来是长江中心的一座小小的孤岛，苏童只是在很小的时候去过一次，除了湿漉漉、雾蒙蒙的印象，其它没有任何关于祖辈故乡的记忆，苏童笔下的“枫杨树村”其实是苏童梦游、神往的虚拟故乡，是苏童生命血脉的“根”。苏童生长于苏州，但苏州显然还不能算是他的根，无“根”的困惑使得苏童只能靠想象与文字去寻觅、建造自己的“根”：

> 我写这个其实是“寻根”文学思潮比较热闹的时期，“寻根”文学思潮推动了我对自己的精神之根的探索。因此，“枫杨树”的写作其实是关于自己的“根”的一次次的探究，这探究不需要答案，因此散漫无序，正好适合小说来完成。通过虚构可以完成好多实地考察完成不了的任务。（周新民苏童《打开人性的皱折——苏童访谈录》）①

与其说苏童通过小说来缝合家族史的碎片，还不如说苏童借助想象、意象在完成人性史的拼图，欲望、冷酷、残暴、灾难、逃亡……种种颓败的气息笼罩着“枫杨树村”，先人们的种种愚昧、丑陋与不幸、痛苦在苏童的笔端尽情上演，政治、历史在作品中只是模糊的背景，纵横驰骋的主角是原汁原味的美丑一体、真假一如的人性。

> 当我想知道我们全是人类生育繁衍大链环上的某个环节时，我内心充满甜蜜的忧伤，我想探究我的血流之源，我曾经纠缠着母亲打听先人的故事。（苏童《1934年的逃亡》）

对苏童来说，先人们的一切细节，不管是好是坏，都有着不同寻常的意义，当苏童用好奇的、探究的眼光去想象、还原先人们的斑斑劣迹时，丝毫没有亵渎的意味，无论是《1934年的逃亡》中吸人精血的陈文治、薄情寡义的陈宝年，还是《罂粟之家》中满身梅毒大疮的刘老信、好色成瘾的陈茂，苏童的笔调始终是温情而浪漫的，一次次颇有收获的寻“根”之旅，使得“枫杨树村”系列成为苏童小说中最富诗性的作品。

真正让苏童声名鹊起的还是以《妻妾成群》为开端的“红粉”系列。“枫杨树村”系列的先锋姿态让苏童在小说形式上折腾了一番，但很快苏童就发现了先锋写作的危机，而毅然决然地选择了向传统的回归，《妻妾成群》就是一次华丽的转身，

① 汪政，何平编．苏童研究资料〔M〕．天津：天津人民出版社，2007：200.

讲故事，重白描，在散发着阴柔气息的古典小说的迷宫里穿梭，苏童如鱼得水，在人性的天空中自由翱翔。有人把苏童的“红粉”系列，包括《米》《我的帝王生涯》《武则天》等概括为“新历史”小说系列，其实历史在苏童的作品中一般只剩下模糊的背景，甚至是缺席的，苏童在意的是“人性”的故事，展现的是“人性”的空间，而不是历史，苏童把自己的这种创作方法叫作“老瓶装新酒”：

在写作时，我试图摆脱一种写作惯性，小心地把“人”的面貌从时代和社会标签的覆盖下剥离出来。我更多的是讲人的故事。……以前的小说文本通常是将人物潜藏在政治、历史、社会变革的线索的后面，表现人的处境。我努力地倒过来，将历史、政治的线索潜藏在人物的背后，拷问人物不一定要把他们倒吊着，可以微笑着伸着懒腰逼供。我想我自己认为的新酒就在这里。（周新民 苏童《打开人性的皱折——苏童访谈录》）①

这是苏童的聪明之处，也导致其作品屡屡被误读：

譬如《妻妾成群》，许多读者把它读成一个“旧时代女性故事”或者“一夫多妻的故事”，但假如仅仅是这样，我绝不会对这篇小说感到满意的。是不是把它理解成一个关于“痛苦和恐惧”的故事呢？假如可以作出这样的理解，那我对这篇小说就满意多了。（苏童《我为什么写＜妻妾成群＞》）②

作为一个男性作家，刻画女性形象自然有着种种障碍，可是苏童却显得驾轻就熟，颂莲、梅珊、小萼等一个个鲜活的妇女形象跃入读者的眼帘，显示出苏童惊人的创作天赋——虚构的力量与热情：

虚构不仅是幻想，更重要的是一种把握，一种超越理念束缚的把握……虚构不仅是一种写作技巧，它更多的是一种热情，这种热情导致你对于世界和人群产生无限的欲望。按自己的方式记录这个世界这些人群，从而使你的文字有别于历史学家记载的历史，有别于报纸上的社会新闻或小道消息，也有别于与你同时代的作家和作品。（苏童《虚构的热情》）③

苏童最根本的与众不同就是他的诗性眼光，陈旧的题材，平常的人物，到了苏童的笔下就是让人耳目一新，且耐人寻味，那是因为一切都已经抹上了苏童的

① 汪政，何平编．苏童研究资料〔M〕．天津：天津人民出版社，2007：202-203.

② 汪政，何平编．苏童研究资料〔M〕．天津：天津人民出版社，2007：63.

③ 汪政，何平编．苏童研究资料〔M〕．天津：天津人民出版社，2007：45.

诗性色彩：

> 比如我对人性的探讨，什么是阴暗，什么是灰色、堕落，在我这里都不形成道德上的美与丑，我的“王国”我说了算，这不是自恋，是我们剩余不多的一份骄傲。（苏童 张学昕《回忆·想象·叙述·写作的发生》）①

中长篇小说的创作实绩使苏童跻身中国当代文坛优秀作家行列，蜚声海内外，但苏童自己最钟爱的却是他的短篇小说。自称患有短篇“病”的苏童，深受外国短篇大师的影响，他先后转益多师，移情别恋于契诃夫、高尔基、海明威、博尔赫斯、乔伊斯、雷蒙德·卡佛等欧美大家，当然也喜爱冯梦龙、沈从文、汪曾祺等中国的短篇大师，近年来苏童的写作重心明显移向了短篇小说的创作而佳作迭出，《向日葵》《水鬼》《古巴刀》《《巨婴》《骑兵》《西瓜船》《拾婴记》等一大批短篇小说，像一首首优美、精致抒情小诗，将苏童诗性写作的唯美风格发挥得淋漓尽致。

与其说苏童在写小说，还不如说他写的是诗，一曲曲关于人性的挽歌，美丽而哀伤。

第四节 苏童小说的诗性叙事

读苏童的小说，最先感受到的往往不是作品的诗性内涵，而是作品无处不在的诗性叙事的无穷魅力，语言、结构，特别是轻盈巧妙的意象，让人充分领略到汉语言文字诗性叙事的神奇张力与潜力。就是说，苏童的作品，从内容到形式，从外到里，无不渗透着充沛的诗意。

意象纷呈是苏童小说最显著的艺术特色。意象、意境是中国古典诗歌传统的精髓，也是中国特别是江南诗性文化的结晶，苏童在小说创作中情不自禁地营造意象，就是其诗人本色的生动写照。评论界对苏童作品的意象特征关注已久，王干于 1992 年就以《苏童意象》为题对构成苏童小说的主要意象群落进行了阐述，认为：

① 汪政，何平编．苏童研究资料〔M〕．天津：天津人民出版社，2007：223.

苏童小说从“我”到“他”，从繁到简的几经变异，并没有改变他意象化美学追求。……可以说苏童创造了一种小说话语，这就是意象化的白描，或白描的意象化。（王干《苏童意象》）①

张学昕从美学层面、文体风格等方面对苏童作品中的意象进行了阐述：

我们在苏童小说中所看到的大量的意象，不仅使他的小说获取了更大的表现的自由与空间，使叙述向诗性转化，而且使“抒情性风格”向更为深邃的表意层次迈进、延伸……②

上述研究主要就苏童小说的意象特色而论，没有联系作品的内涵作进一步的挖掘。

2003 年，葛红兵发表的《苏童的意象主义写作》一文，可谓对苏童意象研究的一大突破。葛红兵不再囿于作品的艺术形式，而是从整体上将苏童的写作命名为“意象主义写作”，他认为苏童以意象主义的写作语式，突破了 20 世纪主宰汉语言文学的启蒙语式，在解读《妻妾成群》时，他有一段精辟的分析：

苏童无意于展现时代，也无意于刻画人物，他试图揭示的其实只是某种心态、意绪与幻觉，在这个意义上，女性主人公的命运与观念实际上都是虚拟的、象征化的。而实实在在地被苏童看重的则是她们的生存感受、她们的虚荣、她们的欲望、她们的恐惧、她们的空虚，这些通过井、萧、阳痿、醉酒等一系列意象弥漫开来。（葛红兵《苏童的意象主义写作》）③

这里对苏童作品的把握还是相当到位的，只是没有进一步捕捉到苏童创作的诗性根源。

苏童早期创作时，意象的运用十分频繁，先锋实验的痕迹很重，比如“枫杨树村”系列小说，苏童这样描述道：

小说由一组组画面的碎片、一组组杂乱的意象组成，而小说的推动力完全靠碎片与碎片的碰撞，意象与意象之间的碰撞。（周新民　苏童《打开人性的皱折——苏童访谈录》）④

① 汪政，何平编 . 苏童研究资料〔M〕. 天津：天津人民出版社，2007：332-333.

② 张学昕 . 南方想象的诗学——论苏童的当代唯美写作〔D〕吉林大学，2007：102..

③ 汪政，何平编 . 苏童研究资料〔M〕. 天津：天津人民出版社，2007：476.

④ 汪政，何平编 . 苏童研究资料〔M〕. 天津：天津人民出版社，2007：199.

青春时期的苏童诗意奋发，完全把小说当作诗歌来写了，过于张扬而少节制，到了《妻妾成群》时，苏童终于成功转型，他自己这样总结道；

在80年代，意象的大量使用是我写作的一个习惯，也许来自于诗歌。在写作中，塑造人物形象也好，推进情节也好，都注重渲染意象的效果。……但是后来，我渐渐抛弃这样的一种写作方法。尤其从《妻妾成群》开始，我开始使用传统白描手法，意象在我的小说中存在是越来越弱。（周新民 苏童《打开人性的皱折——苏童访谈录》）①

越来越成熟的苏童学会了收敛自己的诗性，不只凭借意象，而是善于运用多种艺术手段来营造作品的意境，甚至在像《已婚男人》《离婚指南》这样毫无诗意的现实题材中也能写出诗意来。

苏童小说的遣词造句深得中国古典小说语言的神韵，准确、细腻、简洁、生动，而如行云流水，其别样的清词丽句，富有诗情画意：

这方面给我启发很大的是我国古典小说《红楼梦》《三言二拍》，它们虽然有些模式化，但人物描写上那种语言的简洁细致，当你把它拿过来作一些转换的时候，你会体会到一种乐趣，你知道了如何用最少最简洁的语言挑出人物性格中深藏的东西。（林舟 苏童《永远的寻找——苏童访谈录》）②

比如《妻妾成群》里，当颂莲与飞浦二人坐着呷酒时，苏童写道："颂莲的心里很潮湿，一种陌生的欲望像风一样灌进身体，她觉得喘不过气来。"用诗性的词句来演绎、定格人物微妙的心理波澜，苏童绝对是高手，他曾经说过：

也许一个好作家天生具有超常的魅力，他可以在笔锋注入一个世界，这个世界空气新鲜，或者风景独特，这一切不是来自哲学和经验，不是来自普遍的生活经历和疲惫的思考，它取决于作家自身的心态特质，取决于一种独特的痴迷，一种独特的白日梦的方式。(苏童《周梅森的现在进行时》)③

苏童喜欢写作，尤其醉心于短篇小说的创作，因为写作对他来说是一种享受，甚至是一种生活方式，一种天马行空式的用语言来固定无比深广心灵内涵的工作，更是一种风光无限的精神旅行与探险，苏童乐此不疲：

---

① 汪政，何平编．苏童研究资料〔M〕．天津：天津人民出版社，2007：211.

② 汪政，何平编．苏童研究资料〔M〕．天津：天津人民出版社，2007：105.

③ 苏童．寻找灯绳〔M〕．南京：江苏文艺出版社，1995：167.

写作也可以借助纸上的时间，文学的虚拟世界，拥有一个物质生活之外的另一个精神空间。我感到，我写作的时候是在霸占着某个世界，一个神秘的王国，发号施令，很强悍，令人满足。（苏童 张学昕《回忆·想象·叙述·写作的发生》）①

古人写诗，是生活的一部分，文学与生活是融为一体的，他们普遍过着诗性生活。从某种意义上来说，苏童所过的就是古代诗人的生活，只不过从他嘴里吟出的不是一首首诗，而是一篇篇小说。苏童创作了小说，小说同时也创造了苏童，苏童小说的诗性叙事使得他过着现代人难以企及的诗性生活：

我唯一坚定的信仰是文学，它让我解脱了许多难以言语的苦难和烦扰。我喜爱它并怀着一种深沉的感激之情，我感激世界上有这门事业，它使我赖以生存并完善充实了我的生活。（苏童《一份自传》）②

1989年，苏童在《上海文学》上发表了短篇小说《平静如水》，小说末尾写道："我现在远离了外面乱哄哄的世界，所以我说，平静如水。"这句话其实也是苏童自我生命的真实写照，"乱哄哄"的现实世界必然是庸俗不堪的，诗性的苏童只有选择小说创作来逃离现实世界，来营构自己"平静如水"的文学世外桃源，正如苏童自己总结的那样：

就这样平淡地生活。我现在蜗居在南京一座破旧的小楼里，读书、写作、会客，与朋友搓麻将，没有任何野心，没有任何贪欲，没有任何艳遇。这样的生活天经地义，心情平静、生活平静，我的作品也变得平静。（苏童《一份自传》）③

平淡才是真。这就是诗性的苏童，平静如水的苏童，给我们奉上一道道诗性大餐的苏童。

① 汪政，何平编．苏童研究资料〔M〕．天津：天津人民出版社，2007：218.

② 汪政，何平编．苏童研究资料〔M〕．天津：天津人民出版社，2007：9.

③ 汪政，何平编．苏童研究资料〔M〕．天津：天津人民出版社，2007：11.

第十四章　余华小说的雅俗观照

人们已经习惯用西方的批评话语来解读余华，所以用雅俗这样的中国传统批评话语来审视余华的小说创作，似乎是很不适当的，甚至是徒劳的。但如果我们承认在这样的批评标准下《金瓶梅》《红楼梦》的伟大，那么在雅俗视角观照下的余华小说总该有所呈现。

第一节　余华小说创作的精神资源及其“看法”

一个作家精神的高度决定了其作品思想的深度，很难想象一个思想肤浅的作家能写出深刻的作品来，除非是那种悟性极高的天才，比如年纪轻轻的张爱玲就写出了很有分量的“美丽而苍凉”的《传奇》，显然这样的天才是罕见的。《红楼梦》的伟大主要在于其深广的形而上内涵，鲁迅作品的深刻源于其对中西文化的谙熟，鲁迅曾经一度崇拜尼采，更曾经花了很大力气研读佛经，虽然他终其一生并没有宗教信仰，但佛教甚深的思想智慧还是潜移默化地影响了鲁迅，对古今中外伟大思想的自觉吸收与融合，使得鲁迅成为中国现代史上思想的巨人、文学的大家，老舍、沈从文等现代著名作家也都是这样的灵魂、人性、精神的探索者、批判者、建设者，他们的作品自然而然地积淀了厚重的文化与精神，成为真正意义上的经典。

余华的文学天赋当然是不言而喻的，这是一个作家的前提，对大多数作家而言，其精神资源的取向与优劣往往直接决定了其创作的品质与成就。从余华的一些随笔及访谈中，我们可以大致勾勒余华写作的精神谱系。作为一个经历过文革的“不喜欢中国的知识分子”的60后，相比于对川端康成和卡夫卡的熟悉，余华对中国传统文化与文学显然是比较隔膜的，但这并不是说他熟悉西方文化，事实上他真正感兴趣的是西方现代文学的叙事技巧，虽然余华说他喜欢读《圣经》，但我们很难在他的作品中找到真正的西方精神，所以我们可以说余华的精神资源相对于鲁迅那些现代文学大家而言是相当贫瘠的。因为缺乏那些古往今来伟大思想的指导，所以越是爱思考，其文字就越是显示了其思想的贫穷、混乱与幼稚，这样的情况在余华的随笔中比比皆是，他的小说更是明证。比如余华发表于《作家》1998 年第 8 期的《我能否相信自己》一文，就是他平庸思想的一次展览。文中余华反复引用和论证的是他颇为认可的两句话——“看法总是要陈旧过时，而事实永远不会过时”“命运的看法比我们更准确”[①]，他认为“事实”和“命运”远比“看法”重要，所以在他的小说中就只有“事实”的堆积和“命运”的设计，而独独没有“看法”，即思想。其实，“命运”本身就是“看法”，而且伟大的“看法”是很难过时的，比如中国传统文化的儒道释思想等都是历久弥新的，只有那些肤浅的“看法”才会很快就消失在历史的天空。余华追求“真实”，一味相信、强调“事实”、细节以及想象，可是没有“看法”的“事实”与细节其实只是“事实”杂乱的表象，根本就无法接近“真实”，没有“看法”的想象也只能是痴人呓语。谢有顺曾经一针见血地指出余华的这一创作误区：

从事实的层面进入价值的层面，对作家而言，他进入的其实是一个新的想象世界。只有二者的结合，才能够把事实带到深邃之中，因为事实后面还有事实。那些拘泥于事实世界而失去了价值想象的作家，最后的结局一定是被事实吞没；他的作品，也很快就会沦为生活的赝品。[②]

樊星《人性恶的证明——余华小说论（1984-1988）》一文也有相似论述：

我们就可以注意到余华以及其他‘人性恶’的作家与陀思妥耶夫斯基的巨大差距。这差距就在于中国作家常常停留在“描述”（无论是白描，还是渲染神秘氛围）的层次，……却不能像陀思妥耶夫斯基那样，深入到‘人性分析’的哲学境界。中国作家有直面丑恶的勇气，却缺乏剖析丑恶的才赋。[③]

郜元宝《余华创作中的困难意识》一文更是直言不讳：

① 吴义勤主编；王金胜，胡健玲编：《余华研究资料》，济南：山东文艺出版社，2006：65.

② 谢有顺，《余华的生存哲学及其待解的问题》，见洪志纲编：《余华研究资料》，天津：天津人民出版社，2007：350.

③ 洪志纲编：《余华研究资料》，天津：天津人民出版社，2007 年版：63.

> 我们只知道余华拒斥了什么，并不知道余华树立了什么。余华为我们呈现出如此清晰而单纯的世界图圆，他自己关于苦难的观念却并没有如何凸显出来，反而不得不趋于某种令人困惑的含混暖昧。谁也不知道余华到底在讲些什么。[①]

事实上，余华确实没有讲什么，倒是评论家们无中生有、一厢情愿地讲了许多。

余华说："人是为活着本身而活着。"这就是余华的人生观，他在《"活着是生命的唯一要求"——与＜书评周刊＞记者王玮的谈话》一文中谈到：

> 人的理想、抱负，或者金钱、地位等等和生命本身是没有关系的，它仅仅只是人的欲望或者是理智扩张时的要求而已。人的生命本身是不会有这样的要求的，人的生命唯一的要求就是"活着"。[②]

事实上，"活着"只是人生最外层的表象，而在这表象背后隐藏着丰富的人生的意义与价值，所以如果说动物是为活着而活着还能成立的话，那么说人是为活着而活着，就实在是匪夷所思了，因为即使是最卑微、最平庸的人，也不可能像动物那样没有目的、意义地活着，更不用说那些为了崇高的信念、信仰而赴汤蹈火、舍身取义的人。人活着也不仅仅苦难，更不仅仅是忍受苦难与痛苦。暴力与死亡、命运与绝望，即使在最悲惨的人生中也有快乐、美、希望与抗争，哪怕是短暂的，对此谢有顺曾有精辟的分析：

> 余华为福贵、许三观安排了一大堆精心结撰的"事实"（丧亲和卖血的苦难），却唯独没有让他们成为有"看法"（通过受难与积极世界联系）的人，结果，存在的尊严、价值和光辉就无从建立起来，更不要说像卡夫卡那样将人物的生活与人类的根本境遇联结在一起了。[③]

所以余华自以为发现的人"活着"的"真谛"，其实荒谬不堪，如果人们真的是余华所认为的那样的生存状态，那人间不是回到了原始社会，就是变成了动物世界甚至地狱。

余华在《虚伪的作品》一文中这样坦承道：

---

① 洪志纲编：《余华研究资料》，天津：天津人民出版社，2007 年版：107.

② 余华著：《余华随笔选：我能否相信自己》，北京：人民日报出版社，1998 年版：216.

③ 洪志纲编：《余华研究资料》，天津：天津人民出版社，2007 年版：351.

事实上我不仅对职业缺乏兴趣．就是对那种竭力塑造人物性格的做法也感到不可思议和难以现解。我实在看不出那些所谓件性格鲜明的人物身上有多少艺术价值。那些具有所谓性格的人物几乎都可以用一些抽象的常用语问来概括，即开朗、狡猾、厚道、忧郁等等。显而易见，性格关心的是人的外表而并非内心，而且经常粗暴地干涉作家试图进一步深入人的复杂层面的努力。因此我更关心的是人物的欲望，欲望比性格更能代表一个人的存在价值。①

照余华这么理解，古今中外的大多数文学经典就毫无价值可言了，《金瓶梅》中的西门庆、潘金莲，《红楼梦》中的贾宝玉、林黛玉，《罗密欧与朱丽叶》中的罗密欧、朱丽叶等人物就不是什么不朽的艺术形象了，其实性格绝不是"人的外表"，而是一个人心灵的集中体现，所以对塑造人物性格的文学经典不屑一顾的余华，并非是超越了经典，而是根本就不懂经典而自以为是、胡言乱语。在写完《许三观卖血记》之后，余华有过这样的总结：

我过去的现实更倾向于想象中的，现在的现实则更接近于事实本身。一个人的年龄慢慢增长以后，对时代的事物越来越有兴趣和越来越敏感了，而对虚幻的东西则慢慢丧失兴趣。换一个角度说，写的越来越实在，应该说是作为一名作家所必须具有的本领，因为你不能总是向你的读者们提供似是而非的东西，最起码的一点，你首先应该把自己明白的东西送给别人。②

就是说，余华自己也承认，在《许三观卖血记》之前的那些作品是他自己都不明白的"似是而非的东西"，也难怪他有"我能否相信自己"的感慨，可是很多读者尤其是一些西方的读者都说他们读懂了，其实即使是余华自己认为"明白"的《许三观卖血记》里，又有多少东西能让人明白。

小说创作的关键无非是解决好写什么和怎么写这两个方面的问题，二者同样重要，但内容决定形式，这里的内容不仅仅是作品的故事情节，更应该是人物、情节背后的思想内涵，这就牵涉到作者自身的素养问题，如果作品的内容问题没有解决好，却一味折腾叙事技巧等形式，那样的作品从外表看光怪陆离，令人耳目一新，可作品的内核却空空如也，而成为一个文字游戏的怪物，20 世纪中国

① 吴义勤主编；王金胜，胡健玲编：《余华研究资料》，济南：山东文艺出版社，2006:13.

② 余华，潘凯雄：《关于 < 许三观卖血记 > 的对话》，《作家》1996 年第 3 期．

很多的先锋作家所做的就是这样的事情。更可悲的是当时的评论界，面对这些纷纷出笼的带着西方现代派文学面具的“怪物”，为了保持评论家的尊严，虽然看不懂，但也绝对不能保持沉默，费尽心思地挪用西方批评话语来“为赋新词强说愁”，而与先锋作家共同玷污了中国当代文学的圣殿。余华在写完《许三观卖血记》后才渐渐明白了沈从文关于小说创作经验总结的一个字——贴：

> 贴——其实就是源源不断地去理解自己笔下的人物，就像去理解一位越来越亲密的朋友那样，因为生活远比我们想象的要丰富得多，就是我自己也要比我所认为的要丰富得多。[①]

就像演员演戏要尽量投入角色一样，“贴”是小说创作的一个最基本的诀窍与原则，那些世界名著哪一部不是贴着人物写的，可惜余华是写作了10多年之后才略有所悟，而更严重的问题是，如果作家自身的素质不够扎实，越是贴着人物写，可能就越危险，而成为毫无节制的疯言疯语，破绽百出，余华的大多小说就是这样的产品。

余华受中国传统文化与文学的滋润非常有限，其主要靠移植西方现代主义文学的叙事技巧来支撑自己的小说创作，可是正如刘小枫所分析的那样，西方现代派所“审视痛苦的景观”根源于西方传统文化的“理性精神与基督精神”，而中国的先锋作家由于文化背景的局限，不可能把握到西方作家用来审视痛苦的景观，这是先锋作家所表现的痛苦不可能如西方作家那样纯粹和深刻的根本原因。同时，这样的无根“移植”所生成的“南橘北枳”也是造成余华作品屡次被西方读者误读而获奖的原因，因为西方人同样对中国的文化是隔膜的，他们只看到余华作品中对中国人磨难的津津乐道，而冠以“反映人类普遍生存意义的寓言”“人道主义”等褒评，但是中国真正的评论家是不会人云亦云的，比如谢有顺等评论家当年就对余华颇为自信的新作《兄弟》很不以为然，尽管《兄弟》后来又在法国获奖，但这并不能改变中国批评家的看法和余华小说的品质。

① 吴义勤主编；王金胜，胡健玲编：《余华研究资料》，济南：山东文艺出版社，2006：32.

第二节 余华小说主题的“雅”：“被荒诞”与“被深刻”

作家莫言曾盛赞余华是“中国当代文坛上的第一个清醒的说梦者”，因为他从余华《十八岁出门远行》等作品里看到了卡夫卡的影子，更看到了自己的影子，因为他们都有挥霍自己过人想象力的嗜好，可问题的关键是，文学不仅仅是想象力的跑马场，仅仅靠想象力是炼不成文学大师的，而只能是花里胡哨的平庸之作。

死亡、暴力、冷漠是余华小说不断重复的想象叙事，自《活着》始虽有所收敛，但《许三观卖血记》《兄弟》里依然骨子里透露着余华创作的一贯风格。如果要追问为什么余华会是这样的风格，那么可从内因与外因两方面着手分析。首先是内因，包括余华的童年经历、性格乃至天赋，这些是决定性的因素，余华自己也觉得：

> 童年生活对一个人来说是一个根本性的选择，没有第二或第三种选择的可能。因为一个人的童年，给你带来了一种什么样的东西，是一个人和这个世界的一生的关系的基础。……我们对世界最初的认识都是来自童年，而我们今后对世界的感受，对世界的想象力，无非是像电脑中的软件升级一样，其基础是不会变的。……一个人的童年基本上是抓住了一个人的一生。他的一生都跟着他的童年走。他后来的所有一切都只是为了补充童年，或者说是补充他的生命。①

在 1997 年完成《许三观卖血记》后的访谈中，余华也曾说过：

> 我的叙述是比较冷漠的，即使以第一人称叙述语调也像一个旁观者，这种叙述的建立肯定与小时候的生活有关。②

余华小时候的家就住在医院，见多了鲜血与死亡，可是这并不能成为他后来反复书写暴力的根本理由，否则外科医生岂不更有可能成为像余华这样的作家，所以我们应该追溯更为根本的缘由，那就要对余华的人格或精神进行心理分析，对他的先天禀赋、气质力求把握，才有可能真正揭开余华的写作之谜。当然，我

---

① 洪志纲编：《余华研究资料》，天津：天津人民出版社，2007 年版：3-6.

② 吴义勤主编；王金胜，胡健玲编：《余华研究资料》，济南：山东文艺出版社，2006：208.

们不可能直接对余华进行精神分析，但从余华作品中一次次的关于暴力与死亡的“意淫”里，从他的阅读兴趣里，可以间接地勾勒出余华的心理个性或气质。余华也读过中国的文学作品，可他对《红楼梦》《荷花淀》《大淖记事》之类的中国特色的作品可能是没有什么感觉的，而最终拜倒在以卡夫卡为代表的西方现代派文学的脚下，这绝不是偶然，而是因为余华的气质契合了卡夫卡之类的作品，正如他自己在《我为何写作》一文中所说的那样：

因为只有在外国文学里，我才真正了解写作的技巧，然后通过自己的写作去认识文学有着多么丰富的表达，去认识文学的美妙和乐趣，虽然它们反过来也影响了我的生活态度和人生感受，然而始终不是根本的和决定性的。①

外国文学作品当然不是决定性的，童年的经历和卡夫卡只是一步步激活了余华潜意识中的暴力与冷漠，决定性的还是余华的先天气质。想象力丰富是一切作家的共性，可想象的具体内容与对象却是一个作家的个性，所以余华的气质决定了他想象的焦点与范围，他说：

最早的时候，像刚才说到，卡夫卡给我带来了自由以后，我写了《十八岁出门远行》那么一批作品。那个时候．我是一个强硬的叙述者，或者说且像“暴君”一样的叙述者。我认为人物都是符号，人物都是我手里的棋子。②

就是说，余华作品中的人物、情节、对话、动作、意象等都成了作者内在精神品质流露抑或宣泄的道具。严格说来，所有的文艺作品都是不同程度的个人思想趣味的表现，那么为什么卡夫卡宣泄了就可以成为西方的文学经典，而余华的喃喃自语就受到质疑呢？这就是上文提到的“南橘北枳”的问题，由于余华对中国人的文化与心理缺乏深刻体验，他表面上所写的是中国的人和事，实际上他写的是自己内在的、隐秘的灵魂，所以他所叙写的那些充满暴力、死亡与冷漠的人和事根本就不可能代表中国人的生存现实，但因为他的作品与卡夫卡貌合神离，所以西方读者硬是把余华的“自言自语”误读成了“普遍的人性”，其实无论是福贵、许三观，或是李光头兄弟，余华臆想的这些苍白、干瘪、怪异的人物形象都不是中国人灵魂的真实写照，这就是余华与卡夫卡的区别，也是中国先锋作家“邯郸学步”“买椟还珠”的遗憾。

---

① 吴义勤主编；王金胜，胡健玲编：《余华研究资料》，济南：山东文艺出版社，2006：21-22.

② 洪志纲编：《余华研究资料》，天津：天津人民出版社，2007 年版：19.

在西方文学中，“荒诞”是指形而上的世界存在及生命存在的本质，“荒诞感”就是对荒诞的感受和体验，它产生于西方19世纪末20世纪初尼采宣布“上帝死了”之后的资本主义社会人性异化的普遍现实，更扎根于西方的宗教文明与科技理性文明互相碰撞、融合的土壤，卡夫卡便是这种文学的代表，他逃避现实世界，追求纯粹的内心世界和精神慰藉，表现因荒诞的客观世界所引起的陌生孤独、忧郁痛苦以及个性消失的种种心理感受，而在某种程度上揭示了人类存在荒诞的本质，这就是卡夫卡的伟大与深刻之处，因为他的作品确实触摸到了他所处的社会时代的脉搏。反观中国现当代的社会历史与现实，一是中国人历来缺乏明确的宗教信仰，因为什么都信就等于什么都不信，二是科技理性文明在中国的发展有一个长期的过程，所以不是说中国人生存的本质不荒诞，而是说大多数中国人难以产生“荒诞感”的自觉，特别是近现代以来，一贯执着于现世生活且乐天知命的中国人虽饱受磨难，但却少有颓唐与绝望，更不要说进而上升到“荒诞感”了，而是苦中作乐，不断地抗争，一次次重新燃起新的希望，真可谓是“痛并快乐着”，这才是中国人的生存真相——肤浅、庸俗但有滋有味，缺少理性，更谈不上神性。所以余华的作品虽然写了死亡、苦难、绝望，好像要上升到“荒诞”的哲学高度，可一联系到中国的社会现实，就知道这只是“张冠李戴”，完全是不真实的，余华“在细雨中呼喊”的其实只跟他个人有关，诸如“苦难”“荒诞”“救赎”等。解读余华作品内涵的词语前面应该都要加个“被”字，也就是说余华的作品是“被深刻”“被雅”，于是也“被经典”了，而这正是先锋作家所普遍存在的最致命的缺陷，对此洪治纲在《先锋：自由的迷津——论九十年代以来中国先锋小说所面临的六大障碍》一文中这样总结道：“先锋作家普遍缺乏应有的精神深度与思想力度，显露出相当虚浮的思想根基，并导致很多作品在审美意蕴的开拓上始终徘徊不前，无法获得常人所难以企及的种种精神深度。”①

① 吴义勤主编；王金胜，胡健玲编：《余华研究资料》，济南：山东文艺出版社，2006：469.

第三节 余华小说内容的俗："虚伪的形式"

一般作家创作都要靠生活积累，当然一个作家经历再丰富，也不可能事事都有亲身体验，但是有了相当的生活积累之后，凭借阅读等间接体验，再加之作家过人的想象力，就可以几乎无所不写了，包括虚构、描写自己未曾经历、体验过的场面与细节，这是一个作家必备的本事，也是艺术创作的一条基本经验：源于生活，又高于生活。艺术创作需要想象，这是为了弥补个人经历与经验的不足，作家能把一个自己可能从未见过的人物的一言一行描写得那么栩栩如生，凭借的就是艺术想象的功夫，这功夫绝不是作家闭着眼睛的胡思乱想，没有厚重的生活积淀，没有一双敏锐的眼睛，没有对人性、灵魂的深刻洞察，仅凭信马由缰的想象就想写出有分量的作品来，显然是不可能的事情。

余华当然也有生活积累，江南的自然山水与人情风俗在他的笔下也时有出现，他所写的福贵、许三观、李光头兄弟等人物也应该是他所熟悉的江南日常生活中的普通人生，可是看了这些作品后，总觉得有点隔膜，就是作者似乎不熟悉这些人物，就像看一部胡编乱造的电视剧一样，不真实得让人恶心。余华读了卡夫卡的作品之后，觉得很有收获：

> 我找到了那种无所羁绊的叙事和天马行空的想象，找到了那种"大盗"的精彩感觉。……他给我带来了自由，写作的自由。在我的心里，他是个大作家。大作家可以"乱写"，他爱怎么写就怎么写。[①]

于是余华也就真的凭想象"自由"地"乱写"了，其实，余华只是学到了卡夫卡叙事技巧层面的一点皮毛，根本没有具备卡夫卡对世界与人生的深刻看法，而"东施效颦"了。比如《一九八六年》，余华自己认为是写了一部寓言小说，摩罗在《论余华的＜一九八六年＞》一文中把这个历史教师的疯狂，看作是他精神上的觉醒，道德上的自我完善，对小说主人公评价颇高：

> 我们至少应该说，他以其最伟大的文化想象力和精神能量，成为了我们

① 洪志纲编：《余华研究资料》，天津：天津人民出版社，2007 年版：15-16.

的时代所能出现的最高尚最深刻的非人。[1]

其实这篇小说完全是余华式禀赋、气质与其想象力结合的私语，少有现实生活的基础与指向，除了倾心于对种种暴力刑罚场面的描绘，看不到这血腥具象背后的任何人文意义与思想倾向，因为作者本人的精神世界就缺乏哲理的维度，怎么可能指望他写出卡夫卡式的作品，摩罗的解读基本上属于拔高式的误读。

在余华的很多作品中，我们确实可以体会到余华式写作的"自由"，因为他的写作不仅缺少明晰而深刻的精神倾向性，而且也很少受到现实生活逻辑的制约，而只是一味地放纵着自己的想象力，这种创作的自我感觉也许很惬意，可是读者面对着那像少了一根筋的文字，可能就不是滋味了。余华作品中的人物形象不仅是扁平的，而且其言行等细节也往往都是怪异的、突兀的，因为那些人物的动作与语言都是作者不顾生活的逻辑随性想象的，令人莫名其妙。余华作品里这样的"硬伤"可以说比比皆是，这里仅以《活着》为例，来分析余华式"自由"写作的后果。比如家珍特意炒了四样蔬菜，"可吃到下面都是一块差不多大小的猪肉"，来开导"我"不要去嫖，日常生活中这样荤笑话是有的，可是余华却作为一个细节来写，只能使人觉得这样"聪明"的妻子实在是有点二五了，或者是余华在侮辱读者的智商。再比如"我"赌输掉全部家产后，"我"爹抵押家产全部换来铜钱，通过让"我"挑铜钱还债受苦，来让"我"醒悟，这同样又是一个很弱智而滑稽的细节安排，因为爹在"我"平日浪荡时都没有设法开导"我"，为什么一定要等到"我"赌输光了，才想到这一好计，这样突兀的细节描写实在是让人匪夷所思。有很多语言描写也是总是让人摸不着头脑，比如龙二买了"我"的田地后，向"我"和爹作揖说道："看着那绿油油的地，心里就是踏实。"读者实在不能明白龙二为什么要讲这句话，是炫耀、讽刺，还是幸灾乐祸？只是让人奇怪还算精明的龙二怎么就冒出了这样的混账话。再比如家珍上轿回娘家后，作者写道："凤霞走到我身边，我摸着她的脸说：'凤霞，你可不要忘记我是你爹。'凤霞听了这话格格笑起来，她说：'你也不要忘记我是凤霞。'"这样的语言描写看似精彩，却经不起细究，凤霞并没有随母亲走，"我"对凤霞的话就显得很突兀，而小小年纪的凤霞却有这样的回答更让人难以接受，因为这实在就是作者

① 洪志纲编：《余华研究资料》，天津：天津人民出版社，2007年版：478.

本人的回答，而严重不符合生活的常理与逻辑，只要是一个正常人都能一眼看出这样的描写是多么的虚假与荒唐。余华的作品中充满了这样很别扭的日常生活的叙写，可能也有人觉得这样的文字很别致，问题是这些别致的文字要真正成为“有意味的形式”，否则越是“别致”，就越是败笔与文字垃圾。

有人说过，一切比喻都是蹩脚的，因为如果你能描述得很准确，那是不需要用比喻的。余华是喜欢用比喻的，而且都是相当蹩脚、平庸的比喻，因为他的写作是想象的信马由缰，所以他已习惯于用比喻了，而不管行文处是否需要用比喻，也不管比喻得是否得体，只是肆意地联想。余华自以为写下了很多生动、巧妙的比喻，可读者却感觉像吃下了一只只苍蝇，恶心不已。这里还是以《活着》为例，我们随便录几则让人眉毛一皱的比喻：“我经常让她背着我去逛街，我骑在她身上像是骑在一匹马上”“我给了她两巴掌，家珍的脑袋像是拨郎鼓那样摇晃了几下”“眼看着桌上小山坡一样堆起的钱，像洗脚水倒了出去”“脑袋里空空荡荡，像是被捅过的马蜂窝”“我爹死后，我像是染上了瘟疫一样浑身无力”，这些比喻句看似不错，但其实都停留在小学生的水平，一方面是余华滥用联想，更主要的是余华根本就无力把一个个细节描写具体，只能用这样一句句空洞乏味的比喻搪塞、糊弄过去，这就与上乘的作品形成了鲜明的对比，真正优秀的作品是基本上不用比喻的，即使用也用得出神入化，而给读者留下深刻的印象，比如鲁迅小说中的一些比喻句就是这样的。

像一般的世情小说一样，余华的小说也写了生老病死、喜怒哀乐等世俗生活，可是由于作者一味强调想象与形式，而忽视了更为重要的对世界和人类本质等终极关怀的探究，使得他的作品因为人文精神的缺席而苍白单薄。只重视形式的作品当然是难以成为《红楼梦》那样的真正“有意味的形式”的，而只能是不伦不类的文学“怪胎”。

余华的写作经历了从回忆、想象回归现实的缓慢而痛苦的发展过程，《活着》《许三观卖血记》，包括《兄弟》为余华一次次带来了信心与荣誉，可同时也一步步暴露了余华作为一个作家的致命软肋，正如李敬则所批评的那样：

> 他从来不是一个善于处理复杂的人类经验的作家，他的力量在于纯粹，当他在《活着》中让人物随波逐流时，他成功了，但当他在《兄弟》中让人物行动起来、东奔西跑，做出一个又一个选择时，他表明，他对人在复杂

境遇下的复杂动机并不敏感，他无法细致有力地论证人物为何这样而不是那样，他只好像一个通俗影视编剧那样粗暴地驱使人物：没有道理，也无须讲道理，宋凡平就要死要活地爱上了李兰；李光头这个几岁的孩子一定要去摩擦电线杆，因为他被余华界定为欲望的化身；而孙伟的父亲也必须那么悲惨地自杀，因为余华认为他必得报应，所以他的儿子将纯属偶然地横死……[①]

习惯于想象的余华一旦笔触落到现实上，就手足无处、洋相百出，与擅长写实的贾平凹比起来简直有天壤之别。最近余华在自己博客的一篇文章中也揭开了他 90 年代作品中一度充满血腥与暴力的谜底：

我扪心自问，为何自己总是在夜晚的梦中被人追杀？我开始意识到是白天写下太多的血腥和暴力。我相信这是因果报应。于是在那个深夜，也可能是凌晨了，我在充满冷汗的被窝里严肃地警告自己："以后不能再写血腥和暴力的故事了。"[②]

因为有过很多次目睹血腥场面的童年经历，成年后的余华自然通过作品来调理自己灵魂的精神创伤，可就是这样的文字硬是被人们特别是西方读者误读为"深刻"，实在匪夷所思。

曾经对余华非常赏识和期待的谢有顺在看到余华颇为自信的《兄弟》（上）后就大为失望，认为"硬伤"累累的《兄弟》在余华的作品中"不值一提"，其他评论家也几乎持一致的看法，可《兄弟》现在又在法国获奖了，那么该怎么理解这样的咄咄怪事呢？我觉得，不要说余华作品在西方获得的只是一般的奖项，即使是获得了诺贝尔奖也没有什么的，因为像《红楼梦》那样的伟大作品又岂是一个诺贝尔奖所能涵盖的，而且谢有顺也还是诚实的，没有继续硬捧好友余华，因为《兄弟》实在是大失水准，可以说是余华以往写作弱点的总爆发，谢有顺之所以对《活着》《许三观卖血记》等作品还能容忍而唱了一些赞美诗，是因为他相信余华一定能超越和克服自己"写作的难度"，可事实已经证明，谢有顺错了，而且是从一开始就错了，因为在沙滩上建大厦是终究要倒塌的。

---

① 李敬泽：《警惕被宽阔的大门所迷惑》，新华网，2006 年 4 月 6 日 http://news.xinhuanet.com/book/2006-04/06/content_4391771.htm

② 余华：《一个记忆回来了》，新浪博客 2010 年 9 月 20 日 http://blog.sina.com.cn/s/blog_467a32270100llqj.html?tj=1

第十五章 莫言小说的雅俗异化

莫言最大的文学天赋就是其过人的感觉与想象能力。当川端康成《雪国》里“一只黑色而狂逞的秋田狗蹲在那里的一块踏石上，久久地舔着热水”这样的句子激活了莫言的这一禀赋和儿时记忆之后，他便一发而不可收拾，在故乡高密的土地上纵情宣泄，缔造了他那光怪陆离的“文学王国”，遗憾的是他在创作中常常滥用了自己的这一非凡本领，而不是恰到好处。

第一节 “小说的气味”与“写作时要调动全部的感受”

莫言强调“小说的气味”与“写作时要调动全部的感受”，说的其实是一回事，就是要大写特写人物的感觉，他说：

> 我喜欢阅读那些有气味的小说。我认为有气味的小说是好的小说。有自己独特气味的小说是最好的小说。能让自己的书充满气味的作家是好的作家，能让自己的书充满独特气味的作家是最好的作家。[①]

这里莫言毫不掩饰自己的文学偏好，认为铺天盖地地进行感官甚至感官变异叙事的作品就是最好的，可同时也暴露了莫言言说的不严谨乃至认识的误区，一个明显的事实就是，《红楼梦》《阿Q正传》等并不带有或少有莫言所说的“气味”的经典小说，难道还不如带有浓重乃至呛人“气味”的《丰乳肥臀》好？

当然，被莫言视为文学“圣经”的感官叙事，如果运用恰当，确实能产生令人震撼的文学效果，比如莫言早期作品《透明的红萝卜》《红高粱》等就是这样佳作，只可惜莫言后来过于文学自信，在创作时对自己的感觉与想象毫无节制，而在感官叙事的歧途中越走越远。很多读者都惊奇于莫言满纸鲜活怪异

① 莫言，莫言讲演新编 [M]. 北京：文化艺术出版社，2009：2.

的感官描写，但对莫言的感官叙事最为激赏的当属学者刘再复了，他用“生命”一词来形容莫言的感官化小说：

> 莫言没有匠气，没有痞气，甚至没有文人气（更没有学者气）。他是生命，他是顽皮的搏动在中国大地上赤裸裸的生命，他的作品全是生命的血气与蒸气。八十年代中期，莫言和他的《红高粱》的出现，乃是一次生命的爆炸。本世纪下半叶的中国作家，没有一个像莫言这样强烈地意识到：中国，这人类的一“种”，种性退化了，生命萎顿了，血液凝滞了。这一古老的种族是被层层垒垒、积重难返的教条所窒息，正在丧失最后的勇敢与生机，因此，只有性的觉醒，只有生命原始欲望的爆炸，只有充满自然力的东方酒神精神的重新燃烧，中国才能从垂死中恢复它的生命。……他始终是一个最有原创力的生命的旗手，他高擎着生命自由的旗帜和火炬，震撼了中国的千百万读者。[①]

刘再复算是现今肯定莫言声浪中重量级的学者了，他专门出版了《莫言了不起》一书，可见他对莫言评价之高，甚至带点狂热了，而且以这样的标题为书名，实在是过于冲动，有失学术著作的基本品质。

莫言获得诺奖之后，刘再复又进一步阐释了莫言的“全生命写作”：

> 莫言不是用头脑写作，而是用全生命写作。全生命包括心灵与潜意识，他的作品呈现的全是活生生的生命、活生生的人性。……莫言的宝贵之处是他彻底醒悟了，而且最彻底地抛弃教条，最彻底地冲破概念的牢笼，让自己的作品只磅礴着生命。他的小说是“生命爱恨”“生命呻吟”“生命挣扎”“生命喘息”“生命强悍”“生命脆弱”“生命狂欢”“生命悲哭”“生命神秘”“生命荒诞”“生命野合”“生命诞”“生命死亡”“生命魔性”“生命野性”等生命现象的百科全书。[②]

我们承认莫言的感官叙事能力很出色、独特，说其是空前绝后，也不为过，可是在他的作品中实际呈现的往往是感官叙事的泛滥与细节描写的臃肿，更为致命的是在这些文字的背后很难找到人物心灵的深厚内涵，而达不到刘再复所标立的“全生命写作”的理想境界。当然，刘再复也不是有意拔高莫言，他对莫言作

① 刘再复，莫言了不起 [M]. 北京：东方出版社，2013：3-4.

② 刘再复，莫言了不起 [M]. 北京：东方出版社，2013：81-82.

品的体验是真实的，可是如果他没有误读莫言的话，那么将《红楼梦》等传世之作置于何地就将成为难题。

另一位将莫言的感官叙事上升到理论高度的是学者陈思和。他早在 1987 年对莫言的感官描写就有过细致的思考：

我们今天不可能再像左拉那样，片面强调人的生理性，但在整个文学创作中，我们不仅关心人的社会性，而且更关注人的生理性，我觉得这在对人的整体性认识上，没什么大错，关键在于写得好不好。《红高粱》中这段写得是有点恶心，但这是否就算艺术上的缺点？过去我们受到传统审美观念的影响很大，比如刚才严锋说的赛马，如果你以作品情节发展为中心，托尔斯泰确实写得比左拉好。但我觉得左拉的作品更接近生活的本来面目。①

陈思和是肯定莫言的感官叙事的，并且运用左拉的自然主义理论进行了阐释，在 25 年后莫言获诺奖之际，他又作了进一步概括：

我之所以从左拉开始谈起，是因为左拉的人生和创作标志了两种对理想的不同演绎可以同时存立：前一种理想倾向于人类对于美好未来的勇敢追求和斗争精神，而这个美好未来的标准既是人类理性选择的结果，也是外在于人的生命的一种被确认的原则，在多元角逐的国际政治斗争中，这一原则在不同政治语境下也被赋予了多元的解释；而后一种理想倾向于对于人的生命元素及其文化历史的追寻和发现，歌颂人的生命力量，并通过对人性的深刻描写来认识人性，充分肯定人应该通过自身的力量来掌握自己命运，而不是消极地被拯救，这种追求更多地倾向于人文的理想和文学的理想。应该说，经过了一百多年的传承和实践，这两种理想主义的倾向都得到了诺贝尔文学奖的尊重并且有所反映。这次莫言的获奖表现了这一点。莫言的创作无疑是属于后一种理想倾向的传统。②

陈思和对两种理想主义的界定无疑是颇有见地的，可是莫言的创作是否真的“属于后一种理想倾向的传统”，应该还有待商榷。

就像不少人喜欢拿魔幻现实主义来套莫言小说一样，其实莫言受马尔克斯的影响实在有限，莫言自己曾坦言，他直到 2007 年才真正读完了马尔克斯的《百

① 杨扬编，莫言研究资料 [M]. 天津：天津人民出版社，2005：413.

② 陈思和，在讲故事背后——莫言《讲故事的人》读解 [J]. 学术月刊，2013（1）：106.

年孤独》，之前他只看了这部小说的开头部分，而福克纳《喧哗与骚动》给莫言最大的启示就是，福克纳可以创造“约克纳帕塔法县”，他也可以创造文学的“高密东北乡”，虽然同样他至今也仅仅是看了《喧哗与骚动》的开头几页。显然，莫言跟当年的那批先锋新潮作家一样，他们学到的只是诸如形式等西方现代派小说的皮毛而已，无法真正吸收卡夫卡、加缪、贝克特、马尔克斯等伟大西方现代派作家的人文精神，因为中国作家难以具备理解西方文化的精神结构，就像一般西方人很难理解中国传统的儒道释文化一样。莫言的作品具有西方魔幻现实主义小说的外衣，而难以拥有西方现代派文学的精神内核，魔幻叙事仅仅是西方现代派小说的表现手段，而在中国作家这里却几乎成了目的，导致这种文学“南橘北枳”现象的根本原因，就是作家的思想资源问题。

相比于刘再复与陈思和，莫言的同学加老友朱向前可能对莫言看得更真切一些。早在 1993 年，当“莫言病”日趋严重的时候，朱向前就撰文提醒好友：

> 他早先创作中暴露的那些缺陷，如感觉的炫耀、泛滥乃至重复，语言的毫无节制，狭隘激愤情绪的喷吐，为审丑而审丑的癖好，等等，都加倍触目惊心起来，几乎成了此一阶段最鲜明醒目的莫言烙印，使作品变得空前地迷狂、偏执、紊乱和晦涩。①

朱向前一直追踪并批评莫言的创作，并很早就预言莫言会获诺奖，但他并没有简单地吹捧，而是力求真实地评价莫言，他多次用“大河滔滔，泥沙俱下”来形容莫言的创作，在莫言获得诺奖后，他又作了这样的概括：

> 莫言不是一个精致的作家，但是是一个丰富的作家；莫言不是一个理性的作家，但是是一个深邃的作家；莫言不是一个完美的作家，但是是一个伟大的作家。②
>
> 且不说莫言“泥沙俱下”的作品中“泥”与“沙”的比例，只就朱向前对莫言的这个最新评价来说，乍一看，这个一分为二的评价很是得体，但同时也透露了朱向前评价时的某种犹豫、矛盾甚至吃力。首先，莫言不是一个精致的作家，但也未必就是一个丰富的作家，因为作品中除了感官叙事的一次次重复，那些面目模糊的人物、东拼西凑的故事基本上都可以被忽略。其

① 朱向前．莫言：诺奖的荣幸 [M]. 南昌：百花洲文艺出版社，2012：74-75.

② 莫言．莫言对话新录 [M]. 北京：文化艺术出版社，2009：192.

次，一个不是理性的作家，却是一个深邃的作家，这多少有点牵强，文学史上很难出现这样的情况，这“深邃”是评论家赋予的，还是读者在莫言作品的字缝里找到的，也许莫言就是唯一的特例。最后，这世界上没有一个人是完美的，更不会出现一个完美的作家，所以说莫言不是一个完美的作家，等于没有说，因为这句话适用于任何一个作家，最关键的是，现在就肯定莫言是一个伟大的作家，是否有点操之过急，还是像其他作家一样，让时间去盖棺定论为妥。

第二节 “中国作家不是缺乏思想，而是思想太多”

莫言最大的文学缺陷就是其思想的浅薄与苍白，这一点连德国汉学家顾斌都看得非常清楚。由于众所周知的历史原因，莫言那一代人基本上成长、生活于一个近似于文化真空的时代环境当中，难以吮吸古今中外优秀文化的汁液，而普遍患有严重的思想缺钙症、文化贫血症。莫言高小毕业，后来因参军而有机会读了解放军艺术学院文学系首届大专班，但他的发展重心依然落在小说创作上，而没有恶补思想文化，这成为制约他日后文学创作的严重瓶颈。更为糟糕的是，直到如今，莫言对自己的这一致命硬伤不但不以为然，反而引以为荣，故步自封。

正因为莫言以没有思想为荣，所以当他在访谈或演讲中谈到作家的思想问题时，总是贬低作家思想在文学创作中的作用与地位，而为自己擅长的感官化叙事进行辩护。2004 年在一次记者访谈中，莫言集中表达了自己有关作家思想储备的问题：

> 前不久有人提出，中国作家缺乏思想，我认为不是缺乏思想，而是思想太多了。……我始终认为好的小说是作家无意识中完成的，也就是说，当一个作家高举着思想的大旗，发誓要写出一部伟大作品时，那基本上是在发疯，伟大作品、有思想的小说，从来不是这样的人用这样的方式写出来的。……所以我讲，作家最好没有思想，思想越多越写不好。……你不能从思想出发来写小说，你得从人出发来写小说；你不应该从感性出发来写小说，而应该

从感性出发来写小说。[①]

这段表白已经足够说明莫言思想的肤浅与偏激。首先，中国当代作家的精神资源问题，不是思想太多了，而是缺乏深刻的思想，无论是博大的西方现代人文精神，还是深邃的中国传统文化，中国当代作家基本上都很隔膜，杂乱而平庸是他们思想的共同特征。其次，一个没有深刻思想的作家，是难以写出真正富有思想性的作品的。我们无法想象是，如果曹雪芹没有对传统文化的谙熟与感悟，就不能写出不朽的《红楼梦》；如果鲁迅没有对国民劣根性的真切体认，就不能写出传世的《阿Q正传》；如果卡夫卡没有对西方文化的透彻体验，就不能写出惊世的《变形记》。最后，文学创作主要是形象思维的参与，但离不开作家思想的导引，是理性与感性的有机融合。文学要用形象说话，但感觉及想象的抒写主要还只是手段，思想情感才是文学的内核与真正目的，而且是有深度的思想与高尚的情感，这就是强调作家精神素养的根本原因。思想与形象是文学腾飞的两翼，缺一不可，这是千百年来无数优秀作家所共同体现的文学基本规律，所以思想欠缺的莫言，由于一味强调感官叙事，就像一架失控的飞机一样，除了惊险骇人，而终难成正果。强调文学的感性与形象没有错，前提是作家要具备相当的思想素养，否则，真是疯了。

关于思想与形象的问题，莫言其实一直也很纠结，可是他至今还是没能真正认识到思想对一个伟大作家的重要性，他没有去反省自身的思想素养缺陷，而是纠缠于创作中思想与形象的先后问题：

> 作家的思想最终还是要落到形象上，从形象出发，先有形象，然后再有思想，有时候也不那么具体。我们构思一个作品，产生一种创作冲动的时候，肯定先是有故事情节以及栩栩如生的人物形象出现，我们会感觉到某些细节或者某些事件，它本身具有一种非常深厚和广阔的可能性，未必会想得特别明白。反之，一个作家的思想非常明确，而且要把这种明确的思想在作品里面明确地表现出来，这会伤害一部小说的艺术质地。[②]

莫言如此总结的创作经验，几乎等于否定了曹雪芹、鲁迅等伟大作家的创作。是的，一部作品的创作灵感，有时候是来自生活中的某个细节或事件，但一部高

① 张清华 曹霞编，看莫言：朋友、专家、同行眼中的诺奖得主[M].武汉：华中科技大学出版社，2013：343-344.
② 张清华 曹霞编，看莫言：朋友、专家、同行眼中的诺奖得主[M].武汉：华中科技大学出版社，2013：132.

质量作品的最终完成，却离不开作者深厚的思想储备与生活积累，为什么面对大致相似的世态人情，只有鲁迅能写出《阿Q正传》，是因为鲁迅有着一般人没有的深邃目光，这就印证了罗丹的一句名言："对于我们的眼睛，不是缺少美，而是缺少发现。"为什么一般人发现不了美，是因为我们不具备发现美的思想与精神素养，所以作家的眼睛即思想品质决定了其作品艺术价值的高低。以其昏昏使人昭昭，一个作家自己都不甚了了的创作对象，却希望读者从中有多么大的收获，岂不是自欺欺人。

思想是文学形象思维的灵魂，深刻的思想是高质量创作的有力支撑与保证，离开了思想强大且潜移默化的导引，文学写作岂不真成了胡言乱语，所以深刻而明确的思想怎么会伤害一部小说的艺术质地呢？当然，在具体写作时，思想是必须让步于形象思维的，但这并不能削弱思想在创作中的作用，因为在正式动笔之前的构思阶段，素材的取舍，情节的铺排，结构的设计，语言的风格，叙事的视角，主题的凝练等诸多方面都是对作者思想品质与艺术能力的考验，真正做到胸有成竹，方能下笔如神。

面对争议，莫言始终坚持自己的创作信条。2005年莫言在香港的题为《我怎么成了小说家》的演讲中说道：

> 也有人说，莫言是一个没有思想只有感觉的作家。在某种意义上，他们的批评我觉得是赞美。一部小说就是应该从感觉出发。一个作家在写作的时候，要把他所有的感觉都调动起来。描写一个事物，我要动用我的视觉、触觉、味觉、嗅觉、听觉，我要让小说充满了声音、气味、画面、温度。当然我还是有思想的。我认为一个作家如果思想太过强大，也就是说他在写一部小说的时候，想得太过明白，这部小说的艺术价值会大打折扣。因为作家在理性力量太过强大的时候，感性力量势必受到影响。小说如果没有感觉的话，势必会干巴巴的。①

这里，莫言继续强化着自己的错误认知，过分夸大感官叙事在小说创作中的分量。感官的细节描写是为刻画人物服务的，不能喧宾夺主，更不能本末倒置，而莫言恰恰犯了感官叙事泛滥症，不顾人物的具体情况，不管对塑造人物形象有

① 莫言：我怎么成了小说家，2005年12月，莫言在接受香港公开大学荣誉文学博士学位时发表的演讲 http://blog.sina.com.cn/s/blog_6075ec6501016uhk.html

无帮助，他笔下的人物始终都像打了兴奋剂，沉浸于颠颠倒倒、离奇癫狂而漫无目的、漫无边际的感觉世界里。

莫言的《生死疲劳》从动物的视角来进行叙事，而有机会让莫言的感官天赋发挥到了极致。佛教元素只是他感官叙事的框架与工具而已，跟佛教精神毫无关联，作品中的人物、故事、历史背景等也都从属于他的感官叙事，真是一切从感性出发，最终也归结于感性，在通篇感官叙事的狂轰滥炸之下，读者试图找到一个饱满的人物形象和清晰的主题的努力恐怕都是枉然的。与之相反，我们看到鲁迅有节制的感官抒写是怎样打动人心的，比如《从百草园到三味书屋》开头的一段经典描写就是这样的："不必说碧绿的菜畦，光滑的石井栏，高大的皂荚树，紫红的桑葚；也不必说鸣蝉在树叶里长吟，肥胖的黄蜂伏在菜花上，轻捷的叫天子（云雀）忽然从草间直窜向云霄里去了。单是周围的短短的泥墙根一带，就有无限趣味。油蛉在这里低唱，蟋蟀们在这里弹琴。翻开断砖来，有时会遇见蜈蚣；还有斑蝥，倘若用手指按住它的脊梁，便会啪的一声，从后窍喷出一阵烟雾。"这里的描写包括了视觉、听觉、味觉，但鲁迅没有滥用自己的感觉能力，运用"不必说……也不必说……"这样的巧妙句式，只是点到为止，却给了读者无限的想象空间，而成为最具文学魅力的一段文字之一。其实人人都具备神奇而独特的感觉能力，作者不应以自己的感觉去代替甚至遮蔽读者的感觉，而是应该以精当的描写去激活读者的感觉能力，同时赋予读者巨大的想象空间，而不是像莫言那样拼命地以臃肿的细节描写挤压甚至堵塞读者的想象空间，这真是吃力不讨好的事情。

再比如《社戏》中的一段经典描写："于是架起两支橹，一支两人，一里一换，有说笑的，有嚷的，夹着潺潺的船头激水的声音，在左右都是碧绿的豆麦田地的河流中，飞一般径向赵庄前进了。两岸的豆麦和河底的水草所发散出来的清香，夹杂在水气中扑面的吹来；月色便朦胧在这水气里。淡黑的起伏的连山，仿佛是踊跃的铁的兽脊似的，都远远的向船尾跑去了，但我却还以为船慢。"这里鲁迅写了视觉、听觉、味觉、触觉甚至幻觉联想，非常传神地写出了孩子纯净而渴望尽快看到社戏的天真童心，我们无法想象，如果让莫言来写这段情节，该是怎样的大煞风景。

白描是中国传统的艺术手法，鲁迅深谙其中的奥秘：

白描却没有秘诀。如果要说有，也不过是和障眼法反一调：有真意，去粉饰，少做作，勿卖弄而已。[①]

他在《我怎么做起小说来》一文中又进一步解释道：

我力避行文的唠叨，只要觉得够将意思传给别人了，就宁可什么陪衬拖带也没有。中国旧戏上，没有背景，新年卖给孩子看的花纸上，只有主要的几个人（但现在的花纸却多有了背景了），我深信对于我的目的，这方法是适宜的，所以我不去描写风月，对话也决不说到一大篇。[②]

文学的世界推崇百花齐放，允许风格的多元化，有写意传神的白描，也有浓墨重彩的写实，可是一切都要适度，把捏好分寸、火候，才是艺术的关键与真谛，而莫言过于执着、放任感官叙事，已经走上了艺术的歧途而不自知，他勤奋创作的一部部作品只能成为文学的怪胎，而难以经得起时间的考验，实在令人惋惜。

第三节　“作为老百姓的写作”

莫言是一个坦诚的人，这是他的一点可爱之处：

我是一个出身底层的人，所以我的作品中充满了世俗的观点，谁如果想从我的作品中读出高雅和优美，他多半会失望。这是没有办法的事，什么人说什么话，什么藤结什么瓜，什么鸟叫什么调，什么作家写什么作品。我是一个在饥饿和孤独中成长的人，我见多了人间的苦难和不公平，我的心中充满了对人类的同情和对不平等社会的愤怒，所以我只能写出这样的小说。[③]

这是莫言的实话实说，他的小说充满了吃喝拉撒、声色味触，可谓俗气冲天，要他去写《红楼梦》《阿 Q 正传》《边城》《变形记》那样的高雅作品，实在是一件不可思议的事情。同时莫言也有狡猾的一面，他一边谦虚谨慎，一边又为自己的独特创作寻求更大的理论空间与价值地位，甚至要人们相信，他的创作模式才是文学的正宗，这就是他大唱“作为老百姓写作”这一论调的出发点与根本

---

① 林文光编，鲁迅文选 [M]. 成都：四川文艺出版社，2008：112.

② 林文光编，鲁迅文选 [M]. 成都：四川文艺出版社，2008.162.

③ 林建法编，说莫言 [M]. 沈阳：辽宁人民出版社，2013：138.

目的。

思想文化与理论素养是莫言的弱项，为了给自己的作家身份增加砝码，他多次强调自己是“素人作家”：

> 作家有两种，一种是学者型，还有一种，像台湾说的，叫“素人作家”。我更多地还应该是素人作家，靠灵性、直觉、感觉性和生活写作，不是靠理论、知识写作。[①]

这样的分类固然有一些道理，但是没有哪个作家是仅凭理论与知识写作的，何况历史上大多数作家可以说都是素人作家，少数作家兼有学者身份只是现代社会的产物。莫言自己缺乏理论素养，所以就总是有意无意地贬低学者身份，觉得作家与学者两种身份之间似乎是水火不相容的。其实我们知道，作家和学者两种身份之间确实是存有相冲突的一面，但也有结合得很好的例子，比如鲁迅，一面搞研究教书，一面创作，相得益彰，成绩都很突出。所以，作家的根本分野，不是学者型与素人型的差异，而是有思想与没有思想的区别，伟大的作家拥有深刻的思想，平庸的作家只有浅薄的思想，而超强的形象思维是所有作家的共性，否则就不能成为作家了，当然，像莫言这样的作家属于形象思维特强的个案。

在莫言的思想中，总是存在着种种对立，思想与形象，历史与现实，民间与官方，老百姓与精英，政治与文学等，常常被这些对立牵着鼻子走。其实，作家完全可以超越这些表面的对立存在，而进入更深的层面，比如曹雪芹写《红楼梦》，他只是通过人性的抒写、人物的塑造去剖析社会、演绎文化，而无需去考虑以什么身份写作以及为谁写作的问题，他的作品是面向所有读者的，知音也好，误读也好，小贩也好，宰相也好，能读懂、接受多少算多少。真正的文学是超越等级、阶层、阶级、民族甚至时空的，不存在为老百姓的写作，更不存在为社会精英的写作，所以“为老百姓写作”本身就是一个伪命题，鲁迅国民性批判的作品，我们现在去看依然很受用，外国人也喜欢看，后人还要看，显然，文学是不可能贴上某一群体的标签的，否则肯定是冒牌或低劣的文学。

莫言反对“为老百姓写作”的提法，主要原因还是为他本质上的农民身份辩护，虽然他是个作家，也算是个知识分子，可他的心态与见识其实比普通农民高

---

① 林建法编，说莫言 [M]. 沈阳：辽宁人民出版社，2013：489.

不了多少。莫言骨子里反对崇高与伟大，也不相信有崇高与伟大，认为天下人都和他一样：

> “为老百姓写作”听起来是一个很谦虚很卑微的口号，听起来有为人民做马牛的意思，但深究起来，这其实还是一种居高临下的态度。其骨子里的东西，还是作家是“人类灵魂工程师”“人民代言人”“时代良心”这种狂妄自大的、自以为是的玩意儿在作怪。这就像说我们的官员是人民的勤务员一样，听起来很谦卑，很奴仆，但现实生活中的官员，根本就不是那样一回事。如果当了官真的就成了勤务员，就成了公仆，那谁还去当官呢？还跑官要官干什么？[①]

莫言 2001 年 10 月在苏州大学演讲中的这一席话，已经充分展示了莫言思想境界的真实状况。

自古以来，就不乏这样的一群人，他们就是“人类灵魂的工程师”。从感慨“举世混浊而我独清，举世皆醉而我独醒”的屈原，到创作“无韵之离骚，千古之绝唱”的司马迁，再到吟唱“人生自古谁无死，留取丹心照汗青”的文天祥，再到喟叹“都云作者痴，谁解其中味”的曹雪芹，还有秉持“横眉冷对千夫指，俯首甘为孺子牛”的现代斗士、“民族魂”的鲁迅，这样具有崇高人格的伟大灵魂，在中国历史上不胜枚举。虽然相对于社会全体来说，他们永远是小众，但他们确实是超越于普通人之上，不是说他们的财富、权力、地位高高在上，而是说他们的人格堪称世人的楷模，他们的《离骚》《史记》《红楼梦》《阿 Q 正传》等这些或从正面歌颂真善美，或从反面抨击假丑恶的伟大作品就是能够起到丰富生命、启迪人生、净化心灵的巨大作用，而永远激励着人们去追求真善美，抗拒假丑恶。这些人绝不是莫言所说的“狂妄自大、自以为是”、好为人师，而是以一颗赤子之心，以身作则，引领世人，去创造人间的美好未来。

同样，莫言不相信存在真正的“人民的公仆”，显然也是相当短见的。我们承认，现实生活中贪官污吏确实很多，但不能以偏概全，否认“人民的公仆”的存在，且不说“周公吐哺，天下归心”的古人境界，也不说周总理等老一辈仁人志士一心为民的高风亮节，就是在物欲横流的当今社会，廉洁奉公的官员其实还

① 林建法编，说莫言 [M]. 沈阳：辽宁人民出版社，2013：265.

是有的，虽然可能也是少数，但正是这些小众才是社会的良知、民族的脊梁，否则人类还有何未来可言。一个人可以是卑微的，但不应该卑劣到以为天下人都跟他一样；一个作家可以觉悟平平，但不应短视到认为天下就没有高尚的作家。

莫言推陈出新，提倡“作为老百姓的写作”，看上去很美，其实漏洞百出，不堪一击。莫言认为，“作为老百姓写作”者：

> 他在写作的时候，没有想到要用小说来揭露什么，来鞭挞什么，来提倡什么，来教化什么，因此他在写作的时候，就可以用一种平等的心态来对待小说中的人物。他不但不认为自己比读者高明，他也不认为自己比自己作品中的人物高明。①

一个作家除了想象力、形象思维要超过一般人，他的眼光更要比一般人深邃，他要能透过现象看到本质，然后又能形象、艺术地揭示出生活的本质来，这就是作家的重要使命与职责。作家的心灵肯定要比一般人更敏感、更丰富、更深刻、更慈爱、更有智慧，否则就不能称其为作家，如果一个作家都不能比一般读者高明，那我们还需要这个作家干什么。至于作家是否比笔下的人物高明，那要看具体情况，鲁迅写阿 Q，当然鲁迅要比阿 Q 高明，但如果我们去写鲁迅，当然是我们不及鲁迅高明，所以莫言说作家不能认为自己比自己作品中的人物高明，实在让人费解。文学创作是一种特殊的艺术活动，具体写作时是不能分心于作品的思想倾向什么的，而以形象思维为主，可是这并不代表动笔之前也不要考虑作品的思想倾向，但凡伟大的作家不是抛弃思想与理性，而是善于用形象来表达厚重的思想。莫言“作为老百姓的写作”的意思，其实就是作家写作时不要作思想倾向的判断，这是符合文学创作活动实际的，但是他要作家装糊涂，而不认为比读者甚至笔下的人物高明，这种完全抛弃理性的做法，也许只有他莫言可以做到，而且这样创作的小说具有什么样的品质，我们就可想而知了，一个疯狂、迷乱、扭曲的感官世界而已，与那些理性照耀下的经典作品难以同日而语。

偏执的思想导致莫言“妙语连珠”，他说：

> “作为老百姓的写作”者，无论他是小说家、诗人还是剧作家，他的工作与社会上的民间工匠没有本质的区别。一个编织筐篮的高手，一个手段高

① 林建法编，说莫言 [M]. 沈阳：辽宁人民出版社，2013：265-266.

明的泥瓦匠，一个技艺精湛的雕花木匠，他们的职业一点也不比作家们的工作低贱。①

这话放在莫言自己身上，确实非常合适，因为他跟那些手艺人一样，都是拥有一项娴熟的技艺，而且不需要高深的思想，他不是编织篮筐、砌墙或雕花，而是睁着眼睛做梦。可是如果要把曹雪芹、鲁迅这样的作家也仅仅看作是手段高明的手艺人，我估计谁也不答应，当然莫言除外，因为技艺与真正的艺术固有相似的一面，但还是有着本质区别的，那就是鲁迅可以去做一个泥瓦匠的活，而一个再高明的泥瓦匠也干不了鲁迅的活，主要原因就是泥瓦匠难以具备鲁迅的深邃思想。莫言只看到技艺与文学艺术相似的一面，而忽视乃至否认二者的本质区别，把艺术创作降低到手艺的地步，实在是天才的发现了，非一般人能够理解的。因为自己思想的贫瘠，就极力排斥思想，乃至否认理性在创作中的重要作用，而一味纵容自己的感官能力，且千方百计地去证明这种创作的合理性、先进性，甚至奉之为文学创作的正途与至高法则，这种欲盖弥彰的滑稽剧竟然赢得了满堂喝彩，而且这部“皇帝的新装”还会更加隆重地上演下去，因为莫言获得了诺奖。

其他莫言关于创作的诸如“没有谈过恋爱的人写出的恋爱更美好”之类的“惊人之语”本文就不一一例举了，总之，人一思考，上帝就发笑，而莫言一发言，我们就会发愣，因为他总是坚持“诉说就是一切”的创作原则：

诉说就是他最终的目的。在这样的语言洪流中，故事既是语言的载体，又是语言的副产品。思想呢？思想就说不上了，我向来以没有思想为荣，尤其是在写小说的时候。②

所以，莫言自称是一个“讲故事的人”，其实他那是在忽悠我们，诉说本身才是莫言的根本目的，而诉说的内容倒是其次，因为莫言从诉说过程中得到了极大的满足与快感。

李建军一直是莫言批判小众队伍的主力，他在莫言获诺奖后，写了《直议莫言与诺奖》的长文，一吐为快，其中有一段不敬之辞尤为痛快淋漓：

莫言写作最大的问题，就是“文芜而事假”，——芜杂、虚假、夸张、悖理，这些就是莫言写作上的突出问题。莫言的作品中，没有中国文学的含蓄、精

① 林建法编，说莫言 [M]. 沈阳：辽宁人民出版社，2013：266.

② 林建法编，说莫言 [M]. 沈阳：辽宁人民出版社，2013：52.

微、优雅的品质，缺乏那种客观、冷静、内敛的特征，缺乏那种以人物为中心、从人物出发的叙事自觉。相反，莫言的写作，是极为任性恣纵的；他放纵自己的想象，习惯于根据自己的主观感觉来写人物，常常把自己的感觉强加给人物，让人物说作者的话，而不是人物自己的话；让人物做作者一意孤行要他们做的事，而不是他们根据自己的处境、性格和心理定势可能做或愿意的事。①

也就是说，几乎所有的中国优秀文学传统在莫言面前都失效了，中国文学因莫言的出现而频频失语，也许不是我们不明白，而是莫言远远超越了我们理解的极限。刘再复高呼“莫言了不起”，可我觉得莫言除了感觉与想象能力了不起，其他没什么大不了的。莫言写过《生死疲劳》，我们期待着，莫言的感官叙事什么时候也会出现疲劳。

莫言获得诺奖，对中国文学而言，当然是利大于弊，但中国人应该像莫言那样淡定，不应丧失了泱泱文学大国的自信与风度。在自然科学方面，西方绝对比中国强，可在人文艺术领域，中国人根本就无需自卑，在中国文学史上那么多杰出的诗人、作家面前，诺贝尔文学奖又有什么了不起呢。可是，据报载，《中国现代文学史》教材因莫言获得诺奖而即将修订，并打算让莫言享受专章评介的待遇，而与鲁迅等大家平起平坐。这就显得有点不够淡定了，中国的文学作品只有中国人自己才能真正说得清楚，西方人的感觉往往隔了不止一层，仅可供参考而已，千万不应太当真。

① 李建军，直议莫言与诺奖 [J]. 文学自由谈，2013（1）：27.

第十六章　贾平凹小说的雅俗困境

21世纪以来，堕入了极致而纯粹的形式主义美学之境的中国“大片”，在勤奋不倦地为观众制造视听饕餮盛宴的同时，其空洞浮华也一次次耍弄甚至激怒了观众，“大片”成了中国式“大骗”，其根源在于作品思想内涵的苍白无力，制作者精神资源的极度匮乏、恶劣。在中国当代文坛上，这样的“闹剧”“悲剧”更是数见不鲜。中国有那么多作家，每年产生数以千计的长篇巨制，可真正经得起时间考验的作品寥寥无几。不是中国导演、作家天赋才华不够高，而是普遍患了致命的精神“缺钙”病，就连贾平凹这样重量级的作家也日显思想的疲软，精神的萎缩，而只见语言的狂欢，其近作《高兴》《极花》等便是明证。

第一节　思想维度的单薄

作家精神资源的优劣，直接关系到其作品成就、格调的高下。我们强调灵魂写作、生命写作，大多作家也是这样做的，可是如果作家本身的精神资源比较恶劣，怎能期求伟大作品的诞生。不少学者早就发现了中国现当代文学的这一症结，而大声疾呼。刘再复在《中国现代文学的整体维度及其局限》一文中明确指出：

> 作家的想像空间和文学内涵就剩下“国家、社会、历史”之维，文学变成单维文学。这种单维文学，缺乏下列几种非常重要的维度：（1）缺乏与“存在自身”对话的维度，即叩问人类存在意义的本体维度；（2）缺乏与“神”对话的维度，即叩问宗教以及与之相关的超验世界的本真维度。（3）缺乏与“自然”（包括人性内自然与物性外自然）对话的维度，即叩问生命野性的本然的维度。因为上述三维度的薄弱，因此形成中国现代文学两个大的局限：缺乏想像力和缺乏形而上的品格。

王宏图在《文学的颓势与作家的精神资源》一文中把当代作家的精神资源分为四类：一是“五四”以来启蒙主义 / 人道主义话语，二是中国传统文化资源，三是西方现代主义话语，四是虚无主义 / 犬儒主义的话语。他认为拥有这四种话语的当代作家面对现实生活都出现了不同程度的失语现象，使得文学在社会生活中的地位急剧下降。[①]

所谓“失语”，是指作家已有的精神资源无法对变动不居的生活现实进行有效的概括与展示，究其根本，还是作家精神资源的孱弱与苍白。首先，这四种话语还基本局限在同一个维度，即“国家、社会、历史”之维，而少有超越性；其次，对于这四种话语，大多作家也是一知半解，云里雾里。评论家雷达也认为，现在的文学最缺少的是对现实生存的精神超越，缺少对时代生活的整体性把握，面对欲望之海和现象之林不能自拔。德国汉学家顾彬的“中国当代文学都是垃圾”和网上流行的“中国文学已经死亡”等说法虽不无偏激，但也绝不是无稽之谈。粗鄙化、庸俗化、时尚化、市场化、功利化，新写实主义的“一地鸡毛”“个人化写作”甚至“躯体写作”，中国当代文学真可谓进入了“文学盒饭时代”，虚假、空洞、乏味、浅薄的作品充斥文坛。尽管如此，中国作家也已经尽力了，他们贫困的精神资源决定了他们作品的水准，纵有绝代才华也是枉然。

贾平凹以商州为基地创作了20多部长篇小说，另有数量更庞大的中短篇小说和散文，而曹雪芹以大观园为基地仅写了一部未完成的《红楼梦》。贾平凹也曾像许多作家一样，暗暗和《红楼梦》叫劲，可每一次冲击都以惨败告终，即使其最得意之作《废都》也跟《红楼梦》不可同日而语。刘再复对中国现当代文学这样把脉道：

> 《红楼梦》让人琢磨不尽，绝非是世俗眼睛和世俗政治评论所能说明的，原因就在于它本身是一个无始无终、无边无沿、无真无假、无善无恶的多维世界。可惜，二十世纪的中国文学，没有一个作家或一部大作品，具有曹雪芹的想像空间，在整体维度上失落了《红楼梦》的优点。即使是那些着意承继《红楼梦》传统的作家，也只是承继它的现实维度和它的伤感情结，而没有承继它的形而上品格与深广内涵。(《中国现代文学的整体维度及其局限》)

① 王宏图：《文学的颓势与作家的精神资源》，当代文坛，2007（3）.

贾平凹的语言功底和对生活细节的敏感、写实能力，在中国当代作家中应是一流的，他视写作为“语言的狂欢”并非狂妄，在艺术表现力上，贾平凹并不比曹雪芹逊色多少。中国传统文化是曹雪芹唯一的精神资源，而贾平凹除了中国传统文化，还拥有丰富的现代话语，所以论精神资源，当代才子贾平凹理应占优势，可事实上恰恰相反。正是精神资源的天壤之别，造成了贾平凹与曹雪芹文学作品的巨大分野。

中国传统文化的儒道释构成曹雪芹主要的精神资源。在《红楼梦》对生活的原汁原味的精彩呈现中，曹雪芹对中国传统文化精华与糟粕的爱憎、取舍跃然纸上。作为“逆子”的贾宝玉对功名利禄的鄙弃、对“经世致用”的厌恶，就是作者对儒家文化糟粕的揭露和否定，而作为“呆子”的贾宝玉无微不至地体贴同辈姐妹、关心下人，他的善良、仁慈又是儒家核心思想“仁”的生动体现。更令人惊奇的是曹雪芹在《红楼梦》中呈现了两个对立的宗教世界。学者成穷认为，一个是以“大荒山无稽崖”“太虚幻境”及相关人物为代表的理想的宗教世界；一个是以“铁槛寺”“清虚观”及相关人物为代表的流俗的宗教世界。这两个世界都与佛、道两教有关，但理想的世界具有“虚”“雅”“真”的特点，而流俗的世界则显得“实”“俗”“假”。请看宝黛等人的参禅多么雅，纯粹是精神的追求，而贾母、王夫人一干人“念佛”“吃斋”“抄经”“占卦”等多么俗，因为这些活动都无不以趋利避害为指归。《好了歌》及其注解红楼十二支曲以及大量的贾宝玉内心活动的描写，无不透露出佛道的真谛，沁人心脾，而张真人、马道婆、王一贴、贾敬之流为代表的世俗宗教则充满了虚假、虚伪、丑陋，与真正的佛道精神背道而驰，令人掩鼻。同样是儒道释，其精华与糟粕在《红楼梦》中泾渭分明，通过对比，深化了作品的主旨。曹雪芹的过人之处，在于他不是以世俗的眼光看世俗，而能以道释的超越眼光来看一切，这在少有信仰和灵魂维度的中国是极其难能可贵的，《红楼梦》自然就有了无穷而深邃的意味。

贾平凹应是对作品超越性追求比较自觉的一位作家。贾平凹的精神资源主要来自他的家乡商州，虽然他也接触了人道主义、现代主义等西方话语，但中国传统文化还是占据了他生命、人格和创作的主色调。2007 年在一次访谈中，贾平凹自己总结说：

我就想，一定要有现代的东西，但也一定要写出中国人的味道来。这个意识从八十年代就有了，所以写了《卧虎说》，到了四十岁，写了《四十岁说》更是专门谈这种想法，一直到五十的时候，又写了《五十大话》。这几十年来，意识还是比较自觉的。在作品的境界上——我说的是境界，我没说思想上，说思想上容易引起别的误解——在境界上一定要借鉴西方的东西，在行文表现上一定要有中国的做派。①

对贾平凹作品中“中国人的味道”“中国的做派”，读者感受甚深，但至于其要表达的“现代的东西”“西方的境界”，就比较茫然了。其实，西方现代话语是贾平凹的弱项，虽然他一直努力想在作品中表现“现代的东西”，但收获稍微。

中国传统文化是贾平凹精神资源的强项，也是贾平凹在作品中着力表现的主题，而不仅仅是在行文表现上力求“中国做派”。从早期一味描绘传统文化美好的一面，如《商州初录》《天狗》《远山野情》等，到后来转而暴露传统文化丑陋的方面，如《小月前本》《鸡窝洼人家》《腊月·正月》《古堡》《浮躁》等，再到近来的对传统文化不动声色的呈现，如《秦腔》《高兴》等。几十年来，贾平凹始终以故乡商州为写作基地，以传统文化为创作母题，笔耕不辍，作品等身，可与曹雪芹的《红楼梦》比起来，还是相形见绌。就拿贾平凹自己最心仪的力作《废都》来说，小说刻画了一个在传统文化中浸淫弥久的知识分子庄之蝶在当代转型时期的窘迫、颓废和绝望的形象，作者勇于解剖自我灵魂固然可贵，可是作品只有破，没有立，局限在现实关怀的层面，作品背后没有什么深刻的启示性。而《红楼梦》有破有立，而且是大破大立，透过宝黛爱情悲剧的表象，作品展示的是超越的终极关怀。

贾平凹在作品中也经常写到道释，如《妊娠》中的老道、《白夜》中的再生人等，只是这些描写都显生硬而成了点缀，无助于作品境界的提升。贾平凹一直向往作品的大境界，也作了很多努力，可事与愿违，其作品大多依然是单维度的，不具备超越性、启示性。显然，醉心于传统文化的贾平凹并没有真正全面领悟儒道释的内涵，特别是道释的真谛，远远没有达到曹雪芹的灵魂终极关怀的高度。与曹雪芹相比，当代才子贾平凹的精神资源其实还是比较贫瘠荒凉的。

《秦腔》和《高兴》则显示贾平凹干脆放弃了作品超越性追求的努力。他在

① 黄平，贾平凹：《贾平凹与新时期文学三十年》，南方文坛，2007（6）：61-66.

《高兴·后记（一）》中坦言道：

在这个时代的写作普遍缺乏大精神和大技巧，文学作品不可能经典，那么，就不妨把自己的作品写成一份份社会记录而留给历史。

在数字化影像媒介如此发达的今天，像贾平凹这样级别的作家，把文学创作降格为一种社会记录，真的是宣告“文学死了”。《秦腔》以一种接近中性的、不置可否的、精神已溺死的心态，来描述这片土地在所谓现代化冲击下衰败的走向。对此学者吴炫很有感触：

今天的文学问题，不在于贾平凹所说的“理念写作”已造成灾难，而是中国作家最缺乏的是“自己的理念”，从而既使得中国作家的观念，也使得中国作家的情感表达多雷同和重复。如果说，当年“新写实小说”的作家已经在对现实的还原性描述中表达自己对现实看法的“无奈”，那么，贾平凹的《秦腔》我认为只是以“辛酸与茫然”来表达同样的“无奈”而已。①

贾平凹说写《秦腔》是为“故乡树起一块碑子”，吴炫也不以为然：

这块碑子即便树起来了，那也只是为“故乡”树的，而不能穿越故乡给我们人类性启示。②

《秦腔》再一次让读者领教了贾平凹非凡的语言和写实能力，可吴炫认为：

在“辛酸与茫然”的后面，在“泼烦的日子”后面，我不知道作家究竟还能告诉我“什么”，让我依据这“什么”去理解“短促、密集、窒闷”的语言是表达的必然结果。所以我觉得，《秦腔》的语言和细节一样，和作品的整体意蕴没有必然关联。③

也就是说，《秦腔》真的就只剩下给贾平凹带来快感的“语言的狂欢”了。

五易其稿的《高兴》则更让人产生“贾郎才尽”的感觉。再蹩脚的关于农民工的社会影像记录，也比《高兴》中文字所“记录”的要全面、真实。除了上述《秦腔》的致命缺憾，《高兴》又添了不少硬伤，甚至都算不上一份好的“社会记录”。虚假、重复，原创性严重不足。不是说作品主人公刘高兴原型不真实，相反，贾平凹确实有这样的一个同乡，而是说作品中描写的这个有着明显作者影

① 吴炫：《我看当前若干走红作品的“文学性问题”》，南方文坛，2007（3）：68-74.

② 吴炫：《我看当前若干走红作品的“文学性问题”》，南方文坛，2007（3）：68-74..

③ 吴炫：《我看当前若干走红作品的“文学性问题”》，南方文坛，2007（3）：68-74.

子的刘高兴不具有普遍性，他不像个农民工，是农民工中的“极个别”，读这份关于农民工进城的“社会记录”，总觉得有隔膜、别扭。人们早就听说了农民工背工友尸体乘车返乡的新闻，可贾平凹偏还要用它来结构故事，作品原创性就大大降低了。一些细节即使再生动，可如果反复使用，就没味了，比如五富为表忠心拿别针别在胸肉上这个细节描写，在贾平凹以前的作品中就曾出现过。其他还有一些关于女人体貌、性爱方面的细节描写也很庸俗、无聊，细节“真实”到这个份儿上，纵然贾平凹再有怎么过人的写实天赋、语言再怎么的狂欢，文学也真的没辙了。

第二节 “青天一鹤见精神”——贾平凹小说的虚实观

《极花》是贾平凹的第 16 部长篇小说，作者原以为要写到 40 万字，结果却以 15 万字收手，成为其最短的一个长篇，对此作者在后记中这样解释道：

兴许是这故事并不复杂，兴许是我的年纪大了，不愿她说个不休，该用减法而不用加法。十五万字着好呀，试图着把一切过程都隐去，试图着逃出以往的叙述习惯……[①]

事实上，《极花》的叙事风格并无明显突破，还是一如既往的“汤汤水水又黏黏糊糊”，贾平凹这一独特的小说表现手法经过反复操练，已日臻圆熟，慢慢改变、征服了不少难以适应的读者。贾平凹注重小说的写实，一向以密集的细节轰炸著称，同时更善于构建小说整体的的精神维度，本文主要就《极花》的精神抒写与虚实叙事展开讨论。

“沧海六鳌瞻气象，青天一鹤见精神”，是清人吕世宜所作的一副流传很广的对联，我们一般可以作这样的理解，大海因六鳌而更有气象，青天因飞鹤而显精神，可是才子贾平凹的解读却与众不同：

偶尔的一天，我见到了一副对联，其中下联是“青天一鹤见精神”，我

① 贾平凹．极花 [J]. 人民文学，2016（1）：94.

热泪长流，我终于明白了鹤的精神来自于青天。（贾平凹《<高老庄>后记》）①

这里且不论解读孰是孰非，关键是贾平凹从中感悟到了小说的真谛，并形成了自己独特的小说艺术观。

自《废都》开始，贾平凹的小说面貌就发生了突变：

没有乍眼的结构又没有华丽的技巧，丧失了往昔的秀丽和清晰，无序而来，苍茫而去，汤汤水水又粘粘乎乎，这缘于我对小说的观念改变。我的小说越来越无法用几句话回答到底写的什么，我的初衷里是要求我尽量原生态地写出生活的流动，行文越实越好，但整体上却极力去张扬我的意象。这样的作品是很容易让人误读的，如果只读到实的一面，生活的琐碎描写让人疲倦，觉得没了意思，而又常惹得不崇高的指责，但只谈到虚的一面，阅历不够的人却不知所云。我之所以坚持我的写法，我相信小说不是故事也不是纯形式的文字游戏，我的不足是我的灵魂能量还不大，感知世界的气度还不够，形而上与形而下结合部的工作还没有做好。（贾平凹《<高老庄>后记》）②

在贾平凹看来，小说的写实叙事就好比“青天”，属于形而下的范畴，而作品的整体意象则好比“一鹤”，属于形而上的范畴，因而“青天”与“一鹤”也就是作品实与虚的关系问题。贾平凹之所以强调“行文越实越好”，进行细节的饱和轰炸，就是要以实显虚，以“青天”去彰显“一鹤”——作品的精神，这样的思路无疑是正确而深刻的，小说最重要的凭借就是细节。

精神当然有着不同层次的丰富内涵，贾平凹的“精神”首先指的就是人的物质欲望：

我举个例子，不可能是多高雅。比如说，吃饭和性交，吃饭的目的是维持生命，这需要种、耕、收、做，然后咀嚼、消化、排泄，这一整套多繁重，若仅仅是这样，我想谁也不想活了。但造物主为了让人们能把这些活干下去，它给人了一种食欲，这食欲看不见，说不清，但你就为了满足那食欲，你得自愿地从事那一套繁重的工作了。性交也是如此，若没有一种性欲的快感，没人去干那一种简单的机械重复的体力运动的。你说性交是一种体力劳动还

① 贾平凹．活法 [M]. 北京：中国文联出版社，2009：302.

② 贾平凹．活法 [M]. 北京：中国文联出版社，2009：304.

是一种精神享受？实际上，人一生是苦难的，人为了让自己活得有意义，都是在追求一种精神的享受。文学吧，写实就是那些日常生活，是那些为了食欲的劳作，是那些为了性欲的运动，它透发出来的是那种快感，那种愉悦之感。火之焰，珠之光。我画过一副画，画了个藕，把藕当作女人平行的腿画的，藕上一支莲茎，开着一朵艳丽的荷花，题款是：精神使我们的生命灿烂。①

显然，贾平凹这里所说的“精神”，其实就是人的食色等本能，属于精神的低层次范畴，因为动物也有类似的需求。本着这样的“精神”观，贾平凹在小说中不厌其烦、长篇累牍地写人的吃喝拉撒，也就不足为怪了，因为他觉得欲望是人生的基础与核心内容。

贾平凹当然不会满足于表现人的物欲上，他早就有了更高的小说追求：

我是企图将作品写得混沌、模糊、多义性，故事很简单，但不是简单的主题。作品得有维度呀，维度越多越好。这方面的试验是慢慢来的，意识也是慢慢清晰后自觉的，比如写《废都》时，我想几个人同时对待某一件事，并且佛道怎么看、动物界怎么看、灵性界怎么看，但想得蛮好，表现时就觉得能力不够了。在中国现在对小说的认识里，如果小说写到人生、命运层面，就算是好小说了，但我觉得还不够，你还得写到人性层面，写到灵魂层面吧，生命之外肯定还有什么东西，理论上怎么讲我搞不清，但作品不能太单一了。②

这就是贾平凹小说中神秘文化叙事越来越明显与自觉的根本原因，比如《废都》中的四个太阳齐现的神秘天象，一株开了四朵不同颜色的“奇花”，一个向往着野性美的“哲学牛”，以及一个能看到超自然力量的牛老太太等，再如《白夜》中的“再生人”，《土门》里的神医云林爷、阴阳手成义、长着尾骨的梅梅，《高老庄》中通过画画能够未卜先知的小孩石头，出现过飞碟的神秘又恐怖的白云湫，《秦腔》中的疯子引生，《古炉》中的狗尿苔，通过这些奇奇怪怪、神神叨叨的神秘叙事，贾平凹试图提升、丰富作品的精神内涵与境界。

其实，贾平凹小说的神秘叙事与《红楼梦》有着某种关联。红楼梦》中的一僧一道，名“茫茫大士”和“渺渺真人”，是两位奇特而又神秘的人物，他们出场时生得“骨格不凡，丰神迥异”，但后来却幻成癞头和尚和跛足道人，二人时

① 郜元宝，张冉冉编．贾平凹研究资料[M]. 天津：天津人民出版社，2005：37.

② 郜元宝，张冉冉编．贾平凹研究资料[M]. 天津：天津人民出版社，2005：23.

而结伴而行，时而各自行事，对红楼梦中的一些人物或指点迷津，或解除冤孽，贯穿小说始终，再加之宝玉的含玉而生，宝黛神奇的前世因缘，指点贾瑞而又让其丧命的风月宝鉴等这些离奇的细节，让作品蒙上了一层扑朔迷离的神秘色彩。贾平凹的小说显然借鉴了《红楼梦》的这一艺术表现手法，但《红楼梦》更为重要的一大思想与艺术成就却是贾平凹难以模仿的，那就是《红楼梦》写实的内容本身就已经蕴含着丰富而深刻的精神内涵，比如纯洁真挚的宝黛爱情以及由宝黛爱情悲剧及贾府的盛极而衰所演绎的佛教色空观等。同样是写实，贾平凹的小说基本上是停留在描写人生吃喝拉撒的本能层面，而《红楼梦》不仅描绘了大观园外的现实世界，更主要的是呈现了大观园这一带有乌托邦性质的理想世界。至于神秘叙事，对《红楼梦》来说是锦上添花而水乳交融，而对于贾平凹的小说来说，则显得有点生硬，有时甚至沦为画蛇添足。之所以说贾平凹难以真正模仿与复制《红楼梦》，是因为作者及其所熟悉、描写的对象的不同，大致决定了其作品的品位与境界，贾平凹与曹雪芹的区别就不必说了，曹雪芹念念不忘的是大观园中能吟诗参禅、灵秀纯真的红楼儿女，而贾平凹所熟悉的是基本上还处于生命原始生存状态的山村农民，这是文化与生命层次迥然不同的两个世界。所以，也真的难为贾平凹了，论写实的功夫，贾平凹不比曹雪芹差，可是要创作出《红楼梦》那样精神高度的作品，就凭贾平凹所熟悉的农民叙事，其难度可想而知，这就形成了贾平凹创作的某种尴尬，一方面贾平凹竭力提升作品的精神品质，可另一方面他最熟悉也是最擅长的农民叙事又从根本上限制了作品的精神品位。

贾平凹小说首先力图于“写实”中见“精神”，同时又借助一些神秘叙事来丰富、提升作品的精神内涵，在中国当代文学中，这样的艺术追求无疑是一种相当明智的选择。当然，想法是一回事，实践又是另一回事，贾平凹也常常为自己创作的力不从心与眼高手低而苦恼，但有这样的创作自觉，就已经难能可贵了，贾平凹更令人敬佩之处，就是其永不满足、锲而不舍的创作精神，《极花》是贾平凹向着自己的创作高峰发起的又一次冲击。

第三节 《极花》的“青天”：细节写实

像贾平凹大多作品一样，《极花》也是源于一个真实的故事，是贾平凹早在为写《高兴》而走进西安的一个“拾荒村”调查采风时遇到的。极花，是北方的一种已不多见的神奇生命，在冬天是小虫子，夏天又变成草和花。小说故事非常简单，农村女孩胡蝶家境困窘，靠母亲捡垃圾维持生计，为让弟弟继续读书，自己辍学来到母亲拾荒的城市，在她第一次主动出去找工作时就被拐卖了，并生了孩子，但她时时刻刻都想着逃离，被解救回城后，面对人们的风言风语，她又选择了逃离，回到了被拐卖的村庄。《极花》表面上写的是拐卖妇女问题，但实际上是反映了当下中国贫困农村光棍成堆的严峻现实，提出了广大农村正在迅速凋敝的迫切社会问题：

> 这个故事就是稻草呀，捆了螃蟹就是螃蟹的价，我怎么能拿了去捆韭菜？[①]

小说大部分篇幅都是主人公胡蝶在唠叨，因为被关在窑洞里，胡蝶除了想、看、听，其他并不能做什么，除了回忆自己被拐卖前的一些往事，更多的是对拐卖后所在山村信息的逐步了解。作品的重心在于展现山村的凋敝与农民的生存状态，因而主人公胡蝶的形象其实是相当苍白的，作者意在通过胡蝶的视线来呈现山村男性婚姻的窘境，当然也不排除作者对当代年轻女子的隔膜。《极花》不厌其烦地写了山村农民的吃喝拉撒，他们一天三餐的不离土豆，他们喝酒的丑态百出，他们随口的脏话，他们贫乏乃至荒芜的性生活。也许是为了突出作品的主题，《极花》安排了两段性描写，第一段是黑亮在父亲的策划与众人的帮助下，强奸了买来已将近大半年的老婆胡蝶，第二段是胡蝶在怀孕后主动与黑亮求欢，这两段性描写都比较翔实，尤其是前者。依照贾平凹的理论，性交主要也是一种精神生活，而且贾平凹倾心于原汁原味地展示日常生活，既然性是日常生活之一种，性描写就应该是小说自然不过的段落，从《废都》开始，性就成为贾平凹小说关注的焦点之一。

---

① 贾平凹. 极花 [J]. 人民文学，2016（1）：92.

在媒介如此发达的今天，性早已不再是什么神秘的话题，但对性的表达还是有所限制的，比如在影视剧中也不会有太露骨的镜头，一般都是从略处理，这不仅仅是少儿不宜的问题，更直接关乎作品主题的严肃性与艺术的高雅性。小说作为严肃的文艺作品，其实也不例外，我们无法想象如果《红楼梦》中也加上了大段的性描写，该是怎样的大煞风景。中国古代其实就不乏《肉蒲团》《姑妄言》那样的性小说，那种类型的小说虽也有它的特殊价值，但毕竟不能成为小说的主流，更不能成为经典，为大众普遍接受的还是像《红楼梦》那样干净典雅的作品。这并不是说小说中不可以写性，有时候性也是表达主题的一种方式，而是说不要写得过实，更不能为了吸引读者的眼球，而故意写性，糟蹋了作品，也糟蹋了作家自己的人格。

贾平凹注重写实，追求细节的全面与丰富，以完整呈现日常生活的原貌：

> 这种不分章节，没有大事情，啰啰嗦嗦的写法，是因为那种生活形态只能这么写，……现实的枝蔓特别多，我想把生活的这种啰嗦繁复写出来。[①]

艺术源于生活，又高于生活，其不应该是生活的复制品。艺术创作的本质，其实就是为了表达主题的需要，砍去现实生活中多余的枝蔓，伟大的艺术家都是剪辑生活的高手，难道贾宝玉、阿 Q 的生活中就没有繁多的枝蔓，呈现在读者眼前的贾宝玉、阿 Q 都是经过作者精心剪辑之后的人物形象。影视剧中如果出现了一个墙上挂枪的镜头，如果后面没有相关的镜头跟进，那这就是一个多余的镜头，而这是影视剧制作所不能容许的。小说中的细节就相当于影视剧的镜头，如何去编排或剪辑镜头与细节就成为创作相当重要的一环，问题是这一套艺术规范在贾平凹面前几乎完全失效，他讲究的不是如何剪辑，而是将日常生活一股脑儿地端出来，让读者去剪辑取舍，这中也是贾平凹作品众多，改编成影视剧的却很少的原因。

贾平凹也深知写实的奥妙：

> 最容易的其实是最难的，最朴素的其实是最豪华的。什么叫写活了，逼真了才能活，逼真就得写实，写实就是写日常，写伦理。……写实并不是就事说事，为写实而写实，那是一摊泥塌在地上，是鸡仅仅能飞到院墙。在《秦

① 郜元宝，张冉冉编．贾平凹研究资料 [M]. 天津：天津人民出版社，2005：5.

腔》那本书里，我主张过以实写虚，以最真实朴素的句子去建造作品浑然多义而完整的意境，如建造房子一样，坚实的基，牢固的柱子和墙，而房子里全部是空虚，让阳光照得进，空气流通。（贾平凹《<古炉>后记》）[①]

但凡事强调过了头，就会走向反面。我们首先要肯定贾平凹小说密集细节描写的成功，同时也应该看到其明显的不足。由于贾平凹小说过于冗长、膨胀的细节描写与极其缓慢的叙述节奏，相信能坚持一字一句读完的一般读者恐怕为数不多，如果阅读成了煎熬而不是享受，责任也不至于完全归于读者，好的作品百读不厌，有几个人会去反复阅读贾平凹的那些细节饱和轰炸式小说。贾平凹的细节描写，由于强调原生态复制，不加剪辑，而把人物形象淹没在枝蔓细节的汪洋大海之中，所以尽管勤奋的贾平凹新作迭出，可能给读者留下鲜明印象的人物形象却不多，就像《极花》中的胡蝶、黑亮，都是非常模糊、干瘪的。相反，鲁迅笔下阿 Q、祥林嫂、孔乙己等人物形象，虽着墨不多，有时仅凭一两个细节，就能把人物写活了，比如孔乙己的“多乎哉，不多也”，祥林嫂的“眼珠间或一轮”、阿 Q 的画圆圈等传神之笔，都给读者留下了深刻的印象，加深了对人物的理解。再看贾平凹的小说，铺天盖地的细节堆积，可真正能让读者记住的又有多少，至于人物形象就更加恍惚了。

不仅如此，由于太重视细节叙事，好的细节又比较有限，所以对贾平凹而言，细节的重复就在所难免了。在贾平凹的小说中，那种“墙上的一把枪”即多余的细节就不必计较了，因为这是贾平凹自觉的艺术追求，也可以说是自成一格。让很多读者难以原谅的是同一细节的重复使用，因为再生动的细节，如果用了第二次，就会成为最蹩脚的，新作《极花》也不例外。比如“苍蝇又落在窑壁上，她恨恨地拍掌过去，那不是苍蝇是颗钉子，她的手被扎伤了，血流出来她竟然抹在了脸上”，这当然是一段很精彩的细节描写，只是这在贾平凹之前的作品中已多次出现过了，让人顿觉索然无味。再比如“村长说：男人吃了女人受不了，女人吃了男人受不了，男人女人都吃了炕受不了”，这个黄段子在贾平凹小说中也不是第一次出现了，只不过以前说的是驴鞭，而这次说的是血葱。我们承认太阳底下没有新鲜的事情，日常生活就是无聊机械的重复，可是在艺术创作中还是要避

① 贾平凹 . 古炉 [M]. 北京：人民文学出版社，2011：607.

免重复。当然，贾平凹一本接一本地描写农民，要不重复，也不现实，于是重复写作似乎就成了贾平凹的宿命，贾平凹自己不嫌烦，读者可能倒渐渐不耐烦了。

贾平凹讲究细节的真实，可很多时候又因为混淆了作家与其笔下人物之间的关系，而造成了细节的不真实，《极花》中这样的败笔也不少见。比如开头有胡蝶的这么一段心理描写：

> 我不会起来撵它的，也不会敲打炕沿板去吓唬，咬吧，咬吧，让老鼠仇恨去，把箱子往破里咬了，也帮我把这黑夜咬破！①

其中最后一句“也帮我把这黑夜咬破”显然“穿帮”了，因为主人公胡蝶不是诗人，这样富有诗意的句子只能属于才子贾平凹，这其实是犯了写作的大忌，就是作者跳出来替人物说话，作为行家里手的贾平凹也太大意了。再比如胡蝶怀孕后的一段懊悔心理描写：

> 我是多纯净的一块土地呀，已经被藏污纳垢了，还能再要生长罪恶与仇恨的草木吗？②

这段描写看上去很美，可问题是这明显不像胡蝶的口吻，让人觉得很假。还有像“我不再有想法了，想法有什么用呢？黄土原想着水，它才干旱，月亮想着光，夜才黑暗”这样的描写，都明显失真，不知是作者过于逞才，还是有意为之。

过于倚重细节，还造成了作品结构的局限。贾平凹不刻意追求作品的故事性，而是让细节去推动情节的自然发展，这当然是一种很美好的设想，可要真正实施并非易事，虽有像《秦腔》那样比较成功的个案，但更多的可能是遗憾之作。像《极花》由于采用了胡蝶（被囚禁于窑洞）这一特殊的限制视角，又加上贾平凹惯常使用的细节推进，就使得该小说的情节发展与结构营造雪上加霜，步履维艰：

> 这件事如此丰富的情节和如此离奇的结局，我曾经是那样激愤，又曾经是那样悲哀，但我写下了十页、百页、数百页的文字后，我写不下去，觉得不自在。我还是不了解我的角色和处境呀，我怎么能写得得心应手？拿碗在瀑布下接水，能接到吗？③

贾平凹写作出现这样的情况，一方面是由于他对主人公胡蝶确实并不真的熟

① 贾平凹 . 极花 [J]. 人民文学，2016（1）：5.

② 贾平凹 . 极花 [J]. 人民文学，2016（1）：39.

③ 贾平凹 . 极花 [J]. 人民文学，2016（1）：6.

悉，一方面是由于对自己的细节推进情节写作模式过于自信，后来虽然另起炉灶，原计划 40 万字的《极花》最终还是以 15 万字就匆匆收场，这不是“贾”郎才尽，而是作品的结构出了问题，罪魁祸首就是贾平凹奉行的细节至上主义。

拿人体作个比方，情节就好比作品的骨架，而细节就如同作品的血肉，情节加上细节，作品的人物形象才会屹立而饱满。贾平凹的作品单纯靠细节说话，忽视了情节即结构的作用，而企图通过细节去营造情节，就像一个人失去了骨架，血肉再丰满，也立不起来，骨架的作用是血肉无法代替的。《极花》仅有 15 万字，而且也是严重注水的，如果删去一些冗余的段落，可能更加短得惨不忍睹。在小说第 4 章《走山》的中间部分，有以“比如”开始的 6 段文字，意在叙写胡蝶获得初步自由后的山村生活，并着重表现老老爷对“我”的态度，这些内容当然有助于呈现山村的凋敝与农民的混沌，也许在贾平凹看来，这样特别的段落安排还颇有新意，但从小说的结构艺术标准来看，如此机械插入的文字，实在不算高明，即使水准一般的作品也不会出现这样的硬伤，显示了作者结构与叙事的某种无力与尴尬。同样的问题在第 5 章《空空树》中间部分又再次出现，作者写了一连串以“如今，我学会了……”开头的段落，分别写“我”学会了侍弄鸡、做搅团、做荞面饸饹、做土豆、骑毛驴等，很有山村生活气息，只是会让读者产生阅读散文的错觉，这样风格的段落出现在小说中实属罕见，也只有贾平凹敢如此“写实”。像以上这些怪异的段落，已经明显脱离了贾平凹拿手的以细节推动情节发展写作的轨道，之所以会出现这样的创作窘境，就是贾平凹一味重视细节而忽视情节的恶果。我们承认细节有推动情节发展的功能，但这种机能毕竟是有限的，一部长篇小说如果全靠细节来构建情节，其成功概率之低可想而知，而且相当的吃力不讨好，《极花》就是最好的例子。《红楼梦》也非常写实，但它的情节脉络清晰，而且没有过多枝蔓的细节描写，是细节与情节有机结合的完美典范。贾平凹曾经以《红楼梦》为写作标杆，但由于在艺术手法上没有掌握好分寸，而始终难以写出《红楼梦》那样的经典之作。

贾平凹曾经在《使短篇小说短起来》一文中这样告诫自己：

你多么糊涂：为什么将每一事、每一人、每一景，一味地去模拟而堆砌那些繁琐的细节呢？以为这样就是有了生活气息，有了地方色彩吗？就事论事地写去，你以为最深刻了，最宏富了，其实适得其反！请你明白：现代文学是内向的文学、暗示的文学，而要做到这一点，就必须把主要的精力放在对生活的概括与选择上。①

可见，贾平凹对自己写作过于倚重细节的毛病有着清醒的认识，但可能是习惯使然，一提起笔就控制不住而使细节“汪洋恣肆”起来。

第四节 《极花》的“一鹤”：写意务虚

贾平凹在《极花》后记中认为自己的创作与水墨画有关：

水墨的本质是写意，什么是写意，通过艺术的笔触，展现艺术家长期的艺术训练和自我修养凝结而成的个人才气，这是水墨画的本质精髓。写意既不是理性的，又不是非理性的，但它是真实的，不是概念。②

因而贾平凹觉得：

我写了几十年，是那么多的题材和体裁，写来写去，写到这一个，也只是写了我而已。③

这倒是大实话，不管是现实主义作家，还是浪漫主义作家，其实都是在写“我”。文学不仅要反映现实，更要具有批判性与超越性，引导人性与社会的提升，因而作家的品质直接决定了其作品的高下，关键就要看这个“我”了。贾平凹强调自己创作的水墨画特色，是写“意”的，又是写“我”的，其实也就是为了凸出自己作品的“精神”。

像《秦腔》的引生、《古炉》中的狗尿苔一样，贾平凹给《极花》安排了老老爷这一特别的角色，意在拓展作品的精神维度。

这是一个枯瘦如柴的老头，动作迟缓，面无表情，其实他就是有表情也看不出来，半个脸全被一窝胡子掩了，我甚至怀疑过他长没长嘴。④

① 贾平凹．活法 [M]. 北京：中国文联出版社，2009：317.

② 贾平凹．极花 [J]. 人民文学，2016（1）：93.

③ 贾平凹．极花 [J]. 人民文学，2016（1）：94.

④ 贾平凹．极花 [J]. 人民文学，2016（1）：6.

贾平凹笔下的这类人物，总是一副怪怪的模样，然后又有一些怪怪的举动，最终目的是借以表达作者的一些怪怪的思想，老老爷也不例外。老老爷立春日会开村里第一犁，会给村里耍的狮子彩笔点睛，更重要的他会写一些笔画繁多无人认识的怪字，能识天文地理，观天象，辨地气：

地呼出的是云，也是飞禽走兽树木花草，也是人。……咱村的坟地在西边的白茅梁上，咱村里人都是从那里来的，人一死也就是把气又收回去了，从哪儿出来的从哪儿回去，坟就是气眼。[①]

这些奇谈怪论其实都是贾平凹借老老爷的嘴说的，老老爷就是作者说话的一个道具，而游离于作品所描写的现实世界之外。老老爷在《极花》中成了中国乡村民间传统文化的象征与代言人，贾平凹一直对民间文化抱有浓厚的兴趣，有很多自己的体验与思考，而如何在小说中再现这些文化元素，就成为贾平凹一个重要的写作课题。

《极花》不仅在老老爷身上展现了作品的“一鹤”，而且在写实叙事中也揉进了一些别样的“意味”。比如，作品两次写了“我”的出魂场景。第一次是“我”因逃跑被抓而遭毒打后：

我的魂，跳出了身子，就站在了方桌上，或站在了窑壁架板上的煤油灯上，看可怜的蝴蝶换上了黑家的衣服。……我以前并不知道魂是什么，更不知道魂和身体能合二为一也能一分为二。那一夜，我的天灵盖一股麻酥酥的，似乎有了一个窟窿，往外冒气，以为在他们的殴打中我的头被打破了，将要死了，可我后来发现我就站在方桌上，而胡蝶还在炕上。[②]

人在濒死、强烈刺激等一些特定情况之下会发生的灵魂离体现象，已得到科学研究的部分证实，贾平凹当然未曾有过类似的体验，之所以要在作品中进行这种想象性描述，意在凸显人的“意识”或“精神”的独立性与神奇性。第二次是“我”被黑亮强暴之时：

我在那时嗡的一下，魂就从头顶出来了。我站在了装极花的镜框上。我看见了那六个人脸是红的，脖子是红的，头上的光焰就像鸡冠，一齐号叫着

① 贾平凹．极花[J]. 人民文学，2016（1）：44.

② 贾平凹．极花[J]. 人民文学，2016（1）：19.

在土炕上压倒了胡蝶。[①]

这样的写法很是特别，令人耳目一新。

小说还写了狐狸诱人出魂的奇异梦幻，显然也是作者横加的一段神秘叙事。“我”怀孕后虽老实了许多，但一直还有逃跑的念头，于是恍惚间便有了这样的似梦非梦：

> 夜深沉了，渐渐地我似乎是醒着又迷迷糊糊，醒着能从窗格见到星，迷迷糊糊又能见到梦。竟然窗台上就有了一只狐狸，那样的漂亮，长长的眼睛，秀气的鼻子和嘴，而且是一只红狐。……不知怎么，我就觉得狐狸钻进了我的身子，或者是我就有了狐狸的皮毛，我成了一只红色的狐狸，跳出了窗子，跑过了硷畔……[②]

这段描写可以理解为“我”的潜意识显像，是一种心理幻觉，但也不能完全排除确有其事的可能性，就像聊斋，不能说其完全没有真实性。贾平凹在日常生活的写实中，不时地掺杂一些超常的叙事，意图在整体上提升作品的意蕴，当然是一种有益的艺术实践。这种稍带点聊斋风格的现实主义小说，偶尔尝试一下也未尝不可，但如果大量写作搞批发，那就又不免重复而无味了。

《极花》的写作缘起是拐卖妇女，围绕被拐卖女子胡蝶展开叙事，可作品的表达重心又不是胡蝶，而是胡蝶被拐卖到的一个偏僻山村，这就使得作品的主题变得诡异而模糊起来。我们可以这样来理解这篇小说的诞生历程，一开始贾平凹是想着力书写拐卖妇女问题，可写着写着就写不下去了，原因是他对被拐卖妇女的生存现实其实并不是多么熟悉，后来就转而重点关注与拐卖妇女问题相关的农村单身男性的婚姻问题，主题的如此转换，一下子就激活了贾平凹大脑中关于农村与农民的诸多记忆，而得以继续写下去。主题的游移，反映了作者表达的犹豫，既然还是写农村题材的作品，贾平凹又不愿放弃最初因拐卖妇女问题而引发的写作灵感，于是就把拐卖妇女问题作为作品的基本框架，然后再充填大量的农民叙事，试图二者兼顾，可事实上两个问题都没能写透，因为无论是胡蝶，还是黑亮，两个主人公形象都很单薄，没能立起来，整篇小说几乎成了大量农村生活碎片的大杂烩、大串烧。

---

① 贾平凹．极花 [J]. 人民文学，2016（1）：31-32.

② 贾平凹．极花 [J]. 人民文学，2016（1）：47-48.

随着城市化进程的加快，农村的凋敝、萎缩乃至消失已是中国现代化发展的必然一环，这本来就不是什么坏事，至于由此产生的偏颇乡村光棍成堆现象，也是社会转型不可避免的产物，关注这一特定人群的生存状况，本也无可非议，关键是关注的角度问题。《极花》通过胡蝶的视角，这样界定山村的农民：

> 这个村里的人我越来越觉得像山林里的那些动物，又老虎狮子也有蜈蚣蛤蟆黄鼠狼子，更有着一群苍蝇蚊子。大的动物是沉默的，独来独往，神秘莫测，有攻击性，就像老老爷、村长、立春、三朵他们，而小的动物因为能力小又要争强好胜，就身怀绝技，要么能跑要么能咬要么能伪装要么有毒液，相互离不得又相互见不得，这就像腊八、猴子、银来、半语子、王保宗、刘全喜他们。这些人平日都干些龌蹉事，吵骂不断，来喝茶了又成了一群麻雀，碎嘴碎舌，是是非非……①

这里把农民比作动物，当然不是说贾平凹歧视侮辱农民，而是意在揭示这些落后偏僻乡村百姓真实的生存状态，他们因为经济与文化发展的严重滞后，而极端愚昧保守，其实这就是他们中不少人婚姻无望的根本原因。被拐卖来的胡蝶想方设法地逃离这个恐怖的山村，可这个山村的大多数人却难逃他们自己的命运。

《极花》写的拐卖妇女问题，当然不是什么新鲜事，古往今来，这样的事就层出不穷，只不过因为现在媒体的发达而被放大了，只要人类还有利益的交换，这样的丑事就不会停止。《极花》主要关注的似乎是社会对被拐卖妇女的态度问题，觉得像胡蝶那样的被拐卖女子，即使被解救了，有可能还会回到拐卖地。这其中的情况比较复杂，不能一概而论，有些女性被解救后还是回去了，可能是社会异样的眼光造成的，但也可能是因为放不下已生的孩子而回去。女性是否被拐卖，又是否被解救，解救后又是否回去，有着复杂的因素，其中很多因素都是人力难以控制的，而社会要做的只能是一方面加强打击拐卖人口的犯罪活动，一方面积极寻找、解救并安抚已被拐卖的女性，当然最重要的还是要普遍提高大众教育程度与道德水准，净化社会风气，努力缩小贫富差距，从根本上降低这类犯罪行为发生的概率。

贾平凹反复说过，自己骨子里就是个农民，因而他写农民，某种意义上也就

---

① 贾平凹．极花 [J]. 人民文学，2016（1）：48.

是写他自己。贾平凹一直关注农村，书写农民，怀念山村一些美好的过去，更多是揭露农民身上存在的种种缺点与恶习。他的小说首先是写实的，但他又不满足农村与农民的恶劣现状，他爱他们，又恨他们，于是只能在写实的同时揉进一些别样的“东西”，给农村、农民以希望，也是让自己的人生多一点份量。青天没有了那“一鹤”该是多么的死寂，人性没有了精神又是多么的庸俗沉闷，贾平凹的小说赋予了农村及农民以新的生机，而成为精神永恒的故乡。

贾平凹亦曾经这样告诫过自己：

> 请不要苦心巴巴地按流行的条律去塑造一个什么典型。莎士比亚、巴尔扎克永远是我们崇拜的文学祖先。但是，先祖却不能局限了我们的手脚。文学越来越没有什么法和式了。不要再去复述一个有头有尾的故事吧，生活是无情节的。戏剧性对于现代人越来越不真实了。开头和结尾比任何时候都来得重要。”（贾平凹《怎样使短篇小说短起来》）[①]

也就是说，典型人物、情节这些小说批评标准在贾平凹面前统统失效了，问题是贾平凹能否在传统批评话语的废墟上建立起一套新的更有效的小说创作与批评范式，而贾平凹几十年的创作实践其实已经有了答案，他的作品并没能超越曹雪芹、巴尔扎克所创造的艺术高峰，说明经典的创作与批评标准依然有效。

如果没有贾平凹之前的作品，那么《极花》就是一部优秀的小说；如果没有经典作品的比照，《极花》也是一部相当成功的小说；如果运用一些新的批评话语，《极花》可能是一部很独特的小说，同一部作品在不同的参照与标准之下，会展现不同的面貌。综观贾平凹的小说创作，《极花》并没有明显的突破，主要原因是农民题材在贾平凹手上早已经写烂了，重复已是不可避免，要想再写出新意，谈何容易，但年过花甲的贾平凹及其《极花》的精神追求还是值得大加点赞。

---

① 贾平凹．活法 [M]. 北京：中国文联出版社，2009：318.

结语

郑振铎在20世纪30年代面对当时的社会现实曾有一番沉重的感慨：

《金瓶梅》的社会是并不曾僵死的；《金瓶梅》的人物们是至今还活跃于人间的，《金瓶梅》的时代，是至今还顽强的在生存着……到底是中国社会演化得太迟钝呢？还是《金瓶梅》的作者的描写，太把这个民族性刻划得入骨三分，洗涤不去？谁能明白的下个判断？[①]

其实，即使是在21世纪今天的中国，物质生活水平虽已得到极大的提高，可整个社会不是也依然弥漫着《金瓶梅》中“酒色财气”吗？因为社会腐朽、堕落的根源就在于人性的贪婪，无论社会怎么变迁，科技怎么进步，物质怎么丰富，只要人性贪婪的本质没变，罪恶、丑陋就在所难免，所以《金瓶梅》这朵神奇的“恶之花”不仅是当今中国的一面镜子，更是贪婪人性的一面永恒的魔镜，这就是世情小说的神奇魅力与不朽价值。

世情小说的最成功之处，就在于其主旨之雅与内容之俗的有机整合。“文以载道”是中国正统文学的核心价值标准，诗文等雅文学样式虽然“载道”了，但难以通俗，而小说之所以一直难登文学的大雅之堂，就是因为其主旨的不甚高雅。世情小说的成功就在于一方面“奏雅”以“载道”，一方面从内容、语言等方面大力挖掘小说的通俗潜能，而形成了小说雅俗兼备的艺术特色，提高了小说的文学地位，虽然一时难以打破诗文一统天下的文学格局，但事实上已经取得了辉煌的文学成就，而能与诗文相提并论，特别重要的是，小说对社会的持久而普遍的影响是诗文所望尘莫及的。中国博大精深的传统文化为小说的主题提供了强大的思想保证，而最终诞生了《红楼梦》那样雅俗完美结合的巅峰之作，明清世情小说雅俗整合的艺术创作模式至今仍有着很强的示范作用。

明清世情小说的雅俗整合经历了从自发到自觉、从发展成熟又到晚清转型的

① 鲁迅等著：《名家眼中的金瓶梅》，北京：文化艺术出版社，2006：34-36.

演变历程，其中既积累了很多成功的艺术经验，也留下了不少局限乃至失败，这些都需要我们不断地去评判与总结。从《金瓶梅》算起，世情小说正式登场亮相已 500 多年，几度起伏，经历了明末清初的繁荣、晚清短暂的中兴和现当代的再度兴盛的演变过程，既有《红楼梦》那样的巍峨高峰，也有《林兰香》《四世同堂》《白鹿原》那样的旷世之作，更有为数众多的《石点头》《豆棚闲话》《美食家》那样的小家碧玉，在中国文学史上可谓盛况空前，成就斐然。

世情小说不愧为小说大家族的中流砥柱，大力提升了小说的文学地位，理应在中国小说史及文学史中占有重要的一席之地。只是到目前为止，人们往往还是把世情小说跟其他类型的小说混为一谈，甚至连人情小说、世情小说、才子佳人小说、艳情小说等一些基本概念都还含糊不清，更不用说梳理、探讨明清世情小说与现当代小说之间的渊源关系。从鲁迅讲人情小说、世情小说始，至今也已近百年，这期间世情小说的创作又取得了突破性进展，可由于学科的划分，古代小说的研究者很少将其研究视线延伸至现当代小说，而现当代小说的研究者又很少将眼光回溯到明清小说，都在进行盲人摸象式研究。“不识庐山真面目，只缘身在此山中”，中国小说的古今研究者，只有各自打破故步自封的研究格局，进行古今小说的贯通研究，才有可能真正把握到中国古今小说的发展脉搏，而充分领略中国小说的无限风光与魅力。当然这对学者而言无疑是一个巨大的挑战，因为那浩如烟海的中国古今小说作品，哪怕仅仅是读一遍，所要花费的时间和精力也是一般人短短一生所难以承受的，更何况读一遍才仅仅是研究的前提与开始，所以最为切实可行的方案就是选择代表作品进行重点解剖，如果还有时间与精力，再向二流甚至三流作品进军，但一定要先养成古今文学的视野，尽量不要做“只见树木，不见森林”的片面研究，可事实上当今学界所盛行的就是文学 DNA 片段研究，其实点面结合，微观研究与宏观研究并举，才是真正科学的研究范式。

参考文献

主要相关著作

一、文学作品类

1. 鲁迅 . 鲁迅全集 [M]. 北京：人民文学出版社，2005

2. （明）兰陵笑笑生著，梅节校订，陈诏，黄霖注释 . 金瓶梅词话重校本 [M]. 香港： 梦梅馆，1993

3. （明）兰陵笑笑生著 . 金瓶梅：皋鹤堂批评第一奇书 [M]. 长春：吉林大学出版社，1994

4. （明）西周生著，翟冰校点 . 醒世姻缘传 [M]. 济南：齐鲁书社，1994

5. 魏同贤主编 . 冯梦龙全集 [M]. 南京：凤凰出版社，2007

6. （明）即空观主人著，韩欣主编 . 即空观主人批点二拍 [M]. 天津：天津古籍出版社，2010

7. （明）陆人龙 . 辽海丹忠录 [M]. 北京：华夏出版社，1995

8. （明）陆人龙著，陈庆浩校点，王锳，吴书荫注释 . 型世言评注 [M]. 北京：新华出版社，1999

9. （清）李渔 . 李渔全集 [M]. 杭州：浙江古籍出版社，1991

10. （清）艾衲居士编著，张敏标点 . 豆棚闲话 [M]. 北京：人民文学出版社，1984

11. （清）随缘下士著 . 林兰香 [M]. 北京： 金城出版社 ,，2000

12. （清）李百川著，侯忠义整理 . 绿野仙踪 [M]. 北京：北京大学出版社，1986

13. （清）李绿园著，昭鲁，春晓校点 . 歧路灯 [M]. 济南： 齐鲁书社，1998

14. （清）曹去晶著，许辛点校 . 姑妄言 [M]. 北京：中国文联出版公司，

1999

15. （清）吴敬梓 . 儒林外史 [M]. 北京：中国文史出版社，2001

16. （清）曹雪芹，高鹗著，启功等整理 . 红楼梦 [M]. 北京：中华书局，2005

17. （清）曹雪芹 . 脂砚斋批评本 红楼梦 [M]. 长沙：岳麓书社，2006

18. （清）韩邦庆著，张爱玲注译 . 海上花落 . 国语海上花列传 2[M]. 北京：北京十月文艺出版社，2009

19. （清）李伯元 . 文明小史 [M]. 南昌：百花洲文艺出版社，2010

20. （清）佚名 . 官场维新记 [M]. 上海：上海古典文学出版社，1956

21. （清）李伯元著，薛正兴主编 . 李伯元全集 [M]. 南京：江苏古籍出版社，1997

22. （清）吴趼人 . 二十年目睹之怪现状 [M]. 北京：大众文艺出版社，1999

23. （清）吴趼人著 . 我佛山人文集 [M]. 广州：花城出版社，1989

24. （清）刘鹗著，李小梅　艾克利注 . 老残游记 [M]. 西安：太白文艺出版社，1995

25. （清）刘鹗 . 刘鹗集 [M]. 长春：吉林文史出版社 , 2007

26. （清）曾朴 . 鲁男子 [M]. 北京：人民文学出版社，1989

27. （清）曾朴 . 孽海花 [M]. 天津：天津古籍出版社，2005

28. 张爱玲 . 张爱玲全集 [M]. 北京：北京十月文艺出版社 , 2009

29. 老舍 . 老舍全集 [M]. 北京：文汇出版社，2008

30. 余华 . 余华作品 [M]. 北京：作家出版社，2013

31. 莫言 . 莫言作品系列 [M]. 上海：上海文艺出版社，2012

32. 苏童 . 苏童作品系列 [M]. 上海：上海文艺出版社，2018

二、文化类

1. 臧知非注说 . 论语 [M]. 郑州：河南大学出版社，2008

2. 何晓明，周春健注说 . 孟子 [M]. 郑州：河南大学出版社，2008

3. 阮元 . 十三经注疏 [M]. 北京：中华书局，1980

4. (宋) 程颢著 . 二程集 [M]. 北京：中华书局，1981

5. 张建业主编，张建业等编注 . 李贽全集注 [M]. 北京：社会科学文献出版社，2010

6. （宋）黎靖德编，王星贤点校 , 朱子语类 [M]. 北京：中华书局，1988

7. 荀子 [M]. 上海：上海古籍出版社，1996.

8. 阎丽译注 . 董子春秋繁露译注 [M]. 哈尔滨：黑龙江人民出版社，2002

9. 周太谷等著；方宝川编 . 太谷学派遗书・第一辑（第二册）[M]. 扬州：江苏广陵古籍刻印社，1997

10. 吴恩培主编 . 吴文化概论 [M]. 南京：东南大学出版社，2006

11. 徐远和 . 儒学和东方文学 [M]. 北京：人民出版社，1994

12. 程潮 . 儒家内圣外王之道通论 [M]. 长沙：湖南人民出版社，2005

13. 钱穆 . 国学概论 [M]. 北京：商务印书馆，1997

14. 陈来 . 宋明理学 [M]. 沈阳：辽宁教育出版社，1991

15. 傅小凡 . 宋明道学新论——本体论结构与主体性转向 [M]. 北京：社会科学文献出版社，2005

16. 葛兆光 . 中国思想史 [M]. 上海：复旦大学出版社，2000

17. 稽文甫 . 晚明思想史论 [M]. 北京：东方出版社，1999

18. 王国良 . 明清时期儒学核心价值的转换 [M]. 合肥：安徽大学出版社，2002

19. 杨国荣 . 善的历程—儒家价值体系的研究 [M]. 北京：人民出版社，2006

20. 陈少峰 . 中国伦理学史 [M]. 北京：北京大学出版社，1996

21. 余英时 . 士与中国文化 [M]. 上海：上海人民出版社，2003

三、历史类

1. 李长莉 . 晚清上海 [M]. 天津：天津人民出版社，2010

2. 李志茗 . 大变局下的晚清政治 [M]. 上海：上海古籍出版社，2009

3. 陈平原，王德威，商伟编 . 晚明与晚清—历史传承与文化创新 [M]. 武汉：湖北教育出版社，2002

4. (清) 张廷玉等撰 . 明史 [M]. 北京：中华书局，1974

5. 南炳文、汤纲 . 明史 [M]. 上海：上海人民出版社，2003

6. 樊树志 . 晚明史 [M]. 上海：复旦大学出版社，2003
7. 戴逸 . 简明清史 [M]. 北京：中国人民大学出版社，2006
8. 赵尔巽 . 清史稿 [M]. 北京：中华书局，1976
9. 熊月之 . 西学东渐与晚清社会 [M]. 上海：上海人民出版社，1994
10. （美）唐德刚 . 晚清七十年 [M]. 岳麓书社，1999

四、文学研究类

1. 袁行需主编 . 中国文学史 [M]. 北京：高等教育出版社，1999
2. 袁世硕、张可礼主编 . 中国文学史 [M]. 北京：中国人民大学出版社，2006
3. 骆玉明、章培恒主编 . 中国文学史 [M]. 上海：复旦大学出版社，1997
4. 鲁迅 . 中国小说史略 [M]. 上海：上海古籍出版社，2006
5. 郑振铎 . 中国俗文学史 [M]. 北京 : 东方出版社，1999
6. 陈大康 . 明代小说史 [M]. 上海：上海文艺出版社，2000
7. 张俊 . 清代小说史 [M]. 杭州：浙江古籍出版社，1997
8. 谭邦和 . 明清小说史 [M]. 上海：上海古籍出版社，2006
9. 齐裕焜 . 明清小说 [M]. 上海：上海古籍出版社，1998
10. 阿英 . 晚清小说史 [M]. 北京：东方出版社，1996
11. 向楷 . 世情小说史 [M]. 杭州：浙江古籍出版社，1998
12. 萧相恺 . 世情小说史话 [M]. 沈阳：辽宁教育出版社 , 1992
13. 张廷兴 . 中国古代艳情小说史 [M]. 北京：中央编译出版社 , 2008
14. 方正耀 . 明清人情小说研究 [M]. 上海：华东师范大学出版社 , 1986
15. 汤哲声 . 中国现代通俗小说流变史 [M]. 重庆：重庆出版社 , 1999
16. 欧阳代发 . 世态人情说话本 [M]. 武汉：华中理工大学出版社 , 1994
17. 王增斌 . 明清世态人情小说史稿 [M]. 北京：中国文联出版公司 , 1998
18. 陈节 . 中国人情小说通史 [M]. 南京：江苏教育出版社 , 1998
19. 欧阳健 . 晚清小说简史 [M]. 太原：山西人民出版社，2005
20. 袁进 . 中国小说的近代变革 [M]. 桂林：广西师范大学出版社，2009
21. 孙逊 . 明清小说论稿 [M]. 上海：上海古籍出版社，1986

22. 齐裕焜主编 . 中国古代小说演变史 [M]. 兰州：敦煌文艺出版社，1999

23. 陈美林等 .《章回小说史》[M]. 杭州：浙江古籍出版社，1998

24. （美）夏志清 . 中国古典小说史论 [M]. 南昌：江西人民出版社，2001

25. 武润婷 . 中国近代小说演变史 [M]. 济南：山东人民出版社，2000

26. 杨联芬 . 晚清至五四: 中国文学现代性的发生 [M]. 北京: 北京大学出版社，2003

27. 梁启超 . 清代学术概论 [M]. 北京：中国人民大学出版社 , 2004

28. 郭绍虞 主编 . 中国历代文论选 [M]. 上海：上海古籍出版社，1979

29. 干春松、孟彦弘主编 . 王国维学术经典集 [M]. 南昌：江西人民出版社，1997

30. 刘师培著，劳舒编 . 刘师培学术论著 [M] 杭州：浙江人民出版社，1998

31. 王国维，蔡元培，胡适 . 三大师谈《红楼梦》[M]. 上海：上海三联书店，2007

32. 王平 . 中国古代小说文化研究 [M]. 济南：山东教育出版社，1996

33. 孙昌武 . 佛教与中国文学 [M]. 上海：上海人民出版社，2007

34. 黄卓越 . 佛教与晚明文学思潮 [M]. 北京：东方出版社，1997

35. 杜贵晨 . 传统文化与古典小说 [M]. 保定：河北大学出版社，2001

36. 吴圣昔 . 明清小说与中国文化 [M]. 南京：南京大学出版社，1991

37. 张振军 . 传统小说与中国文化 [M]. 南宁：广西师范大学出版社，1996

38. 马积高 . 宋明理学与文学 [M]. 长沙：湖南师范大学出版社，1989

39. 骆冬青 . 道成肉身——明清小说美学导论 [M]. 合肥：安徽文艺出版社，2000

40. 孙逊 . 中国古代小说与宗教 [M]. 上海：复旦大学出版社，2000

41. 梅新林 . 红楼梦哲学精神 [M]. 上海：华东师范大学出版社，2007

42. 梅新林 . 中国古代文学地理形态与演变 [M]. 上海：复旦大学出版社，2006

43. 苟波 . 仙境仙人仙梦——中国古代小说中的道教理想主义 [M]. 成都：巴蜀书社，2008

44. 胡胜 . 明清神魔小说研究 [M]. 北京：中国社会科学出版社，2004

45．赵兴勤．理学思潮与世情小说 [M]. 北京：文物出版社，2010
46．董国炎．明清小说思潮 [M]. 太原：山西人民出版社，2004
47．李保均．明清小说比较研究 [M]. 成都：四川大学出版社，1996
48．石昌渝．中国小说源流论 [M]. 上海：三联书店，1994
49．(美) 韩南．中国白话小说史 [M]. 杭州：浙江古籍出版社，1989
50．刘上升．中国古代小说艺术史 [M]. 长沙：湖南师范大学出版社，1993
51．杨义．中国古典小说史论 [M]. 北京：中国社会科学出版社，1995
52．肖欣桥，刘福元．话本小说史 [M]. 杭州：浙江古籍出版社，2003
53．胡士莹．话本小说概论 [M]. 北京：中华书局，1980
54．金鑫荣．明清讽刺小说研究 [M]. 南京：凤凰出版社，2007
55．王昕．话本小说的历史与叙事 [M]. 北京：中华书局，2002
56．孙楷第．中国通俗小说书目 [M]. 上海：上海古籍出版社，1982
57．孙楷第．日本东京所见中国小说书目 [M]. 上海：上杂出版社，1953
58．郑振铎，鲁迅等著．名家眼中的金瓶梅 [M]. 北京：文化艺术出版社，2006
59．黄霖．黄霖说金瓶梅 [M]. 北京：中华书局，2005
60．刘勰著，郭晋稀注译．文心雕龙 [M]. 长沙：岳麓书社，2004
61．黄霖，韩同文．中国历代小说论著选 [M]. 江西人民出版社，2000
62．朱一玄编，朱天吉校．明清小说资料选编 [M]. 天津：南开大学出版社，2006
63．陈平原，夏晓虹编．二十世纪中国小说理论资料 [M]. 北京：北京大学出版社，1989
64．朱一玄．金瓶梅资料汇编 [M]. 天津：南开大学出版社，2006
65．乐黛云等选编．北美中国古典文学研究名家十年文选 [M]. 南京：江苏人民出版社，1996
66．栾星编著．岐路灯研究资料 [M]. 郑州：中州书画社，1982
67．宋广波编校．胡适红学研究资料全编 [M]. 北京：北京图书馆出版社，2005
68．谭正璧．三言两拍资料 [M]. 上海：上海古籍出版社，1980

69．李汉秋．儒林外史研究资料 [M]. 上海：上海古籍出版社，1984

70．魏绍昌编．李伯元研究资料 [M]. 上海：上海古籍出版社，1980

71．魏绍昌编．吴趼人研究资料 [M]. 上海：上海古籍出版社，1980

72．刘德隆编．刘鹗及老残游记资料 [M]. 成都：四川人民出版社，1985

73．魏绍昌编．孽海花资料 [M]. 上海：上海古籍出版社，1982

74．时萌．曾朴研究 [M]. 上海：上海古籍出版社，1982

75．时萌．曾朴及虞山作家群 [M]. 上海：上海文化出版社，2001

76．蒋述卓主编．文化诗学：理论与实践 [M]. 北京：人民文学出版社，2005

77．郭宝亮．文化诗学视野中的新时期小说 [M]. 石家庄：河北人民出版社，2007

78．王杰．鲁迅的文化诗学 [M]. 北京：中国社会科学出版社，2006

79．胡亚敏．叙事学 [M]. 武汉：华中师范大学出版社，1994

80．(美) 蒲安迪．中国叙事学 [M]. 北京：北京大学出版社，1996

81．顾克勇．书坊作家陆云龙兄弟研究 [M]. 北京：中国社会科学出版社，2010

82．韩南著，杨光辉译．创造李渔 [M]. 上海：上海教育出版社，2010

83．郑振铎．郑振铎古典文学论文集 [M]. 上海：上海古籍出版社，1984

84．陈美林．吴敬梓评传 [M]. 南京：南京大学出版社，1990

85．朱自清．论雅俗共赏 [M]. 北京：北京出版社，2004

86．孙克强．雅俗之辨 [M]. 北京：华文出版社，1997

87．徐德明．中国现代小说雅俗流变与整合 [M]. 北京：社会科学文献出版社，2000

88．宋若云．逡巡于雅俗之间——明末清初拟话本研究 [M]. 北京：中国社会科学出版社，2005

89．周汝昌．红楼十二层 [M]. 太原：书海出版社，2005

90．左东岭．李贽与晚明文学 [M]. 南京：江苏古籍出版社，1998

91．郑振铎等著；秦人路，孙玉蓉编．文人笔下的文人 [M]. 长沙：岳麓书社，1987

92．张爱玲．红楼梦魇 [M]. 北京：北京十月文艺出版社，2009

93．徐慧君．从金瓶梅到红楼梦 [M]. 南宁：广西人民出版社，2007

94．徐云知．李绿园的创作观念及其《歧路灯》研究 [M]. 北京：中国社会科学出版社，2010

95．王国伟．吴趼人小说研究 [M]. 济南：齐鲁书社，2007

96．夏薇．《醒世姻缘传》研究 [M]. 北京：中华书局，2007

97．段江丽．《醒世姻缘传》研究 [M]. 长沙：岳麓书社，2003

98．聂付生．冯梦龙研究 [M]. 北京：学林出版社，2002

99．赵红娟．拍案惊奇：凌濛初传 [M]. 杭州：浙江人民出版社，2007

100．缪咏和．冯梦龙和三言 [M]. 上海：上海古籍出版社，1979

101．陆树仑．冯梦龙研究 [M]. 上海：复旦大学出版社，1987

102．陈大康．明代商贾与世风 [M]. 上海：上海文艺出版社，1996

103．吴建国．雅俗之间的徘徊——16 至 18 世纪文化思潮与通俗文学创作 [M]. 长沙：岳麓书社，1999

104．冯保善．凌濛初研究 [M]. 北京：人民文学出版社，2009.

105．杜贵晨．李绿园与歧路灯 [M]. 沈阳：辽宁教育出版社，1992

106．李延年．《歧路灯》研究 [M]. 郑州：中州古籍出版社，2002

107．弦声编．《歧路灯》论丛一 [M]. 郑州：中州书画社，1982

108．弦声编．《歧路灯》论丛二 [M]. 郑州：中州书画社，1984

109．曾广灿，吴怀斌编．老舍研究资料 [M]. 北京：北京十月文艺出版社，1985

110. 汪政，何平编．苏童研究资料 [M]. 天津：天津人民出版社，2007

111. 吴义勤主编；王金胜，胡健玲编：《余华研究资料》[M]. 济南：山东文艺出版社，2006

112. 杨扬编，莫言研究资料 [M]. 天津：天津人民出版社，2005

附录

相关发表论文

1. 论世情小说教主冯梦龙的小说雅俗观	重庆邮电大学学报	2011 第 3 期
2. 论冯梦龙“三言”的雅俗整合	沈阳大学学报	2011 第 4 期
3.《歧路灯》雅俗论	商丘师院学报	2011 第 11 期
4. 论世情小说的特征及其演变	太原师范学院学报	2011 第 4 期
5. 余华小说雅俗论	当代文坛	2011 第 3 期
6. 张爱玲小说的雅俗追求	绍兴文理学院学报	2011 第 6 期
7. 论苏童小说的诗性写作	南师大文学院学报	2011 第 2
8. 鲁迅“破”及“立人”思想探析	浙江师大学报	2010 第 4 期
9. 论《海上花》的雅俗品格	华文文学	2012 第 5 期
10. 论曾朴小说的现代精神	东吴学术	2013 第 5 期
11. 论中国现代小说人性抒写的两重模式	当代文坛	2014 第 4 期
12. 莫言创作思想刍议	华文文学	2015 第 5 期